古典文獻研究輯刊

十九編

曾永義 主編

第4冊

湯顯祖及其文藝觀之研究（上）

洪慧敏 著

國家圖書館出版品預行編目資料

湯顯祖及其文藝觀之研究(上)／洪慧敏 著—初版—新北市：
花木蘭文化事業有限公司，2019〔民108〕
目 6+150 面；19×26 公分
（古典文學研究輯刊 十九編：第 4 冊）
ISBN 978-986-485-639-8（精裝）
1.（明）湯顯祖 2.學術思想 3.文藝評論
820.8   108000765

ISBN-978-986-485-639-8

9 789864 856398

古典文學研究輯刊
十九編　第 四 冊　　　　　ISBN：978-986-485-639-8

湯顯祖及其文藝觀之研究（上）

作　　者　洪慧敏
主　　編　曾永義
總 編 輯　杜潔祥
副總編輯　楊嘉樂
編　　輯　許郁翎、王筑　美術編輯　陳逸婷
出　　版　花木蘭文化事業有限公司
發 行 人　高小娟
聯絡地址　235 新北市中和區中安街七二號十三樓
　　　　　電話：02-2923-1455／傳眞：02-2923-1452
網　　址　http://www.huamulan.tw 信箱 hml 810518@gmail.com
印　　刷　普羅文化出版廣告事業
初　　版　2019 年 3 月
全書字數　454800 字
定　　價　十九編 33 冊（精裝）新台幣 64,000 元
版權所有・請勿翻印

湯顯祖及其文藝觀之研究（上）

洪慧敏　著

作者簡介

洪慧敏，畢業於東吳大學中國文學系，現任教於東吳大學中文系。

提　　要

　　湯顯祖（1550～1616）一生以「主人之才」立命之基石，以實踐「大人之道」爲生命的終極追求。

　　本論文將湯顯祖一生分成：啓蒙期、建構期、過渡期、實踐期、作繭期、成蝶期等六期，代表他生命六個轉化階段。透過湯顯祖在這六個轉化階段所展現的內心風景，並加以探掘與詮釋，便能夠明白他是如何在險阻之途展現其精神風格，又如何在舉步維艱的仕途上覺民行道，完成「君子學道則愛人」的思想實踐。

　　棄官歸隱回到臨川的湯顯祖，在面臨心如繭蛹的狀態下，苦悶不在話下，然而堅毅如他，化危機爲轉機，開始了「臨川四夢」的創作，其中《南柯記》、《邯鄲記》、《牡丹亭》三劇刻畫了他歸隱後對其生命及其政治仕途的反思，以及對於佛法的反芻與思辯，可謂是勾勒其文藝思想不可忽略的文本。

　　湯顯祖之風華面貌，隨著時代的推進自有不同的詮釋，本論文之旨在於深入湯顯祖各階段之作品，並將其重要脈絡論析而出，縱使無法達到心目中預期的理想，然而這個嘗試，是一個踏實的開端，期待對於研究湯顯祖能獻上一份心力。

目次

緒　論

第一節　研究動機與目的

　　湯顯祖之所以吸引我，乃是他充滿「人情」的文藝性格。言人道藝，活生生的以「人」為課題：論時言勢，不離「人」之情感本質，對其「情」之複雜性未曾忽略；閱世觀時，亦不離「人」存在所面臨的現實，即是只要生而為人，便會受到時代「理勢情」之侷限。

　　湯氏一生懸命，以據德守真為道，拒絕權利誘惑，獨行己身，然而，所得到的結果，是否真如他所欲求的？此外，他又是如何踐履「主人之才」〔註1〕，以深廣他的「合道之情」，實踐他的「大人之道」，完成他的「文藝生命」？則為本論文寫作之初心。以下分從研究動機與研究目的概述之：

一、研究動機

（一）「主人之才」與「人的覺醒」之關係

　　湯顯祖出生於書香門第，祖父湯懋昭好老莊、喜談神仙，父親湯尚賢性格剛正不阿，從小飽讀詩書，有濃厚的儒者心懷。萬曆五年（1577 年），湯顯祖進京趕考，首輔張居正有意拉攏，但他拒絕了，落第也成其必然。直到萬曆十一年（1583 年），即張居正死後次年，才考中進士。歷來都是將湯顯祖的

〔註 1〕　〔明〕湯顯祖：〈與李道甫〉：「夫用人者，主人之才；為人用者，必非主人也。長者常能誘人：誘於人者，必少年兒也。難動者精奇，易動者必蚩蚩之民也。目中誰當與此。」，徐朔方箋校：《湯顯祖全集》（北京：北京古籍出版社，1999年），頁 1292。

落第與拒絕張居正畫上等號，此論幾成定論。換言之，此論便是將湯顯祖仕途不遂的主因歸咎於張居正的涉入，顯然，這樣的認定，便是說明擁有「主導權」的那個人是張居正而不是湯顯祖。然而，事實果眞如此？

張居正有大刀闊斧的改革，創造「萬曆新政」，嶄新了大明王朝的氣象，對照兩人，皆有變化天下之志，皆具爲國捨己之懷，何以湯顯祖會拒絕張居正？而湯氏的拒絕，除了歸究其耿直不阿的性格，是否還存在更爲核心的原因？是故，筆者以爲：將湯顯祖的落第與拒絕張居正畫上等號之論有再探之必要。其實，何不換個角度來看，其實湯顯祖才是這個事件擁有「主導權」的人。不僅對張居正如此，在湯氏中了進士後，仍不肯趨附新任首輔申時行，故僅能在南京擔任虛職這點來看，更可肯定他一直都是事件中做出決定的人，擁有主導生命方向權的人。無論結果是否如他所願，但至少在做出抉擇的那一刻，都是帶著當下的清明與考量而決定的。從湯顯祖身上背負的使命（包袱）〔註2〕來看，明明背負重大家族使命的他，難道不想平步青雲，完成此一使命？此外，難道他不知道拒絕擁有權勢的張居正，就等於自造險阻，阻撓自己的前程？湯氏何以明知不可爲而爲之？筆者以爲，這正是他堅持以「主人之才」之核心思想作爲生命抉擇的判準。

湯顯祖的作品正如王國維在《人間詞話》中所說的「有我之境」〔註3〕，他將自己因理想而受到的衝擊與折磨的處境透過作品表現出來，將「自己」參與在作品中，藉由作品來表現自己，彰顯自己存在的意義，是故，觀其湯氏每一個階段歷經的生命皺褶無不在其作品中凸顯著「我」的存在，染著了「有我之境」，使其他的人格形象益加鮮明。湯氏能夠在舉步維艱的仕途上依然不改其志，其關鍵點正在於他以「主人之才」爲立命之道，而「主人之才」的內涵正切乎個體存在的意義，其精神之本質正切乎著「人的覺醒」。

文藝復興代的達芬奇（Leonardo da Vinci，1452～1519）其畫作〈蒙娜麗莎〉（Mona Lisa），以一個尋常婦人的畫像作爲「主體」，把一個尋常婦女大剌

〔註2〕 筆者以爲：承擔家族使命的他，在相當程度上亦是爲了完成父親湯尚賢的期待，過深過重的期待，久而久之，便也形成了沉重的負擔，因此，在承擔家族使命的同時，這個使命也成了一個無法卸下的包袱。

〔註3〕 〔清〕王國維《人間詞話》：「有有我之境，有無我之境。……有我之境，以我觀物，故物我皆著我之色彩。無我之境，以物觀物，故不知何者爲我，何者爲物。」王國維著，王幼安校訂：《人間詞話》（臺北：河洛文庫，1980年8月），頁1。

刺的畫在畫的中央，只有蒙娜麗莎一個人，沒有任何陪襯物，凸顯著她不陪襯任何人，也不被任何人陪襯。她，就是唯一的主角，為自己的存在而存在的人。而這種關於「人的誕生」與「人的覺醒」正是文藝復興時代的精神，而達芬奇所畫的〈蒙娜麗莎〉想要表現的正是「人的覺醒」，呼應著文藝復興之精神乃在主張人是獨立的於宗教教主與聖徒之外的，他不依附宗教，不依附神祇，更不依附人間的權貴，天然自足的具有自己的生命價值。〔註4〕而湯顯祖所謂的「主人之才」所展現的正是這樣的精神風貌：他不斷在現實處境中遭苦受難，卻仍堅持以「主人之才」的意志入世，願為自己信仰的崇高理想奮不顧身，展現奮鬥不懈的氣慨，而這種氣慨在落難時所開展出的氣魄自有其魅力。是故，如何論述一個以「主人之才」作為生命核心思想，在遭苦受難時展現的人性表現，以及凸顯他在「人的覺醒」這方面的思想體現，則成為本文文研究動機之一。

（二）「重構邏輯」和「挖掘意義」之企圖

凡生而為人，雖皆受制於時空之限，然而，卻也能經過修練而超越種種侷限。榮格「個體化」理論中的關鍵概念：「轉化」，即說明生而為人都必定面臨著這樣的循環規則：在經歷「某一個生命階段」後，就會有一種新的考驗迎面而來，目的就是為了解構舊的自我，重構新的自我。當舊的自我通過「突如而來的考驗」後，自然就會進入「新的生命階段」，建構新的自我。從佛法的角度而觀，這樣的歷程與「覺醒」有關。而「覺醒」的關鍵在於面對「業」的態度。每一次的覺醒，都來自深沉的痛苦。因此，在覺醒之際，即能洞澈到業的兩種面向：過去之業，今生之果；當下之業，未來之果。換言之，生命的每一個歷程都可以是「過去之業，今生之果；當下之業，未來之果」的循環歷程。因此，觀察湯氏如何在「痛苦」之際有了「覺醒」之悟，而達成「轉化」之機，是故，「轉化」這一概念則成了筆者則探究湯氏心理歷程變化時一個可適時運用的「研究視角」。

程芸在《湯顯祖與晚明戲曲的嬗變》一書針對湯顯祖的歷史身分以「明

〔註4〕 大陸學者盧興基以其三十年來研究晚明文學與藝術累積的成果，提出晚明的文明是一種「失落的文明」，是「失落的文藝復興」。關於詳細內容，可參看盧興基：《失落的文藝復興：中國近代文明的曙光》：（北京：社會科學文獻出版社，2010 年），頁 433～444。此外，關於此段之思，乃是源於閱讀周志文：《冬夜繁星：古典音樂與唱片札記》之〈誰是貝多芬？〉一文。（新北：INK印刻文學生活雜誌出版有限公司，2014 年 10 月），頁 19～24。

清文獻中的湯顯祖形象」爲綱提出對於湯顯祖「歷史眞相」的疑慮，其中對於他作爲「文學之士」提出質疑：

> 《明史》主要是因爲湯顯祖這一舉措而將他入傳的，至於其文學活動，卷二百三十湯氏本傳只有「少善屬文，有時名」寥寥幾字，而卷二百八十五〈文苑傳序〉雖有云：「李攀龍、王世貞輩，文主秦漢，詩規盛唐。王李之持論，大率與夢陽、景明相倡和也。歸有光頗後出，以司馬、歐陽自命，力排李、何，而徐渭、湯顯祖、袁宏道、鍾惺之屬，亦各爭鳴一時，於是宗李、何、王、李者稍衰。肯定了他在反復古的文學革新思潮中的地位，但對其賦、曲、時文的寫作未予關注，並不足以彰顯湯氏之於晚明文學的獨特意義。與此相映襯的是，湯氏交游中袁宏道、屠隆、李維楨、焦竑等人則被歸入《文苑傳》這表明，正史編撰者顯然更爲推重湯顯祖政治活動的影響，而沒有將他視爲一純粹的「文學之士」。〔註5〕

自古之文人本來一開始就不是純粹的「文學之士」，後來會以「文學之士」立命留名的，都牽涉著複雜的政治因素。簡言之，大部分都是在仕途立功不成才轉而立言的不得勢者。他們從來都不是一開始便以「立言」爲首志的，而是在理想陷落以後，內心困怨鬱積，爲了紓怨洩憤才進而爲文的，是故，「文學之士」成了他們安頓生命之際的另一種身分。因此，不把湯顯祖視爲一純粹的「文學之士」這個觀點確實是精確把握了湯氏的歷史形象。不過，可以進一步推究的是：明、清文獻中的湯顯祖形象所呈現出多元形象表徵出「創作者」隨著「時代之變」而有所「轉變」，其歷史的形象也隨著主觀的闡釋而有所衍異，然而，造成此現象發生的原因正是根源於「創作者」本身有著「深邃複雜」的特質，才得以使他不湮沒在歷史的長河；不僅如此，還可藉此漸次推衍出不同的形象，而這些不同形象的產生更涉及「眞、假」層次的闡述，亦涉及敘述的、分析的，或同時是敘述的也是分析的。是故，何謂眞正的「歷史形象」？其實「歷史形象」這個詞語本身就暗含著辯證性的弔詭。正也因爲如此，才得使研究可以進行不輟。是故，程芸提出了研究關於湯顯祖歷史形象的方法：

> 湯顯祖遺存的文字從數量講，在晚明時期並不特異突出，但明清文人所給予的關注卻是多種多樣的。有限的文本和多視角的闡說，爲

〔註 5〕 程芸：《湯顯祖與晚明戲曲的嬗變》（北京：中華書局，2006 年 8 月），頁 4～5。

後人提供了有關湯顯祖的多重歷史身份和文化形象，有些接近於今人的認識，有些則有相當大的偏差。這與其歸因於「闡釋」的主觀性，不如說是緣於對象本身所蘊涵著的複雜性。我們今天試圖穿越有限的文本進入古代文人的精神世界時，既要遵循「知人論世」的路徑，同時這也是一個重新建構邏輯和發掘意義的過程。一方面，古人所生活的時代、個人的經歷，賦予其人其作以特殊而具體的歷史文化語境，脫離這一語境必然缺乏「同情之理解」；而另一方面，我們既不可能尋找到每一對象「之所以如此」的所有因素，也很難在每一因素與研究對象之間確定必然的因果關聯。因此，所謂「重構邏輯」和「挖掘意義」，一般而言總是有所選擇或有所偏重的，這很大程度上受制於研究者自身的「問題意識」。〔註6〕

程芸分析研究面向的困囿性，亦提出突破研究困囿的方法性，不過，在此筆者必須提出幾點不同的思考：

第一、提出湯顯祖遺存的文字從數量講，在晚明時期並不特異突出，但對於現今研究者而言，湯顯祖本身之全數作品是否已通徹讀遍？並非只鑽研戲劇作品，便以此形繪其歷史形象。何有此論？正因為湯氏不是純粹的「文人學士」，因此其全數作品便不得不涉及，並要有所建構，如此才能達到「重構邏輯」和「挖掘意義」的可能。此外，湯顯祖在偏僻之縣，為民立命，揚其仁者愛人之儒者風範，得其好的名聲；在文學創作上，以「臨川四夢」遺世，人雖逝矣，其創造性精神卻流傳至今。若不從所謂世俗的成功定義來探究湯顯祖仕途不遂的遭遇，而是從內在，存在性的自由而論，湯氏在仕途上的不順遂並沒有扼殺他本具的才性，以及據德守貞的理想實踐，反而正是讓他臻至於「大人之道」的關鍵。

第二、所謂「讀書百遍，其義自見」，新的「問題意識」，必須是先掌握湯顯祖全數作品的基礎上，進而有所建構，才能真正在前人的基礎上有所創見。歷來皆言湯顯祖有其耿介不阿之性，以簡要的因果關係論斷他的行為：即以其性格為「果」，得一切「因」。然而，中國文人多耿介不阿，只要以「耿介不阿」表之，便能概括一切。卻忽略在面對不同的事件，思考的層次，表現的方式，處理的態度乃有「世異則事變」的歷史因素，以及「事變則情異」的人性因素，是故，其本質內涵有掘層縷析的必要。

〔註6〕　程芸：《湯顯祖與晚明戲曲的嬗變》（北京：中華書局，2006年8月），頁4～5。

　　每個研究對象都像是一則則的「公案」，而每位研究者也以自己的方式論述出「公案」的樣子，而成爲「公案中的公案」，不過，卻也因爲公案與公案之間的互相參究，沿襲其說，而有了類型化之嫌。是故，爲了避免此現象，筆者側重的論述焦點則在：深入研究作家個體與作品之間的存在意義，掌握湯顯祖耿介不阿之性是如何被界定、擴充？而他又是如何表現他的才性，其才性是否也會因時因地因勢而變？誠如蔡英俊言及作品與作家時，強調兩者緊密的關係：

> 在傳統文學批評活動中揭示的「整體性」具有兩個層面的義涵：一個就批評所指涉的對象而言，作品與作家固然可以分屬兩個關切的重點，但是作品終究是作家生命的一種生動活潑的表現，作品永遠是作家構成一個不可分解的整體，如果借用人物品鑒的語彙來說，作家是一個「個體」，他的存在有「其種種生動活潑的表現型態或姿態」，但這種種表現必須「還原其爲整全的人，爲一整全的個體生命人格」，因此作品歸屬於作家而與作家構成一種整全的連續體。其次，就批評的方式而言，既然我們所要了解、掌握的對象是「一整全的個體生命人格」，那麼如何直接而整全的接納這個對象，觀察底蘊，便成爲重要的課題。〔註7〕

據此之思，從作品的內在情志還原作家的立體形貌，細析《湯顯祖全集》中之關鍵作品以形構出其文藝生命之思想呈現，進而建構出他在「道」與「文」兩相躑躅下展現出的人格形象與文藝內涵，以達到「重構邏輯」和「挖掘意義」之可能，則成爲本論文研究動機之二。

二、研究目的

（一）釐清「主情」與「辨情」之企圖

　　曾癡迷於達觀禪師與湯顯祖在舟上的道情之誼：「無情當作有情緣，幾夜交蘆話不眠。送到將頭惆悵盡，歸時重上去時船。」〔註8〕也癡頓於達觀禪師以「無情正是情深處」的靈心慧語：「無情無盡恰情多，情到無多得盡麼。」

〔註7〕蔡英俊：〈「風格」的界義及其與中國文學批評理念的關係〉，《文心雕龍綜論》（臺北：臺灣學生書局，1988年5月），頁358。

〔註8〕〔明〕湯顯祖：〈歸舟重得達公船〉，徐朔方箋校：《湯顯祖全集》（北京：北京古籍出版社，1999年），頁580。

〔註 9〕更對於何以「解到多情情盡處」，便是「月中無樹影無波」產生濃厚的
好奇。對於兩人於水月光中的有情無情之辨，令筆者思及姜夔「暗香疏影」
的意境，進一步以「情理」的辯證關係理解姜夔的文藝思想。〔註 10〕如今歸
舟，正如佛門所言，宿緣未了。因緣神妙，筆者可謂「重上去時船」。歸回此
道情，無非是對於「情理」思想欲有更深入的論析。

　　湯氏與達觀禪師的道情甚深，其日益深刻的原因不外乎湯氏也輪迴在
「苦、老、病、死」之鎖鏈中，在他苦於死別不得出離之際，佛法成了他內
在的安頓之鄉。人的一輩子，脫離不了生老病死，每個糾纏於此中的人都會
因欲求解脫，或只能逃避的情況下接觸宗教。當然，亦有洞觀此理，起於助
人之初心而開啓與佛法緣分的人，如西方心理學家榮格。當他談到研讀佛典
的因緣時云：

> 首度將我牽引到佛教教義世界的，既不是宗教史，也不是緣於哲學
> 的研究，而是我身為醫生此專業的興致所致。我的職責在於醫療精
> 神的痛苦，由於這個原因，我不得不熟悉人類偉大導師的論點與法
> 門，他提出「苦、老、病、死之鎖鏈」的理論。……研讀佛典，對
> 我助益匪淺，因為他訓練人們看待痛苦，可以客觀的看；對於其起
> 因，可以採取一種普遍性的眼光。〔註 11〕

關於「苦、老、病、死之鎖鏈」，無論係何人，皆在此中輪迴復輪迴，無一例
外。達觀引渡湯氏，其目的無非是要他捨凡夫情執，以明心見性，轉眾生情
識，了悟自心，斷得煩惱、所知二障，轉識成智，回復「精奇之物」〔註 12〕
的本來面目。然而湯氏一開始並不為所動，直到他面臨「一連串的死亡」之
後，才真正與佛教教義產生關鍵性的連結。他一生緊縛在苦、老、病、死之
鎖鏈中，臨苦、遭病、逢老，這三苦他都能接受，然而在面臨「愛子死別」

〔註 9〕　〔明〕湯顯祖：〈江中見月懷達公〉，徐朔方箋校：《湯顯祖全集》（北京：北京
　　　　　古籍出版社，1999 年），頁 581。
〔註 10〕　筆者之《姜夔文藝思想之情理觀研究》便是在此因緣下生發，由王偉勇老師
　　　　　指導誕生住世。
〔註 11〕　〔瑞士〕卡爾・榮格（Jung, C.G.）著，楊儒賓譯：《東洋冥想的心理學——從
　　　　　易經到禪》（臺北：商周出版社，2011 年，6 月，3 刷），頁 148。
〔註 12〕　〔明〕紫柏眞可：〈與湯義仍之一〉：「寸虛賦性精奇，必自宿植，若非宿植，
　　　　　則世緣必濃。」毛效同編：《湯顯祖研究資料彙編（全二冊）》，上冊　（上海：
　　　　　上海古籍出版社，1986 年 9 月），頁 234。

之課題，卻成爲他晚年無法擺脫的陰霾。〔註 13〕湯氏與榮格一樣，對於佛法教義都只是初入者，並無法眞正通遍經藏，然而，從個體化原則的角度來看，這是個重要的關鍵歷程，因爲這是開啓探索生命之謎，漸成自性的一個關鍵。如何轉迷成悟，轉識成智？是成爲完整的人終生在肉體層次與心靈層次中無可避開的責任，永恆的追索。

　　雖然湯氏最終並未跟隨達觀出家，然而在他與達觀切磋交流的過程中，或隱或顯產生了「澄情覺路」〔註14〕的契機與力量，湯氏所言：「情有者理必無，理有者情必無。眞是一刀兩斷語。」〔註15〕之情理思辨正是最好的證明。除此，棄官歸隱後的湯氏以「繭翁」爲號，那個時期的他也開始思索「夢覺」兩者之關係，對於中觀教義亦有其見解，而他提出的「緣境起情，因情作境」〔註16〕，以及「因情成夢，因夢成戲」〔註17〕之說，都與達觀脫離不了關係。筆者以爲：湯氏「以戲爲道」的戲論觀，正是他承續羅汝芳與達觀二人之精神的發揮。他沒有剃度出家，然而卻身在紅塵，以戲爲道，以戲弘法。是故，對於擴展湯氏之文藝思想，達觀可謂功不可沒。他不僅是引渡湯氏入佛法大海的關鍵人物，亦是間接影響他企圖將「道藝合一」的人。緣此，湯氏對於「情」的認識與理解，定有其深刻思辨，以及另類思考。而他所創作的《南柯記》、《邯鄲記》、《牡丹亭》不但是當時以「繭翁」自號的他欲尋出口的方式之一，亦是他從對立的「情理」關係中破繭而出的標誌，此三夢，可謂是湯氏從「理情」至「辨情」的歷程。

　　是故，筆者以爲：湯氏乃是透過《南柯記》、《邯鄲記》、《牡丹亭》來呈現其「辨情」觀，據此，釐清湯氏究竟爲「主情」，抑或爲「辨情」之論？則爲本論文研究目的之一。

〔註 13〕 「湯士蘧之死」對於湯顯祖而言是心中永遠無法磨滅的傷痛。其詩〈忽忽吟〉：「望子孤哀子，煢煢不如死。含笑侍堂房，班衰拂螞蟻。」徐朔方箋校：《湯顯祖全集》（北京：北京古籍出版社，1999 年），頁 718。

〔註 14〕 〔明〕湯顯祖：〈續棲賢蓮社求友文〉：「應須絕想人間，澄情覺路，非西方蓮社莫吾與歸矣。」徐朔方箋校：《湯顯祖全集》（北京：北京古籍出版社，1999），頁 1222。

〔註 15〕 〔明〕湯顯祖：〈寄達觀〉，徐朔方箋校：《湯顯祖全集》（北京：北京古籍出版社，1999 年），頁 1351。

〔註 16〕 〔明〕湯顯祖：〈臨川縣古永安寺復寺田記〉，徐朔方箋校：《湯顯祖全集》（北京：北京古籍出版社，1999 年），頁 1158。

〔註 17〕 〔明〕湯顯祖：〈復甘義麓〉，徐朔方箋校：《湯顯祖全集》（北京：北京古籍出版社，1999 年），頁 1464。

（二）實踐「真修實悟」之企圖

司馬遷《史記》描寫人物的方式總是從某些特殊角度來探討其行為，以及潛藏之性格，採用的是以細寫深的方式將人物的關鍵形象凸顯而出，雖然無法達到全面完整，但卻使人物的關鍵特質有了立體的形象。縱使無法以環環相扣的全面視角描寫人物，然而這種從總體上去拆解與理解的觀察方式，以及以細寫深的書寫視角，確實可以避免讓人物流於片面性及單一化之弊。是故，筆者企圖從湯顯祖一生的真實，釐析出的每個階段中的「重要事件」，並以此作為論述焦點，「通過故事裏更多的細節來回答任何事件中『為什麼』的問題」〔註18〕，藉此剖析人物心理，以此達到去「類型化」的窠臼。

每個人一生都會經歷「個體化歷程」，榮格把人類的生命周期分為兩部分：前半部是自我的發展，後半部則牽涉到終極意義的問題。在生命的前半段，是發展認同感的階段。在這個階段追求成就的志向以及渴望在世上占有一席之地等等的企圖都屬於認同感的一部分。過了前半段，一個新的歷程開始顯現，個體開始隱隱約約意識到：這些並不是生活在這個世界的全部，也開始覺察到其他的價值。自此之後，根本的個人議題開始變得重要，自性開始凝聚，個體化歷程也開始成型。榮格在個體化歷程中所強調的是「中年轉化」，而「中年轉化」是人類從「發展」到「超越」極具關鍵的部分。〔註19〕榮格認為在經歷中年轉化時，各式各樣代表自我的象徵被聚合而成類似曼陀螺的形式，並對個體產生療效。當年華老去，關於意義、目的和宗教或靈性相關的課題會變得更為凸顯。這帶有對個人命運的接納，讓個人找到使生命活得有價值的內在意義。他注重生命的每一個小歷程所具有的意義，更帶領

〔註18〕　路易斯・明克（Louis Mink）：〈歷史的哲學和原理〉，收入伊格斯（Georg G.Iggers）主編，陳海宏等譯：《歷史研究國際手冊》（北京：華夏出版社，1989年），頁26。

〔註19〕　莫瑞・史丹（Murray Stein），胡因夢譯：《英雄之旅——個體化原則概論》：「個體化一詞，指的是一輩子的人格發展，它是指在個人所居住的家族和文化脈絡下，從一種萌芽狀態以弧形和螺旋形方式向前移動，而最終能夠讓人格的最大潛力得到更充實而完全的表達。在往後階段，它更超越了家庭與文化層次而承擔更深的向度，在殊象之內展現普世價值。如果前半生的目標是在發展一個健康的自我，以適當地調通文化和環境的狀況，那麼，後半生的目標就是在超越自我之後，獲得一種象徵性中心的意識感。」（臺北：心靈工坊文化事業股份有限公司，2012年6月），頁13。

觀者洞澈這些小歷程又是如何構成大歷程，進而形成生命的圖象；再從這些大歷程中看見一個階段的結束，正是開展另一階段的必然條件。

　　究竟，湯顯祖的命運之輪有著甚麼樣的大歷程與小歷程，而他在歷經「中年轉化」時又發展出了甚麼？超越了甚麼？此外，每個人在生命的不同階段中都有學習的對象，並使之視為典範。而在學習過程中所崇敬的對象，或效法其精神，或模仿其行徑，即成為一個人的「人格面具」〔註 20〕。若是把面具的概念，放在戲劇的脈絡，就能體會，面具實際上是一種性格的隱喻。個體化包括很多卸除人格面具與解除認同的歷程。承認自己性格的限制，並能看見缺陷，同時也會欣賞不時脫穎而出的可愛特質。〔註 21〕因此，人格面具與自我本質間的調和，有賴對自我的理解，更重要的是那是對自我所配戴的面具角色的理解。而這個歷程是否與湯顯祖所欲建構的「主人之才」而成其「大人之學」的性命之學有密切的關係？又是否在他經歷卸除人格與解除認同的歷程中也存在著混淆、衝突與失控？還有，他在衝突過後又是如何自消自解以達到真正的整合？

　　研究的目的就在於發現問題，探究問題，論析問題，解決問題，而跨領域的研究業已成為一種正在進行的趨勢。是故，對於「臨川四夢」的研究，鄒元江從「考古學」與「譜系學」的視角提出他發現的問題：

> 學界總試圖尋找「臨川四夢」創作的合理機緣。所謂「合理」也就
> 是要尋找出作者之所以創作這些作品的動機，尤其是前後一致的內

〔註 20〕「人格面具」（persona），是心理學家榮格（Carl Jung）所提出的概念。這個詞來源於希臘文，本義是指使演員能在一齣劇中扮演某個特殊角色而戴的面具。榮格所謂的「人格面具」（persona），指的是一個人對他人表露的人格，有別於其本來的自我。榮格認為，一個人可藉人格面具扮演他在生活中擔任的角色，而與周遭世界相互作用，這樣可達到個人內在心理性質和社會之間的妥協。因此人格面具可使一個人適應社會的要求。人格面具是榮格的精神分析理論之一，也被榮格稱為從眾求同原型（conformity archetype）。榮格認為人格面具使人能夠演繹各種性格，通常是符合社會期待的一面，給予他人一個好印象，以便得到社會的承認。另一方面，人格面具也作為隱藏真實自我。人格面具對於人在社會上的生存來說是必需的，它使我們能夠與各式各樣的人們交際，即使對方是令人厭惡的。在不同的環境下，人會帶上不同的人格面具，例如，與父母相處的時候戴的是一幅面具，與朋友相處的時候戴的是另一幅面具。

〔註 21〕關於「個體化」理論的相關論述，可詳參莫瑞‧史丹（Murray Stein），黃璧譯：《英雄之旅——個體化原則概論》（臺北：心靈工坊文化事業股份有限公司，2012 年 6 月），頁 39～48。

在邏輯關聯。其實，從知識考古學和譜系學的視角來看，這種我們習以爲常的研究範式是存在問題的。〔註22〕

爲了解決「創作的合理機緣」這個「研究範式」所存在的問題，他舉以西方解構主義代表的蜜雪兒・福柯（Michel Fouvault）之論作爲探究的起點：

> 蜜雪兒・福柯（Michel Fouvault，1926～1984）作爲西方後結構主義的代表，他對以結構主義爲代表的「邏格斯中心主義」的批判就是通過他所理解的「考古學」和「譜系學」來解構強調前後一致的內在邏輯關聯的歷史整體性法則。他在去世前所寫的《何爲啓蒙》（1984）中對自己基於重寫歷史的歷史批判及其方法加以概括說：批判在合目的性上是譜系學的，在其方法上是考古學的。所謂考古學的，意指：這種批判並不設法得出整個認識的或整個可能的道德行爲的普遍結構，而是得出使我們所思、所說、所做都作爲歷史事件來得到陳述的那些話語。而這種批判之所以是譜系學的，是從這個意義上說的，它並不會從我們所是的形式中推斷出我們不可能做或不可能認識的東西，而是從使我們成爲我們這所是的那樣偶然性中得出不再是、不再做、不再思我們之所是、我們之所做或我們之所思的那種可能性。〔註23〕

學貴眞修實悟，欲通其變，入手必殊，〔註24〕鄒元江據此，論析出他「解決」的方法，〔註25〕並寫就了〈「臨川四夢」的文化書寫與湯顯祖文人形象的虛擬

〔註22〕鄒元江：〈「臨川四夢」的文化書寫與湯顯祖文人形象的虛擬塑造〉，《戲劇研究》，第九期，2012年1月，頁1。

〔註23〕鄒元江：〈「臨川四夢」的文化書寫與湯顯祖文人形象的虛擬塑造〉，《戲劇研究》，第九期，2012年1月，頁1。

〔註24〕〔清〕莫晉：〈莫晉序〉：「學貴眞修實悟，不外虛實兩機，病實者救之以虛，病虛者救之以實。古人因病立方，原無成局，通其變，使人不倦，故教法日新，理雖一而言不得不殊，入手雖殊，而要歸未嘗不一。」〔明〕黃宗羲著，沈之盈點校：《明儒學案》（北京：中華書局，2008年1月），頁13。

〔註25〕所謂「前後一致的內在邏輯關聯的歷史整體性法則」即「尋求普遍價值」，所謂「尋求普遍價值」，也就是「使形而上學成爲可能」。但問題是，正如考古所面對的殘缺不全的材料一樣，任何歷史事實的構成往往具有它的偶然性，我們很難尋找到一種能夠用來解釋一切歷史事實的「普遍結構」，更不能由這個虛擬的「普遍結構」來推斷出歷史中的人物「不可能做或不可能認識的東西」。面對殘缺不全的、尤其是非物質形態的心靈史，我們只能以非前見的原則來陳述已發掘的並不完整的歷史事件所具有的可能性，而這種可能性也可能並不具有可歸納性或可歸類性，也即它可能僅僅具有自我劃界的偶然性特

塑造〉一文。

是故，爲開闊研究層面，出其新意，筆者秉以此心探析湯顯祖一生認認眞眞活過的跡痕，故「上篇——湯顯祖及其文藝生命轉化之旅」則以「轉化」概念作爲論述主軸，嘗試建構出在每個轉化階段中的核心思想；而「下篇——以『道』、『智』、『情』爲核心的文藝觀」則以《南柯記》、《邯鄲夢》、《牡丹亭》爲主要範圍，探析其「情覺觀」、「夢覺觀」及其「情理觀」，臻至湯氏之文藝生命能夠日新益新之志，則爲本論文之研究目的之二。

第二節　研究範圍與前人研究成果概況

一、研究範圍

理論必須被了解，而且變成他個人的經驗，這點在湯顯祖的創作歷程中顯現無遺。論述湯顯祖文藝生命的轉化，其作品應該是最直接的原始文獻。從他「明志表性」的內在脈絡可從「嘆肝血以明志」、「傾知己以表性」兩方面呈現，據此可窺探出他：「寄情於人」，無非就是「寄人表志」，何以如此執拗表現其志，無非就是「寄志顯道」。而如何建構其「明志表性」的內在脈絡，其尺牘、詩賦、序、記皆是不可忽視的第一手資料。湯開遠〈尺牘原序〉中云：

> 今春雨露之感，發故篋，得祠部公尺牘凡若干首。或微語而見天心，或極言而盡人事，或仁賢之進退於是乎關，或文章之眞偽於是乎辨，或闡幽而流雲霞日月之光，或持平而奪雷風水火之射。至其與朝言朝，與野言野，則又周行之示，而正直之好也。故有所委蛇言之而非諂，有所指切言之而非懟，有所粥粥然言之若謂其子弟然，而初非有所求。得是書而讀之者，其亦可以消急仕之恔心，破膚學之滿志，而因以油然於忠愛也。〔註26〕

據此，可約略了解湯顯祖尺牘之內容與特色所彰顯的「言外意義」，見其寄人託物，明志表性，隨人酬答，獨攄素心之狀。是故，探究湯氏之詩、賦、尺

微，但卻自我圓滿的具有偶在的譜系性。我們對湯顯祖的「臨川四夢」的認識就應作如是觀。鄒元江：〈「臨川四夢」的文化書寫與湯顯祖文人形象的虛擬塑造〉，《戲劇研究》，第 9 期，（2012 年 1 月），頁 1。

〔註26〕　〔明〕湯顯祖：〈玉茗堂選集題詞及序〉，徐朔方箋校：《湯顯祖全集》（北京：北京古籍出版社，1999 年），〈詩文集原序集存〉，頁 1702。

牘、序文之深層意蘊，挖掘其藝術情感與藝術理性，以形構詩人立體的自身存在，則是踏實此論文的關鍵路徑。此外，在文藝觀方面，本論文以《南柯記》、《邯鄲記》、《牡丹亭》三夢爲主，原因在於此三夢乃是湯顯祖棄官之後的作品，集中在這三夢，可以了解在自號「繭翁」時期的湯氏，他是如何透過戲劇的創作自消其鬱悶，自解其遭遇？而他又是如何藉由創作的媒介，闡釋其情理之辨，以及透過「夢」來詮釋「情覺」之內涵。

二、前人研究成果概況

　　湯顯祖逝世至今，已近年，留下豐富文藝資產的他，不僅啓迪了後人對於情理的思考，更爲後人開闊學術研究的空間。關於前人在研究湯顯祖方面，可謂成果豐碩。近廿年間，學界對於湯顯祖熱情仍濃，而根據本論文之研究主題，以「湯顯祖」及「文藝思想」爲題作爲探究的，可分爲以下四類：一、湯顯祖之形象辨析；二、湯顯祖之交遊情事；三、湯顯祖之文藝思想；四、「臨川四夢」之立言神旨等，以下針對所述概略之：

（一）湯顯祖之形象辨析

　　關於湯顯祖之人格形象之單篇論文有：李芳〈湯顯祖——明代官場裡的「硬骨頭」、鄒元江〈「臨川四夢」的文化書寫與湯顯祖文人形象的虛擬塑造〉、田仲一成〈明末文人心目中的湯顯祖的人物形象〉、毛小曼〈試論湯顯祖的人格理想及其內涵〉、孫愛玲〈論湯顯祖人格的深層內涵〉、〈論湯顯祖的道德人格〉、〈論湯顯祖的自然人格〉、堯新瑜〈湯顯祖隱士情結探析〉等篇，其中較具代表性的則是鄒元江〈「臨川四夢」的文化書寫與湯顯祖文人形象的虛擬塑造〉，他指出研究方法的錯位會導致湯顯祖的形象失真：「我們用今日的文化尺度來試圖演繹一個整體一致的我們所熟悉的湯顯祖的文人形象，但這個今人強加在四百多年前的一位古人身上的演繹尺度卻是處處與一個眞實的古人應當有的特徵相抵觸的。……我們完全可以用我們今日的價值尺度來發掘「臨川四夢」的當代意義和微言大義，但我們卻不能想當然地認爲這就是湯顯祖最執著、最終極的文化書寫和生命追求。」〔註27〕正是這種模糊性，而有了研究上的彈性。筆者確實也與鄒元江的論點相同：湯氏並沒有將「四夢」作爲他安身立命的終極追求，他一生眞正關注和苦悶的是大道是否踐履

〔註27〕 鄒元江：〈「臨川四夢」的文化書寫與湯顯祖文人形象的虛擬塑造〉，《戲劇研究》，第九期，2012年1月，頁1。

和詩文能否傳世，《臨川四夢》對他而言，不過是他的「辨情」歷程，以及對於佛法教義的思辨反芻。

此外，具有理學家身分的高攀龍提出湯顯祖不僅是「文學之士」之論，值得深思。所云：「及觀賜稿〈貴生〉、〈明復〉諸說，又驚往者徒以文匠視門下，而不知其邃於理如是！」〔註28〕意即當時評論湯氏的論者，多從作為「文學家」的角度視之，而「不知」從「思想家」的角度觀之。此論所透露出的訊息即是：研究湯氏者多著重在他的戲劇作品，而忽略了其他言理、辨理之作。這也正是本論文強調當通達湯氏之全部作品之理由。據此，筆者以「主人之才」建構其「貴生」之論，以凸顯「主人之才」之於湯氏一生的重要性，以及「貴生」思想對於他實現「大人之道」的關鍵性。

（二）湯顯祖之交遊情事

鄒元江《湯顯祖新論》一書中，對於沈君典的批評甚為嚴厲，將他視為庸鄙的偽君子。以為：

> 在沈懋學的《郊居遺稿》卷九中，有一封湯顯祖不可能看到的信。在這封〈寄張幼於〉的信中，沈懋學說他見到一些詞賦家頗負意氣，薄待當世文學大家（指「前後七子」），認為李於鱗（攀龍）、王元美（世貞）、汪伯玉（道昆）輩也應捨棄。「吾不知其所負真有過於諸名公不，而揚揚訑訑，志趣可知矣。藉令所負過諸名公，而以文藝驕人，較彼以富貴驕人者，吾不敢謂其有差等也。彼富貴驕人，人皆賦之，此獨足貴乎？頃者，談學滿天下，言高而行卑，風稍變矣。而談藝滿天下，亦言高而行卑，恃足下二三兄弟能維持世道耳？」從這封信可見出，沈懋學為何會在張居正別有用心的拉攏他和湯顯祖時，他會處女子失身於張居正。他是一個極為勢利、卑下的小人，卻又以失氣節的小人之心度君子、負意氣知人，對他們所獲得的口碑既羨慕、又忌恨，試圖將負意氣之君子與「富貴驕人」的小人平列，來平復他因失節而導致的內心苦悶。這實在是一個非常庸鄙的偽君子。〔註29〕

筆者以為這樣的推論太過武斷：首先，從何斷定那是一封湯顯祖看不到的信？

〔註28〕〔明〕高攀龍：〈答湯海若〉，毛效同：《湯顯祖資料彙編》（上海：上海古籍出版社，1986年），上冊，頁225。

〔註29〕鄒元江：《湯顯祖新論》（臺北：國家出版社，2005年6月），頁231。

其證爲何？其次，將《郊居遺稿》卷九那段引言與失節之節縐合所據爲何？如此斷言，有失偏頗。是故，本論文根據湯顯祖與沈懋學之往來書信及詩作推敲其心志，釐清湯顯祖是否亦視沈君典爲僞君子。此外，並將研究視角聚焦在其建構「主人之才」上，據此論述湯顯祖的拒絕實則是聽從自己的內心，爲自己堅持的信念而作出的選擇。是故，以「別情之道，淑世之擇」的角度探析，該是本論文獨特之處。

此外，關於湯顯祖與羅汝芳及達觀禪師的關係，其單篇論文有：鄒自振〈論羅汝芳對湯顯祖的影響〉、戴璉璋〈湯顯祖與羅汝芳〉、鄭培凱〈湯顯祖與達觀和尚—兼論湯顯祖人生態度與超越精神的發展〉則認爲湯顯祖與紫柏眞可的交往影響了他對生命的看法，同時也影響了他的戲劇創作。針對羅汝芳與達觀禪師對於湯氏是否造成影響的說法，本論文將對相關問題加以釐清。此外，情論思維是晚明文化的一大特色，不僅是認識當時思想、文藝的重要關鍵，對現代社會也同樣充滿啓發。然而晚明一個極其重要，卻往往爲研究者所忽略的文化現象：即情論與當時佛教的同步流行。這似乎也透露出在這個階段，湯顯祖以佛爲理想的歸結。從佛教思想切入的單篇論文有：宋霞霞〈佛教思想對《南柯記》創作的影響〉、龐欽月〈文化史與古代文學研究釋例—以湯顯祖《南柯記》與佛教文化爲例〉、駱兵〈《牡丹亭》「三教合一」思想的審美文化意蘊淺論〉、王錦源〈夢了爲覺‧情了爲佛——從文本對照角度解讀《南柯夢》意旨〉等篇。不過，由於是單篇論文，僅能綱要提點，所見皆有進一步論述的空間。

是故，關於湯顯祖與達觀禪師，可以深入研究的面向除了探討佛教是否對湯氏的思想產生影響？亦可探究出那個改變或影響的關鍵性變化爲何？另外，關於《南柯記》與《邯鄲記》是否爲他接受佛教教義後的思辨體現？是故，如何闡釋「二夢」是他對「情」的探掘，體現他從「理情」——「辨情」——「化情」的夢覺歷程，則爲本論文致力之處。

（三）湯顯祖之文藝思想

關於湯顯祖之作品取材意向與創作觀點，學界研究者或從尺牘、從不同切入方式論述闡發，如：趙延花〈從湯顯祖的尺牘看他的「經濟」思想〉、鄒自振〈湯顯祖嶺海詩文論略〉、〈試論湯顯祖的散文理論與創作〉、〈湯顯祖的詩歌理論與創作簡論〉、安葵〈湯顯祖的詩與劇詩〉、王德兵〈論湯顯祖遂昌詩文的審美價值〉、魏青青〈論湯顯祖的詩學思想〉、周君燕〈試論湯顯祖辭

賦創作〉、高琦〈情理兼備，別樹一幟——論湯顯祖的小品文創作〉、〈筆力雄健，體亦多變——論湯顯祖的辭賦創作〉、翟勇〈湯顯祖辭賦特徵述論〉、周錫山〈論湯顯祖的文學理論及其文氣說〉；或自創作觀點的挪移，申說其湯氏在藝術上力求突破的發展，如：趙山林〈試論湯顯祖的桃源情結〉、呂賢平〈作為敘述符號存在的人和物——論湯顯祖戲劇中人和物的敘事作用〉、徐保衛〈湯顯祖夢境心理的形成原因及其藝術影響〉、代珍〈淺析杜麗娘兩種活動空間的設置〉；又或從思想變化的角度闡釋其變化的，如：韓經太〈氣機：在情與夢游的畸人靈性背後——湯顯祖的文學思想與理學文化的嬗變態勢〉、王卓〈「臨川四夢」與湯顯祖後期思想的轉變〉、王璦玲〈論湯顯祖劇作與劇論中之情、理、勢〉、李鴻淵〈論湯顯祖「貴生說」的思想淵源及文學史意義〉，王小巖〈湯顯祖貶謫徐聞與他的《貴生書院說》〉、吳建軍〈湯顯祖及《邯鄲記》玄學思辨的探究〉、劉康寧〈論湯顯祖「以人為本」的政治理念〉、蔡邦光〈羈絆與掙扎——湯顯祖出入世觀的較量〉、黃三平〈從「臨川四夢」看湯顯祖諷世意識的演變〉、周育德〈湯顯祖的貶謫之旅與戲曲創作〉所論皆有其據，呈現各自爭鳴之態。其中較具代表性的則有：王璦玲〈論湯顯祖劇作與劇論中之情、理、勢〉中以為尤以紫柏真可（法名原作達觀，1543～1603）的影響，來解釋此間的歧異。以為：「湯顯祖在返鄉初期，時而耽溺圓夢的遐想，時而展現夢覺的渴望。這些渴望和遐想，與劇作內容或有呼應之處，卻和《牡丹亭》及《南柯記》的完成時間，呈現參差交錯的狀況。易言之，將劇作平行連繫於作者的思想轉變，並進而找尋影響轉變的關鍵人物（如紫柏真可），此番作法恐需調整。」〔註30〕然而，對於「二夢」的切入點，除此，是否可有另外的開拓，則是本文嘗試突破的。

（四）「臨川四夢」之立言神旨

關於以《臨川四夢》為題之單篇論文，其論述面向可分為「詩教觀」、「戲劇觀」、「情至觀」等三面向，如：戴健〈《臨川四夢》引《詩》所見湯顯祖「《詩》教」觀〉、陸博〈「因情成夢，因夢成戲」——從「臨川四夢」看湯顯祖的戲劇觀〉、儲著炎〈湯顯祖「因夢成戲」戲曲觀的形成及其審美價值〉、董暐〈儒學文化體系下的戲劇嘗試——論湯顯祖《邯鄲記》中的「情」〉、李芳〈湯顯祖「至情」文論觀探析〉、任怡姍〈發乎情，止乎禮義——從「臨川

〔註30〕王璦玲〈論湯顯祖劇作與劇論中之情、理、勢〉，收入華瑋主編：《湯顯祖與牡丹亭（上）》，頁210。

四夢」看湯顯祖的至情論〉、易新香〈解讀湯顯祖的「至情觀」〉、唐衛萍〈湯顯祖「至情觀」辨析〉、周媛媛〈湯顯祖的「至情觀」〉、黃萬機〈陽明心學與湯顯祖「至情」說〉等篇。

　　另外從「主情」、「性靈」為題旨切入的則有：羅麗容〈論湯顯祖「主情說」之淵源、內涵與實踐〉、左東嶺〈陽明心學與湯顯祖的言情說〉、樸鐘學〈湯顯祖「唯情說」的美學內涵〉、鄒自振〈李贄的「童心說」與湯顯祖的「情至說」〉、張瑩〈《牡丹亭》在主情中體現的理性審美特徵〉、袁丁〈湯顯祖及其「性靈」創作觀〉、杜若鴻〈《牡丹亭》「情至觀」之文化學發凡〉、華瑋〈世間只有情難訴——試論湯顯祖的情觀與他劇作的關係〉等篇。其中杜若鴻〈《牡丹亭》「情至觀」之文化學發凡〉從「共時性的文化綜向」與「歷時性的文化積澱」兩方面論述為以貫穿《牡丹亭》的「言情」思想，並以此為核心進行闡釋，歸結出湯顯祖突出的「情至」觀出現在晚明這個特定的歷史時刻，並非橫空出世的。它實質上包含著豐富的社會歷史內容，滲透著作者的理性思索，具有超越現實功利的特質，其獨特的表現手法，體現了作者，以至那時代的人，對自身情感的不斷發現、開拓，豐富和完善的建構過程。而這個建構在一定的意義上是對傳統價值倫理的反撥或再造，從而希望恢復情感世界中業已失調的平衡。《牡丹亭》中所反映出來的情感體驗，是「情」與「理」的統合問題，無可避免的矛盾促使作者從「情」棄「理」。然而，湯顯祖是否真的是從「情」棄「理」尚待進一步論述。而華瑋〈世間只有情難訴——試論湯顯祖的情觀與他劇作的關係〉即認為《紫簫記》與「四夢」是由不同的層面探討「情」在現實人生的意義。然而究竟四夢之情，分別為何情？是值得進一步探究的。此外，學界歷來皆以湯顯祖為「主情」，不過，筆者以為以「主情說」作為湯顯祖的標誌似乎仍待商榷。

　　是故，本論文嘗試論述，湯顯祖並非「主情」，而是「辨情」。而筆者此思，乃是源於對王思任所論有所疑惑。

　　王思任〈批點玉茗堂牡丹亭敘〉中云：「其立言神旨：《邯鄲》，仙也；《南柯》，佛也；《紫釵》，俠也；《牡丹亭》，情也。」〔註31〕之反思。以為若是分析此評，則可以發現，前二夢，則以戲曲中出現的宗教角色為主，而《牡丹亭》卻以「情」？仙、佛兩者與情乃屬於不同的範疇。雖說湯氏之劇作皆「言

〔註31〕〔明〕王思任：〈批點玉茗堂牡丹亭敘〉，毛效同：《湯顯祖資料彙編》（上海：上海古籍出版社，1986年），下冊，頁857。

情」，但並不代表他定是「主情」。從〈南柯夢記題詞〉、〈邯鄲夢記題詞〉，以及〈牡丹亭題詞〉而觀，湯氏企圖展開情的本質，讓人明白情的力量，進而覺情之可能，進而昇華情的內涵。據此而論，與其說他「主情」，倒不如說他「辨情」。而他所辨之情的最終意義則是以「深情」、「智骨」、「道心」為核心的「合道之情」。是故，關於以「主情」說定論湯顯祖之文藝思想，筆者以為有重新探究的必要。

此外，《牡丹亭》究竟是否以「情」為主？何以僅說《牡丹亭》以「情」為立言神旨，難道《南柯記》與《邯鄲記》就與「情」無涉？至於湯氏究竟為「主情」？抑或為「辨情」？筆者據湯氏「道心之人，必具智骨；具智骨者，必有深情。」〔註32〕之論可作為基礎點，析探湯氏之「情」論內涵。是故，以《南柯夢》之「情覺」觀為題，從「因緣觀」、「戲夢觀」闡述湯氏藉淳于棼之辨情歷程，得其夢覺之關鍵在於：「轉情而覺」。而以為《邯鄲記》之「覺夢」觀則著重在「知夢遊醒」的意蘊析辨及其轉化意義上，藉以得其夢覺之關鍵則在於：「度情而覺」。至於《牡丹亭》則透過探究杜麗娘之遊園，探究其目的在於表現「驚」情而「覺」的夢覺思想，進一步論述湯氏「情生則智生」的「情理觀」。

以上不殫愚陋，希望能賦予「湯學」在研究範疇上的拓展；學殖甚瘠，闕誤必多，所敢獻曝者，唯作拋磚引玉之盼，於此，尚祈博雅方家不吝賜教。

第三節　問題意識與行文架構

關於本論文之問題意識與行文架構概述之：

一、上篇──湯顯祖及其文藝生命的轉化之旅

【第一章　啟蒙期──世歧激志力，宦坎鑿剛心】

本章主要論述的焦點在於：湯顯祖之仕途險阻，其主因究竟為何？是該歸咎「張居正」？抑或這一切都是湯氏以「主人之才」立命的價值展現？筆者從湯氏「別權貴之威」、「別道分之歧」兩方面論述而歸結出：湯氏去留的主導權並不在張居正，而在於湯顯祖本身。此外，亦從湯氏早期遭遇的無常經驗入手，據此闡釋對他性格與精神上的影響，並從其尺牘中分析出他「歉

〔註32〕〔明〕湯顯祖：〈睡庵文集序〉，徐朔方箋校：《湯顯祖全集》（北京：北京古籍出版社，1999年），頁1074。

肝血以明志」、「傾知己以通志」之本心，爲的正是表達「爲德苦難竟」的現實遭遇，以及他以「貴知忠誠道」作爲爲政的判準核心。

　　萬曆五年（1577），湯顯祖至北京會試，這一年正是張居正獨攬大權之際，張居正的攏絡，湯顯祖的婉拒，沈君典的接受，此事對於湯顯祖在某個程度上造成的困惑與打擊係不可忽略的。集中在此時期的作品，表露了他內心的困惑與騷動，從頻頻鳴求通志者的行動來看，累試不第的身疲心倦，讓他不禁有了「道固難期」之嘆，故作〈廣意賦並序〉自廣自薦。事實上，湯氏私心並不急於宦達，只是因爲必須承擔起光耀門楣之使命，故不得不荷光而行。然而，吏道難行，湯氏總屈其志，所以只好不斷透過詩作明志，不斷求鳴同類，而在此階段，歸隱之思已黯然生起，直到萬曆廿三年（1595）終於「落葉歸根」，回到臨川。換言之，萬曆廿三年的棄官歸隱只是此階段的延續性實踐。此外，在萬曆五年經歷落第的挫折，知交半零落的挫敗，在在構成了湯氏爲何後來以「夢」作爲戲曲創作的核心主題不可忽略的面向。

　　在科舉及第後能功名顯達，以及爲文德慨亮而守德護眞之間，沈君典見「機」而「飛」，而湯顯祖觀「機」而「潛」，前者見其「良機」，後者視爲「危機」，凸顯的正是兩人不同的政治眼光。是故，筆者不以睥睨權貴的角度論談此事，而是從湯顯祖秉堅銚之質的本性爲論述核心，他洞燭機先，有其遠識，對於政治的險惡現實有清醒的認識，才會斷然拒絕不與苟合，這代表著他敢於作爲個人，覺醒於依靠自己才爲上策的「主人之才」之思，而這也正是湯氏能夠面對權勢中心的主導者張居正可以不卑不亢的主因。

　　據此，歸結出萬曆五年春試發生的事，張居正所扮演的角色只是配角，眞正的主角其實是湯顯祖，而在湯顯祖擇以貞心而捨折桂之機時必然面對的就是與沈君典分道揚鑣，這對於湯顯祖而言，此爲重要的成長事件，也成爲他轉化的第一個階段。是故，細析湯氏此間的心境轉折，即可論證出：在歷經關鍵性的友誼試煉後，湯氏更確立了以忠誠爲道，至死不悔的信仰價值。

【第二章　建構期──成主人之才，立大人之學】

本章主要論述的基點正是從〈與李道甫〉〔註33〕尺牘中所提及的「主人

〔註33〕　〔明〕湯顯祖：〈與李道甫〉：「夫用人者，主人之才；爲人用者，必非主人也。長者常能誘人；誘於人者，必少年兒也。難動者精奇，易動者必蚩蚩之民也。目中誰當與此。」徐朔方箋校：《湯顯祖全集》（北京：北京古籍出版社，1999年），頁1292。

之才」作爲軸心，並透過其作品建構出湯顯祖一生立命行世皆以「成主人之才，立大人之學」的思想脈絡。

作爲一個獨立個體，該成爲被人重用者，而非變成被人利用者，一直是湯氏持守的觀念。他以「主人之才」爲立身之核，無非就是爲了實踐這個思想，成其不爲權勢所誘的精奇者。正因經歷外在科舉的幾番挫志，反而更加確定自己「建善在身後」的「立德」使命。從湯氏的作品〈嗤彪賦_有序〉、〈庭中有異竹賦_有序〉及〈療鶴賦_有序〉可知他堅持保有主體自由的理念，以及珍視主人之才的思想。他以「主人之才」作爲進入仕途的衡準，凡詘志牴性之事便拒而遠之，以此守性面世，表現持節守眞的風格。若此，看待湯氏回應張居正結納一事，便有了實質內涵的理解，他的婉拒辭謝，正是一種正面的抗爭，是一種履踐主人之才的表現。言及「主人之才」的建構，必牽涉到張居正的結納，而這個事件涉及到的人物，除了張居正，另個人就是沈君典。

湯顯祖在經歷「相期在友道」的理想幻滅後，其立命之道更加確立，去處如何定奪更明。基於此，筆者以「主人之才」爲論述核心，演繹湯顯祖不同層面之情志，擴充耿介不阿之性的眞正內涵，以補足僅以「耿介不阿之性」作爲結論此種缺乏論述的觀點。除此，亦將文本放回湯氏自身處境中，理解文本係如何代表湯氏發聲，進而完成湯顯祖以「主人之才」爲精神核心的理論建構。

此外，湯顯祖在〈郡賢贊〉中寄寓著他所崇尙的典範人格的精神特質，無論丈夫女人，他們都是一群「皆能護杖名氣」，不需要「服命文采之觀」便可「振趨而能」〔註34〕者。從〈歐陽德明贊_並傳〉、〈郭若虛葛賡鄧牟傅安潛羅士明趙均保徐宗儒等贊_並序〉到〈李天勇讚_並傳〉，再到〈萬氏女贊_並序〉、〈董官貞贊_並傳〉，以及〈本州良吏密佑贊_並傳〉，湯顯祖擇其事典故實，爲此而贊，所欲凸顯的正是一種「直道而行」的忠正剛勇，「義無所藉」、「慷慨赴義」的直潔本心。這些在平凡中秉持本眞的普通百姓，不矯揉造作，亦不沽名釣譽，自循其實，自行其義，自創不凡。

是故，由郡賢之贊，可洞觀湯顯祖何以選擇一條難走的路，走上離致獨絕之途的他，不只是一種性格上的「狂狷之相」，而是在自循其實的性命之學上貫徹他的「狂狷之質」。

〔註34〕　〔明〕湯顯祖：〈郡賢贊〉，徐朔方箋校：《湯顯祖全集》（北京：北京古籍出版社，1999 年），頁 155。

【第三章　過渡期──賢達多曲折，適法已盡變】

萬曆十九年（1591）上疏失利，成爲湯顯祖中年階段關鍵的轉捩點，也是他歷經轉化的第二個階段。因而，本章主要論述的焦點在於：經歷過渡期的湯顯祖，如何展現其殺活之機，以證大人之道。

湯顯祖所經歷的過渡期，首先必得面臨的即是「出仕」與「出世」的問題，反映在其詩作，呈現的意義便是思歸之念的拉扯。對於懷有天下之志的有道之士而言，在每一次的游移所歷經的轉折，便是一次的過渡，這樣現實的矛盾是一種永恆的命題，困擾著有道之士，因而導致兩境遞進，終歸擾擾的內心衝突。湯氏游移在「出世」與「入世」之間釐清本心，辯證出處，在「思歸而未歸」與「棄歸又興歸」之間不斷輪迴，然而在經歷反覆的過渡意義正在於洞澈本心。洞澈本心的觀照能力正是在一次又一次的搖擺之間確認當下眞正的「心之所嚮」而涵養而成。分析其過渡時期的心境與意義，自能形構湯氏自身養眞之道的復歸歷程。

萬曆十九年（1591），湯氏被貶廣東徐聞，降爲典史的湯顯祖，儘管有雄心爲盾，壯志爲牌，懷有變化天下之豪情，但這是未經世道火煉的湯顯祖所言，在當時，他並不知道，單憑孤耿，早已沉痼的萬曆王朝是無法產生世局變化而廣惠天下的，他能變化的只不過是自己的仕途。從「獨致以盡變」的角度解讀湯顯祖上疏的深意，即可詮釋爲：湯顯祖想要變化自己可以掌握的天下。上疏是象徵性的殺掉父權，寧爲一隻在山林間的大蟲，也不願成爲被拔掉爪牙受人操控的朝廷小畜。若無法在朝廷發揮變化天下之能，那麼這個「地位官職」便喪失了價值和意義；與其任由本眞慢慢腐蝕，陷入困惑空虛盈生的膠著中而心灰意冷，抵抗則成爲必然。湯氏不計仕途光景，勇於上疏，他的上疏之舉，不是帶著「恐懼」而行動的，而是帶著「忠誠」而行動的。這是一種忠於自己秉受詩書之教的決定，是一種出於忠於本眞的自由選擇，這種自由意味著爲自己選擇後所該承擔的後果負責，換言之，爲自己的存在爭取其價值，爲自己的決定承擔其風險，爲自由意志下選擇的一切負責，正是湯氏「主人之才」的展現，是故，南京抗疏一事，乃是他完成大人之道之前必然的實踐。

在這個過渡的階段，他不得不在失勢的現實中承認其才無以用世，在志業受挫的當下，也體認到必須在黑暗的外在環境中創造自己內在經驗的繁複，進而體思「世」、「才」、「德」三者之間的關係，完成從「立德」邁向「立

功」的階段。是故，本章即此疏爲作爲支點，上得以明白促成此疏之直接內因與間接外因，藉此窺探在過渡期間湯顯祖是如何建構其大人之學的內涵，對於這個階段所具備的轉化意義，將會有意外之獲益。

【第四章　實踐期——行米鹽之地，證大人之道】

王陽明在「得君行道」的期待破滅之後，體悟到惟有透過講學，始能將「治天下」的理想落實。推源而上，既然湯顯祖有受到王陽明嫡傳的泰州學派「以百姓日用是道」之學影響，或多或少也受其薰陶。是故，王明心學，泰州學派之思想是否也或隱或顯的承傳到湯顯祖？則爲本章論析的重點之一。

在〈李超無問劍集序〉中可以發現湯顯祖在悠悠的天下時勢中，衝擊著湯顯祖對於立命行事的思考。從崇拜其友達觀之俠轉而思考其師羅汝芳之道這個跨越的轉換，即代表著轉思/轉化正發生在湯氏身上，而這種根本性的轉折所代表的意義具有心理上以及宗教上的意義，換言之，也正是湯顯祖超越人際與社會面向的「破格」經驗：這種打破生命固定模式的經驗，從來都是湯氏在每一個生命階段會發生的自性叩問：從拒絕張居正開始，一直到他死前，不知經歷多少次的獨行其是，自廣其意的時刻，然而每一次的獨行其是，都可視爲湯顯祖在性命之學上的自性叩問，每一次的自廣其意，亦可當作湯顯祖在建構「主人之才」的同時一步一步往「大人之學」的性命實踐。在他「獨行其是，自廣其意」的「破格」行動中，也完整了他一生從「立德」——→「立功」——「立言」的年輪，儘管這不是一開始就計劃好的，儘管這當中有許多是被驅迫而走上的路，然而，當「主人之才」之根奠定，無論歧出與否，最終都會召喚能夠磨練自性的機會，而且一步步走向必然並回應「天命」。從憧憬到幻滅到自省，湯顯祖堅定著立朝大節、立世之心，完成他個人的「天命」——「主人之才」的建構，「大人之學」的實踐。是故，從「主人之才」的建構到「大人之學」的完成，湯顯祖是否能夠切乎「自性的本眞」與「自性的自由」而活在當下？則是本章論述的第二個重點。

【第五章　作繭期——九蒸九焙，獨得三昧】

何以「繭翁」自名？作繭爲文的他眞的甘願如此？顯然那是不得不的選擇。在創作《南柯記》前一年，湯顯祖即以「若士」爲號，這個行動的意義代表著湯顯祖「中年轉化」的第三個階段，在他積極向外追求人生價值失落

以後，他的棄官，代表他的質疑；他的歸隱，代表他的沉思。

　　萬曆廿六年戊戌（1598），湯顯祖四十九歲，正值生命的多事之秋。他棄官返鄉，結束宦海浮沉的政治生命，可說是他「幕前之政」轉而爲「幕後之文」的時期。對於湯氏而言，無以進入權力核心，實現變化天下之志，在顛簸的仕途中起起伏伏，這其實也形同一種流亡。甚至可說，是被皇帝拋棄了，被整個朝廷邊緣化了，在心境上也有了被流放的感覺。而在這樣的現實境況中，也意味著必須一直與環境衝突後又和解，在適應新的環境之後又必須離開，而且也必須背負過去難以釋懷的心結繼續浮沉吏道，而擺盪在「積極入世」與「靜心退隱」的兩端經驗，正是成就「臨川四夢」得以住世的必要養分。

　　當他以繭翁自命，表其「乾而不出」之境，這是他對政治生命的棄絕，對官場文化的抗議。歸鄉家居，如同進入巢穴生活，在玉茗堂中進行著自我的天問，書寫自我的離騷。對於湯氏而言，這是政治生涯的黑暗期，然而，對於後代人而言，這段黑暗期卻成爲他創作的光明期。此外，在以「繭翁」自居的這段時期，正可窺見湯氏如何面對「外在的現實改變」，而這些「外在的現實改變」又如何促成他「內在的心靈轉化」。每一次的改變，將帶來一次地轉化，換言之，作繭期的湯氏已在「外在的現實改變」與「內在的心靈轉化」之間蛻變層生，而「夢覺」思想的蘊生正是這時期的產物。在改變與與轉化之間，湯氏領悟到長安之夢已殘，不可再攀留，在壯心消盡，了知「世事入門難出門」〔註 35〕之理後，不僅有了「王孫歸路盡」〔註 36〕之悟，亦有了「吾家眞有建安茶」〔註 37〕之尋。正因爲經歷世棄，故有了世才寄誰之嘆，也因爲歷經被中央拋棄的傷痛，故能思索「世」與「才」之關係，直揭世需才，卻又不用才之弔詭。湯氏在這種殘酷的現實下，歸去，則成了必行之路。

　　是故，探析湯顯祖以「繭翁」爲名的轉化痕跡，則爲本章論述之重點。

【第六章　化蝶期——因夢成戲，以戲爲道】

　　歷經冥王土星帶來的轉變，對於湯顯祖而言，「死亡」成了這個時期非常關鍵的「轉化」，如何走過一連串死亡的打擊，正是這個時期湯氏最重要的任

〔註 35〕　〔明〕湯顯祖：〈醉答君東怡園書六絕〉，徐朔方箋校：《湯顯祖全集》（北京：北京古籍出版社，1999 年），頁 795。

〔註 36〕　〔明〕湯顯祖：〈先寒食一日同張了心哭王太湖袁翰林四首〉，徐朔方箋校：《湯顯祖全集》（北京：北京古籍出版社，1999 年），頁 802。

〔註 37〕　〔明〕湯顯祖：〈建安王馳睨薔薇露天池茗卻謝四首〉，徐朔方箋校：《湯顯祖全集》（北京：北京古籍出版社，1999 年），頁 805。

務，也是他進入轉化的第四個階段。此刻，他彷彿進入了死亡的荒原，歷經墜落無底的深淵中，冥王星的威力，土星的試煉，究竟對湯顯祖造成了何種影響？是否成為他信入佛法大海之契機？此外，回顧所來徑，是否有覺昨非之歷程？則為本章試圖探析的重點。

　　命運從未對湯顯祖鬆手，在貧病交迫之時，又繼之以死別相續。在這個時期，他所面對的最大考驗便是至親好友的死別，無常如此地貼近，悲痛如此的徹骨。肝腸寸斷之際，念死在所難免，尤其觸及親子之情時又特別敏感，從其詩作可窺見一個父親傷子之切的悲傷形象。世間無常，而人世之情更是時常超出情識所能理解之範圍。步入遲暮之年，對生死的體會更加深刻、沉澱。他體會人的一生，全都是一日浮生，而浮生若夢，執取徒然。此心境從其〈訣世語七首〉可窺得一二。雖說湯氏有意識地凝視死亡的幽微意義，然而，在抵抗生而為人的限制後，〈忽忽吟〉又凸顯他因速貧久病喪親而有的厭世之心，又成了一個心結，進入了另一層體驗矛盾與衝突的歷程中了。在歷險曲折之後，漸已能忘情割愛，對於將「出世法融攝世法，以世法而波瀾乎出世之法」〔註38〕的達觀亦發思念，正是他終於能夠明白昔日不懂的佛法。詩文固然不是佛法究竟，然而為了利益眾生，世間技藝，何嘗不是渡眾之法？文藝的創作源頭本自「情」，而佛法之旨在於覺情離欲，湯氏將「夢」與「情」等同而論，闡釋其「夢了為覺，情了為佛」〔註39〕之思想，促成湯氏戲論思想的內涵。他從「為情作使」的本能趨向擴展至「以情參禪」的夢覺思考，繼而發展成「以戲為道」的創作實踐。因此，湯氏雖然隨與達觀出家，然而卻薪傳了他「本於人，向於道」的法情，完成了他以戲劇作為「覺民行道」的實踐，體現了「文心」與「道情」兩者互發為功的結果。湯氏隨著世事歷練，塵情多以擺落，終也能在大千世界中「以假修真」，在「即妄證真」的螺旋式試煉中，有了「牢落浮生是性光」〔註40〕之悟。是故，在「宦情」與「道情」兩端之間的轉化之脈絡，亦為本章著力之處。

〔註38〕　〔明〕紫柏真可：〈禮石門圓明禪師文〉，《紫柏老人集》，卷7，頁267。

〔註39〕　〔明〕湯顯祖：〈南柯夢記題詞〉：「客曰：「所云情攝，微見本傳語中。不得有生天成佛之事。」予曰：「謂蟻不當上天耶，經云，天中有兩足多足等蟲。世傳活萬蟻可得及第，何得度多蟻生天而不作佛。夢了為覺，情了為佛。境有廣狹，力有強劣而已。」徐朔方箋校：《湯顯祖全集》（北京：北京古籍出版社，1999年），頁1156～1157。

〔註40〕　〔明〕湯顯祖：〈水月匡山結朧寄問邢來慈二首〉，徐朔方箋校：《湯顯祖全集》（北京：北京古籍出版社，1999年），頁802。

二、下篇──以「道、智、情」爲核心的文藝觀

【第一章　《南柯記》之「情覺」觀】

　　《南柯記》以「情」爲旨，從「情著」至「轉情」達至「情盡」，以「無情蟲蟻」寫盡「有情人間」之浮世因緣。揭示世間多癡人，癡人相纏，故能成就「一點情千場影戲」〔註41〕。癡人情生，相纏難斷。一念生則萬相生，一念滅則萬相滅。一念生則成執，一念執則成貪，一念貪則成毀。念頭之生滅，彷若因緣之生滅，一念之起則攀緣，攀緣之起則業將隨生。故云：「都則是起處起，教何處立因依？」〔註42〕是故，湯顯祖從「著情──→了情──→覺情」之歷程建構了《南柯記》「夢了爲覺，情了爲佛」的思想脈絡。當「情滅」之際，必是「情盡」之時，亦是「覺情」之機，若能從「生滅相續」的因緣中「覺情」本爲影戲，本爲空，一切都只是緣起緣滅。若此，便能明白浮生因緣不過是「緣境起情，因情作境」〔註43〕。故能從其「情生」至「情滅」中「覺情」而使「情了」。

　　據此可知，湯顯祖所欲表彰的是情轉之機不在形象之「佛」，而在能證能修的「自家心田」。「覺情」而後，則能「轉情」；而「轉情」之機正在於「攝情歸性」〔註44〕，即「人心與道心合一。」若此，便能了悟「情盡」之旨。是故，從此方向探究其立言神旨，或可更貼近湯顯祖創作《南柯記》之動機與思想內涵。此外，從湯顯祖〈南柯夢記題詞〉可所言之「情攝」〔註45〕可知，他在與客一問一答中，表達了其創作心跡。「一往之情，爲情所攝」此說正可解答何以湯顯祖傳奇多夢語之疑。其實，他所欲凸顯的正是在人物之萬

〔註41〕　〔明〕湯顯祖：《南柯記・情盡》，徐朔方箋校：《湯顯祖全集》（北京：北京古籍出版社，1999年），頁2435。

〔註42〕　〔明〕湯顯祖：《南柯記・情盡》，徐朔方箋校：《湯顯祖全集》（北京：北京古籍出版社，1999年），頁2435。

〔註43〕　〔明〕湯顯祖：〈臨川縣古永安寺復寺田記〉，徐朔方箋校：《湯顯祖全集》（北京：北京古籍出版社，1999年），頁1185。

〔註44〕　〔明〕湯顯祖：〈南柯夢記題詞〉：「昔人云：『夢未有乘車入鼠穴者』此豈不然耶？一往之情，則爲所攝。人處六道中，嚬笑不可失也。」徐朔方箋校：《湯顯祖全集》（北京：北京古籍出版社，1999年），頁1156。

〔註45〕　〔明〕湯顯祖：〈南柯夢記題詞〉：「客曰：『所云情攝，微見本傳語中。不得有生天成佛之事。」予曰：「謂蟻不當上天耶，經云，天中有兩足多足等蟲。世傳活萬蟻可得及第，何得度多蟻生天而不作佛。夢了爲覺，情了爲佛。境有廣狹，力有強劣而已。」徐朔方箋校：《湯顯祖全集》（北京：北京古籍出版社，1999年），頁1156～1157。

途，有著各式各樣、無邊無盡之情，而能涵納此無有邊界之情的唯有「夢」。世上之人眾，如紛紛之蟻群，可想而知，而情之紛繁錯雜，亦若是，而夢則能廣納一切錯綜離奇，故湯氏以為：唯夢，可收攝世間之情。此外，湯氏以莊子所言的「齊物」，佛家所謂的「眾生平等」之觀點闡釋了「夢了為覺，情了為佛。境有廣狹，力有強劣而已」之論。以為「夢了為覺」與「情了為佛」其實並無二致，將「覺」與「佛」並置而觀，一方面表明「生天成佛」並非真正的覺悟之途，故有生天為兩足多足蟲，不作佛之例破除「生天成佛」之宗教救贖，反駁了「生天成佛」之論，以為不該以此為盲目的追求，另一方面，「夢了為覺，情了為佛」之說點出其差別之處在「境界」與「力道」，並不需要以此比較，夢覺之意不在成佛，而在於將人心與道心合一，其「攝情歸性」之意在此。

除此，《南柯記》立言神旨可真為「佛」乎？筆者以為從著情到了情，從了情到覺情到轉情之意義在於「了情」，而「轉情為覺」正是作為「夢」可醒不可醒的關鍵。若知「命運」之真實在其如夢幻一場，便有了「運命」的覺醒之悟。了悟命運之事，全然是轉瞬變化，不再執於不得去，不得死的兩端之間，而將力道覺知在「運命」之事上，故行至耳順之年後，湯顯祖對於天下事的態度，亦從「知」之邁向「耳」之「順之」之境界。這也透露出，在創作《南柯記》時的他尚停留在「知」天下事的境界，有知，必有不知，尚限於一隅之中；不過，可以確定的是，著墨「功名是幻影」一事，自辯自證長安路上的盧生與淳于棼一類的人，皆是以功名為真，入夢以後，才明白原來「功名」亦是轉瞬變現，是無常生滅的，故特以「夢」寫「功名榮貴」的實現，然而在夢醒之後，才知不過是殘存的夢影，無所覺謂之迷，有所覺謂之悟。依此論述得證《南柯記》之夢，其情之核在——朋友之情，其機在「轉」。

湯顯祖以虛幻之夢，虛幻之戲，欲人體道之特色，因道是隨處變現，俯仰之間皆可見，然道又無有固形，在隱微處顯現，又在顯見處隱微，在有跡無跡之間，在實與幻之間，在入與出之間，以「入夢醒覺」的敘事模式寄託他的夢覺思想，傳遞破豁兩邊的中道觀。「道」與「夢」之特質如此相似，道之象，不該囿之；道之存，無可名之，夢何嘗不是如此？故湯氏以「夢」模「道」，以「戲」顯「道」，打破人類總囿於道的慣性思考與作為。此外，亦提倡「道」在「日用」之間，故俯仰間不僅可觀道，亦可推習於道，並在觀道與推道之間覺有情之天下，知人情之萬千。夢能了與否，不外乎「覺知」

二字。覺知世間冤緣因何，無有起始，故無可分辨，道出「覺知」與「平等心」的關係。是故，湯氏《南柯記》所欲強調夢了與情了，覺與佛，事實上兩者無分，內涵其實是相同的，差別的就是「人的覺知」表現的「境之廣狹」、「力之強劣」而已罷了。

【第二章　《邯鄲記》之「夢覺」觀】

湯顯祖特別提及《枕中記》世傳爲李泌所作，徐朔方認爲湯氏此言是有意附會，以足成後文。然而爲何附會李泌，而非他人？就因李泌、張良、范蠡等人「功成入道」的形象是晚明許多文人景仰與追隨的典範，〔註 46〕如屠隆的詩文集中亦屢屢讚揚此等人，並以之作爲追隨的對象。〔註47〕據此推測，湯顯祖選擇唐傳奇《邯鄲夢》改編爲明傳奇劇本時，是有其應合當時文人的出世想望與猶豫，企圖爲士人（包括自己）的生命困境做出解套的意圖。極言「夢死可醒，眞死何及？」的可怖，再以「度卻盧生這一人，把人情世故都高談盡，則要你世上人夢回時心自忖」爲總結，頗有規勸或自省尚在仕途徘徊的「世上人」及早回頭的用意。可惜的是，他並未多此多加闡述。不過，換個角度想，正因爲他洞察到「了夢」不易，這樣欲說還說的設計，正可呼應此思。

人終其一生，都在「世俗價值」的「主流成就」與「非世俗價值」的「自性成就」的兩端尋求安身立命，在不斷地擺盪之中，終歸都該涵蘊「主人之才」的長養，堅定「主人之才」的意志，而後聽命於「主人之才」的歸向。此外，湯氏「從文至道」不僅透露出他歷經「轉化」的階段，更彰顯出在轉化階段「自性復歸」的命題，以及「主人之才」實踐的終極意義。是故，「臨川四夢」的創作，不正是湯氏有意識的紀錄？他藉由杜麗娘爲情而生，爲情而死的形象鋪展出個體一生對於自性的追尋與復歸的歷程。《牡丹亭》中的杜麗娘，《南柯記》中的淳于棼，《邯鄲記》中的盧生，皆在入夢的歷程中開啓

〔註46〕關於晚明文人對「功成入道」的想望與典範追隨，可參看徐兆安：《英雄與神仙：十六世紀中國士人的經世功業、文辭習氣與道教經驗》（新竹：清華大學歷史研究所碩士論文，2008 年），頁 111～112。

〔註47〕〔明〕屠隆〈詹炎〉云：「千古英雄出而爲當世整理經略，多未免有富貴功名之念。惟子房、武侯、長源此念都盡，直爲其所欲了當而脫手者耳。」《鴻苞》，卷 11，頁 125。〈持論〉也云：「李泌生而神靈，謫自仙籍，長策可以濟時艱，長風可以超塵俗。」卷 10，頁 63。《修文記》：「范蠡尋仙須霸越，鄴侯絕粒已興唐。」《全明傳奇》（臺北：天一出版社，1983 年），卷上，頁 2。

他們的自性追尋與復歸。而他們入夢後的夢之結構即是：入夢————遊夢———知夢————覺夢。

透過「入夢」的歷程，而得其「夢覺」之感，在「入夢」與「夢覺」中間發生的故事，才是「夢」爲何存在的最關鍵原因，也正是他何以以「夢」作爲媒介的主因。以「夢」作爲形式，將「夢」視爲之「存在」的希望，賦予「夢」自身最重要的意義。若是理解湯氏對於「夢」的創作理念，便能明白他的戲劇創作爲何都以「夢一生」作爲啓蒙的形式。醒後而知夢爲夢，因而覺夢之情而了情，夢的存在，是爲了讓作夢者明白自己生命之情執，覺情以後，也才能了情。因此，在完成這段歷程之後，「自性復歸」也才可能開始。

《邯鄲記》「知夢遊醒」之意涵究竟爲何？湯顯祖在〈邯鄲夢記題詞〉所言「回首神仙，蓋亦英雄之大致」〔註48〕，屠隆亦曾在〈持論〉一文謂「從古英雄回首，踐出世大道者，其初皆有志拯物匡時，或志意不伸，或天命有屬，乃退步而修眞度世。」〔註49〕兩人所提到「英雄回首」都是指在功名成就或經歷宦海後，對世俗價值短暫、虛幻的本質有所覺悟，轉而尋找眞正的永恆價值，只是湯顯祖以夢境醒人，屠隆以實境醒人。但破之後必須能立，世人才有遵循之依歸，一味否定世俗價值而無法建構新的價值意義，終究落入虛無。是以屠、湯二人同爲士人提供兩條柳暗花明之道—修仙或修佛，對他們而言，這才是「英雄」眞正的依歸。〔註50〕

人生彷如一部世界之劇。因眾生癡迷逐妄，隨業受報，枉淪苦趣，無有出離，輾轉受苦，正待夢覺。戲劇反映的部分的眞實人生，以戲台爲塵世，以戲子爲眾生，搬演之世間情事，以此渡化眾生，乃是湯氏「覺民行道」的一種方式。佛法教義要入百姓日常，不得不藉戲傳道，捨此則無以成。這種將「佛法」之眞實教義與「戲曲」之通俗形式的結合，正是以戲爲佛事的展顯。除此，《邯鄲記》則以呂洞賓「度世」，盧生「入夢」展開「知夢遊醒」之歷程。勾勒黃粱夢中享受「酒色財氣」之「極欲」的物質世界後，終歸面臨生死大事。死之不可避，故有延壽之渴，延壽不得，面對一切化爲烏有，則生驚怖。「二夢」中以「仙」、「佛」爲度化因緣之可能，然而並非究竟法，

〔註48〕 〔明〕湯顯祖：《邯鄲夢記題詞》，徐朔方箋校：《湯顯祖全集》（北京：北京古籍出版社，1999年），頁1155。

〔註49〕 〔明〕屠隆：〈持論〉，《鴻苞》，卷10，頁63。

〔註50〕 〈熱鬧場中，度化有緣：從明末清初佛教中人戲曲創作觀點看戲佛融通的可能性及其創作規範〉，《國文學報》第52期

湯顯祖直指學道人有「偏至」之病，言下之意，便是學道人亦有「執其一端」之弊。既然如此，度化解脫之事，必也落入佛家所言之「有漏」。故《南柯記》最終以「佛禪」之理爲「救贖之泉」，開啓了「度化」可能的因緣，而《邯鄲記》最終以「道仙」之理爲「救贖之泉」，開啓了「度化」可能的因緣。無不透露出湯顯祖的「度化解脫」觀：度化解脫之可能，當回到「道心」之自悟自修才成其可能，否則終究只是「亦自知津亦自迷」罷了。

是故，從湯顯祖的「夢覺」思想中，可探究出他「有情無情，豁破兩邊」之因緣觀、「自修自悟」的度化觀，以及「以夢模道，以戲顯道」的「戲夢」觀可窺見《邯鄲》之夢，其核在——君臣之情，其機在「覺」，以及湯氏藉「夢」言「覺」，藉「覺」論「性命之學」，言「大人之學」之思想軌跡。

【第三章　《牡丹亭》之「情理」觀】

《牡丹亭》之「情旨」爲何？眞如王思任：〈批點玉茗堂牡丹亭敍〉中所言，其立言神旨，《牡丹亭》乃爲情也乎？〔註51〕若是分析此評，則可以發現，前二夢，則以戲曲中出現的宗教角色爲主，何獨《牡丹亭》則以「情」？這兩者完全是屬於不同的範疇。據此，關於《牡丹亭》「主情」之說，筆者以爲此論尚有探究的空間。此外，《南柯記》與《邯鄲記》二齣之以「夢」爲形式之手法卻和《牡丹亭》不同。前二者之夢，都是夢醒之後，即成虛幻；而後者則是夢中所見，醒來之後成眞。這是否尚寄寓著湯顯祖其他之創作意旨，亦是可留情而思的佇思而論的。

對於「情」、「理」之辯，歷來討論者可謂多如牛毛。如葉長海〈理無情有說湯翁〉一文論及湯顯祖在窮究「情理」關係之後，情理本具的意涵並不是固定不變的，「在不同的場合，對此有不同的闡釋，其中亦不免留下意蘊錯雜的跡象，反映他的思維之獨特之處。」〔註52〕而這正是筆者以爲不能僅將《牡丹亭》視爲愛情劇作的關鍵之因，必須辨析湯顯祖何以以「牡丹亭」爲名？而創作《牡丹亭》之「情旨」爲何？其「情旨」之內涵與層次又如何？透過「閨塾」、「後花園」、「冥界」這三處空間的意義探究湯氏之情理思想，無疑對研究《牡丹亭》有出陳轉新之意義。此外，亦能挖掘出杜麗娘在不同

〔註51〕〔明〕王思任：〈批點玉茗堂牡丹亭敍〉，毛效同：《湯顯祖資料彙編》（上海：上海古籍出版社，1986 年），下冊，頁 857。

〔註52〕葉長海：〈理無情有說湯翁〉，收入華瑋主編：《湯顯祖與牡丹亭》（臺北：中央研究院文哲所，2007 年 11 月，2 刷），頁 105。

空間所呈現的內心轉變以深探人性，形構出人的內在空間與外在空間彼此相互呼應的關係，便能進一步了解湯顯祖在《牡丹亭》所論辯的情理意義爲何，如此，對於辨析湯氏之「情理觀」確實有其不可忽視的意義。

《牡丹亭》之夢，其核在——男女之情，其機在「驚」。因「遊園」之所以精彩，之所以關鍵，正是「遊」一意所指稱的意義。遊戲，本是自由自在，無所框架，活活潑潑，可以任情而爲，隨情而遊，於此中的情感是可以有所起伏，有所彈性的。在「遊園」一舉中，杜麗娘進入了從未見識的空間，並且藉由「後花園」這個第三空間，她在此中記憶、重思，恢復失落的空間。因此，「後花園」可謂是杜麗娘的「桃花源」，不得不這樣說，「後花園」獨立成一個時空型態，它代表著分隔或切割出活在由「理」所控管的空間下一個規律不可更易的時間，在後花園裡，杜麗娘的心理時鐘是自由的。後花園成了杜麗娘情生情轉的固定地點，一次又一次的遊園，一遍又一遍遊園的時光不斷迴環，直到自己的春情得到釋放，得到滿足爲止。因此，後花園代表的是杜麗娘「情竇初開」的完成，而在那個時間循環裡，追求愛情，其實是在追尋自我，亦是不斷探索自己的開始，真正的愛情，才正式進入她的生命。

「冥界」一處，乃是杜麗娘「穿越生死」，體驗爲愛而死，爲愛而生之情感歷程的異質空間。透過「冥界」這一場域，杜麗娘死而復生的歷程，在在體現「情至」精神之內涵：「情不知所起，一往而深。生者可以死，死者可以生。」此外，在冥界的行動已不同於在陽間的行動。在「陰間」和「陽間」之間，有一個模糊且巨大的空間，而杜麗娘正在此中進行「魂遊」與「還魂」之過程，這個空間的開闊性值得我們去探究，因爲在「魂遊」與「還魂」的空間裡有無限複雜的內部動機，也有無限複雜的外部力量，所展示的其實是杜麗娘「示愛」的過程，以及夢中人以由「虛」證「實」，從「實」體「虛」之理。

另外，湯氏所謂：「生天生地生鬼生神，極人物之萬途，攢古今之千變。」盡變在杜麗娘己身。她在「閨塾」中接受「他人之理」，由「他人之理」規範自身的行動，但人終歸有心靈活動，這並不是「他人之理」可以控制管理的，這說明情的流動性，情的無限性，情的不可控管性，因此，在「後花園」她開始擺脫「他人之理」，聽從「自身之情」的呼喚，經歷了一場遊園驚夢，經歷了從生至死的歷程。而後，從「冥界」中滿足了「自身之情」後，她才甘願回到「理」的規範，因爲那個時候的「理」已非「他人之理」，而是經過自

己追尋後所甘願服膺的「理」。而這一趟的生死之旅，絕非外人眼中所見之「理」所能盡釋的，因爲眞正經歷這些是必須背負承擔的情感起伏，唯有杜麗娘才知箇中滋味。因此，筆者以爲，這一歷程的情理經歷，才是《牡丹亭》眞正的思想根據，也才是湯顯祖自己經歷的人生之世後所反芻的思考。

　　《牡丹亭》之「情理」關係複雜多元的意義。從平實的現實人生，從人生而自然的角度思考：既爲人，人之千變，正如菩薩千百億化身，爲因應這如千百億之人身，八萬四千法門便因運而生。此一理路揭示的是：人無法被單一化，情無法被規格化，理亦是。情理是相生相輔的，天理寓於人欲中，不該懸空論理，是人經歷體悟後的眞實之理，而非架空的虛談之理。湯氏再三強調人的情感需要，肯定人的個體欲求，這正是對於當時程朱理學無視人性本具的情感慾望的回應。湯氏透過杜麗娘這個角色想要探討的其實是「個人」與「一體」的關係：兩者不該是以對立面的狀況相抵相制，而是應該相輔相成。當群體的主流力量龐大到壓制個體，使個體失去原本該有的自由與面貌的情況下，就是一種失衡狀態了，不過，當個體完成追求以後，也不必視群體爲對立面，因此最終杜麗娘還魂以後，她並不是選擇私奔，而是依實禮完成終身大世。湯顯祖創造杜麗娘這一人物來追尋自由精神與自我解放，在完成「個體」的意願志向後，終歸還是回到「群體」，一種安其身，立其命的圓滿，即「家」的所在，完成人一輩子追求的「歸宿」，亦完成「和順積中」的精神理想。湯顯祖所寄寓的是：一切道，由心生，內化而成，不假外求。「從二人相偶之道」的男女之思，通過一場情愛，道之層次因而生起，切身眞實的經歷而所悟成的道，比起侈談名理的道，來得眞實，來得有力量。如此，才是「道」的眞義。道具獨特性，也具共同性，不可類比，不可規格化。夢，亦眞亦幻，幻中有眞，眞中有幻，夢不可索，夢之存在是爲覺。湯顯祖所謂：「因情成夢，因夢成戲」的創作觀，無非承載著他「道心智骨」，他以戲度化，實踐有情，展現以一種深入庶民的方式傳道之「深情」。

上篇——湯顯祖及其文藝生命的轉化之旅

　　英國宗教人類學家鮑伊（Fiona Bowie）曾歸納「通過儀式」（ride de passage）與「閾限」（Iiminal）兩個詞在宗教人類學裡的指涉，前者「標志著從一個生命階段、季節或事件，轉向另一個階段、季節或事件。」後者則為「眞實的或象徵的、時間的或物質的——在所有通過儀式中，都是個關鍵的因素。」〔註1〕因此，藉由通過每個儀式及閾限的跨越，有許多觀念會被打破，並且重新對曾存有的觀念展開論辯，此外，在放下過去舊有的執念與超越之堅，亦會產生許多往來論辯的複雜心緒，不同以往的是，在往來論辯的過程中，體會著「更上一層樓」的超拔感，不再陷溺過去的泥淖，而是獲得了新的觀看視角，對於原本生命處境亦有了不同的理解與透悟，而此經驗在通過「儀式」與「閾限」的跨越中裂變而生，正是所謂的「智慧」，在經歷「某一個生命階段」通過「某一種考驗」，進入「新的生命階段」，如此無窮迴復，生命也將獲得象徵性的「重生」與「新生」，進入另一個階段，開展另一段「新的開始」。

　　「Transformation」的字源是來自兩個拉丁字的組合：trans 和 forma。在拉丁文中，trans 是「跨越，越過，在另一邊」，可以連結的想像是一條河：經過河面，從此岸將某些東西運送至彼岸。Trans 傳達了「從一個地方的人、物

〔註1〕　〔英〕菲奧多・鮑伊（Fiona Bowie），金澤、何其敏譯：《宗教人類學導論》（The Anthropology of Religion：An Introdution）（北京：中國人民大學出版社，2006 年 3 月），頁 187。

品或狀態到另一個地方」的意思，而「超越」（transcendence）及「超個人」（transpersonal）的字根就是 trans。而 form 來自拉丁文的 forma，意指「形式、輪廓、形狀、意象、模式、特徵」——指出了從一個輪廓或意象到另一個形狀的變化。或許這個形象一開始便是相當具體的。Forma，一度指的是鞋子的形狀。如果一個人想讓鞋子有不同的形狀，以便改善它們的式樣或更接近柏拉圖式理想的「美」，他的想像便能用來將另一個形狀帶越可能之河（the river of possibility），運用於他製鞋的的工作室。如此，這個人便使他的鞋子「轉化」（trans-formed）了。因此，依據榮格「轉化」概念：Transformation，這個字意指心靈能量從一個形式轉變到另一個形式。將此運用在湯顯祖生命的轉化上，便能真實的看見一個藝術家蛻變的過程。是故，析探湯顯祖一生自我轉化的歷程，則成為了解湯顯祖文藝思想的首要之務。

此外，人當會隨著際遇的不同，或多或少會隨著際遇的不同自我捨棄，以及增新、擴展所謂個性上的特質。湯顯祖的「人格」並非是一成不變的樣品，隨著際遇的不同，他也不斷進行毀滅與重生的人格建構，透過作品，可以形繪出在不同時期，不同的階段展現的特質。以榮格的觀點來看，「為了邁向整體，我們必須整合陰影，也就是，個體化是朝總體性前進的過程。」〔註2〕是故，透過文本的細讀，便能在抽絲剝繭的過程中發現作品的意義，抽繹出蘊藏在作品中所謂湯顯祖的情志，藉此，亦能探索出每次在面對抉擇時其隱藏的幽微心緒與轉折心境，進而漸進推論出湯顯祖的生命與創作兩相轉化之間所呈現出的代表性觀點，進一步重新詮釋他的人格以及建構屬於這個時代的湯顯祖形象。

還有，「並不是事件發生在人們身上，而是人們出現在事件中。一個人遇上了一個特殊事件，正因為他需要這些事件，來完整實現自身的潛能。」〔註3〕外在的「大歷史」（外在的歷史事件）與內在的「小歷史」（個人的成長事件）如何或直接、或間接的影響個體思想歷程的建構以及生命成長的轉化，探究個體在思想形成過程中經歷的重要事件則成為不可偏廢的切入角度。還有，自身的經驗往往與歷史事件有關。個體生命在啟蒙階段所受的刺激與興

〔註2〕 約瑟夫‧坎伯瑞（Joseph Cambray），魏宏晉等譯：《共時性：自然與心靈合一的宇宙》（臺北：心靈工坊文化事業股份有限公司，2012 年 6 月），頁 18。

〔註3〕 戴恩‧魯迪雅（Dan Rudhyar）：《The Astrology of Self-Actualization and The New Morality》（Lakemont Georgia C S A Press，1970 年），頁 27。

感不勝計數，然而能夠眞正引起效果、造成影響的都是那些對於生命有直接衝擊性的事件，而在這個過程中，強調的是「個人經歷」與「個人存在」，著眼點在「個人」。因此，將湯顯祖個人經歷中的重要事件納入到思想研究範圍，便能進一步建構出他自身的信仰系統、價值體系。在以「事件」爲核心思維，進而剖析人物「形構思想」的過程中，遂形成「啓蒙期」與「建構期」，前者著重於個人「存在依止」的信念，故「守持忠誠，不改其節」則爲湯顯祖以「立德」爲「立身處世」的基本核心，亦爲建構「主人之才」而做的準備。因此，「主人之才」的奠定與確立正來自一步步在事件之中不斷迴返自身，確立自身的過程，如此，在建構期中，「主人之才」以立，「大人之學」才成其可能。是故，「啓蒙期」歷經科舉屢次的落第，而導致落第的並非實力不足，而是牽涉到政治層面的權貴操控，這些大事件，形成了湯顯祖有了「世歧」的現實感懷，亦有了「情坎」的空間。然而，正因「世歧」，讓他的生命不斷地在「越俗須重構」〔註4〕的狀態下，深化了他的思想；也因「情坎」，他或主動、或被動的體嘗錯雜複雜的「人性」，進而能思索「人間世」中的「情」與「理」是如何超越，又是如何牽絆的命題。故說，「世歧情坎」的經歷，促使他以「立德」明志，然而，士總不遇，志總遭挫，萬曆十九年的抗疏之舉，正是「主人之才」的完成，這一行動，使他被貶謫，成了政治生命的危機，然而卻意外成爲他性命的「轉機」，這一「危」一「轉」之間，湯氏開啓了他自身的「轉化」的契機，也催生出「臨川四夢」。此間隱藏的前緒即爲「有意義的偶然」，也就是榮格所稱之的「共時性」〔註5〕。關於此點，將聚焦在湯顯祖與達觀禪師的相遇、相識、相知、相惜的師友之誼。因爲他們兩人相識的因緣即是最明顯的「有意義的巧合」，湯顯祖的出世的精神、禪僧的情調，以及後來的棄官歸隱，可謂影響甚深。是故，如何細膩的處理在接觸各種外在事件時所興發的感懷而造成的直接性改變，以及間接性的隱藏，皆是可力究的。

〔註4〕　〔明〕湯顯祖：〈亂後*有序*〉，徐朔方箋校：《湯顯祖全集》（北京：北京古籍出版社，1999年），頁1。

〔註5〕　Jung, "Synchronicity：An Acausal Connecting Principle," p.10.轉引自約瑟夫・坎伯瑞著（Joseph Cambray）：《共時性—自然與心靈合一的宇宙》：「所謂『共時性』，即指『有意義的巧合』和『非因果性的聯繫律』。榮格透過這一觀念，來擴大西方世界對自然與心靈的核心概念。」（臺北：心靈工坊事業股份有限公司，2012年6月），頁28。

　　根據榮格學派的觀點，心理的發展是一輩子的過程。而中年，則是一段出現密集的心理轉化的階段。在經歷密集的突發事件、人情世故和情緒起伏後，這些危機正是改變和成長的契機，也是自性轉機，在歷經這些重大改變的階段達到迸裂點時，產生根本的轉折而穿越心理的危機而倖存下來，繼續走往新的階段，並從一個心理認同跨越到另一個心理認同，順利度過發展性的危機而達成轉化，則是後半生非常核心的關鍵歷程。因為在這些不斷改變的階段中能夠轉化的目的在於更進一步開展人格潛在的「個體性」。再者，印度與中國佛教哲學裡的因陀羅網（Indra s Net）的譬喻、珠寶、諸天相映，相疊重影，反映無窮景象。〔註6〕說明了世間一切法的互相關係，一切人、事、物都會影響世界上所有的人、事、物；反之亦然。在經歷「過渡」、「實踐」、「作繭」三期後的湯顯祖，也完成了他的中年轉化，而此刻所有的思想都是經過反芻過後的。人生之意義與價值究何在？到了「化蝶」期的湯顯祖，一生面對的生死交替不斷，如生命中的「冥王時刻」〔註7〕。若將這些生死交替時間排列而出，彷彿看見某種秩序，以及生命循環的結構、特質與韻律。回想過往，人事交織的悲喜，湯顯祖已忘懷微塵世界之纏擾人事，而以「惟感知無盡」〔註8〕之心活著。體得仁愛不如自愛的他不再涉世，只以感懷無盡之心寄世。此刻，湯顯祖深入萬物的反常，縮合自然與心靈，且以個人與超個人的方式，徹底跨越的傳統禁忌，由此將心靈基礎根植於生物學以及自然當中，使萬物得以在宇宙中相互連結，在《南柯記》中可得到具體的體現，由此亦可建構湯顯祖「天人合一」之「道人成道，在其直心」的思想。

　　縱觀湯顯祖的前半生及後半生，前者完成了「雄心剛力，一誓無傾」的少年階段，後者則經歷「從容觀世，晦以待明」的中年階段，漸進邁向深度智慧的心理歷程，步入「夢覺為情，情覺為智」的老年階段。而在這個階段的他更超越了家庭與文化層次而承擔更深的向度，在殊象之內展現普世價值。是故，本論文上篇即以「啟蒙」、「建構」、「過渡」、「實踐」、「作繭」、「化

〔註6〕因陀羅（Indra），梵文為 Śakro devānām indraḥ，巴利文：Sakko devānaṃ indo，漢譯作「帝釋天」，全音譯是「釋迦提桓陀羅」，意為「能為天界諸神的主宰」。因陀羅網指因陀羅所主宰之欲界第二天之忉利天的寶網，原為裝飾天宮之用，用來連結的寶珠數量無限，可以反映出無窮的景象，取其重重無盡、互相含攝的意義。

〔註7〕湯顯祖這輩子不斷不斷地要與至親死別，故筆者稱之為「冥王時刻」。

〔註8〕〔明〕湯顯祖：〈亂後有序〉，徐朔方箋校：《湯顯祖全集》（北京：北京古籍出版社，1999年），頁1。

蝶」為期，用此六期貫串起湯顯祖一生遭遇的重要事件如何影響豐富其思想，亦可窺探出在生命轉變之際又是如何展開他的「轉化之旅」。而「啟蒙」與「建構」兩期正是他「志在立德」的階段，而「過渡」與「實踐」兩期則是他「志在立功」的階段，最後「作繭」與「化蝶」則為他「志在立言」的階段，湯顯祖的一生可謂完成「人生三不朽」矣。

第一章　啓蒙期——世歧激眞性，宦坎鑿剛心

　　一個人的成長，都在歷事中擴展思見，也在人事中獲得智慧。無論是相遇的人，還是遭逢的事，最後都會變成具體的啓蒙形式與目的，而使得個體在此中歷經蛻變之苦候得到圓滿的轉化。

　　湯顯祖的家學涵育是他幼年時期的養分，受到家人的關愛與照顧，然而卻也有了承擔家族之業的命運。尤其父親湯尚賢對他的殷殷期望，在某個程度也成爲湯氏的緊箍咒，這也就是爲什麼私心不在宦達的他仍在科考不遂的際遇中依然鍥而不捨的主要原因。然而，面對科考的不遂，又能果敢拒絕張居正的召睞，其支持他的價值信念究竟爲何？同時，與原本志同道合的沈君典分道揚鑣，這對湯氏而言，造成的心理衝擊，成爲此時期的關鍵事件，在某個程度造成的心理創傷是不可忽略的重點。此外，湯氏自云：「弟一生疏脫，然幼得於明德師，壯得於可上人。」〔註 1〕說明羅汝芳與達觀禪師兩人對於他的精神產生滲透性影響的。湯氏的以「情心人性」爲道場的價值信念，正是對其人格典範及思想精神吸收後的融合與轉化。

　　據上所述，湯氏在家學的涵育與良師的薰修中得以發揮潛能，透過這些人事物的啓蒙，亦使他不斷發展出自己本具的人格。在風暴與壓力之中，他也彷如破土的種子，在雷狂風驟，日曬雨淋的壓力下，解除自身的禁錮，開發出隱藏在自身不同面向的人格，獲得了再續生長的空間。

〔註 1〕〔明〕湯顯祖：〈答鄒賓川〉，徐朔方箋校：《湯顯祖全集》（北京：北京古籍出版社，1999 年），頁 1449。

是故，筆者試從人物及事件啓蒙作爲論述主軸，期能完整理解湯顯祖如何透過這些啓蒙之人事陶塑自身？並凸顯他「決乾而倒坤」〔註2〕的雄心剛力，固決乾而倒坤，並由此建構他終生以實踐「主人之才」爲己志，完成一代奇士之典範的精神軌跡。

第一節　承手紋之命，擔家族之業

湯顯祖，明嘉靖廿九年（1550）生於江西臨川，字義仍，別號若士，又號海若，又自號清遠道人。關於他一生的重要顯影，以下分從：一、家愛之根；二、性命之識；三、禪情之源等三方面論述之。

一、家愛之根

湯氏幼年時期體弱多病，受祖母照顧甚多，其作品〈齡春賦〉可見一斑：「兒時病，不好床席，嘗以太母腹爲藉。至十餘歲，補弟子時，尚臥其肘。以是外出夜夢，常惟夢太母耳。私心不急於宦達，以是。」〔註3〕據此可知，湯氏不急於宦達的眞正主因在於不想與祖母分離。不過，湯氏終究還是要承擔「初生手有文」的使命，〔註4〕命以「顯祖」之名，自有榮宗耀祖的想望。是故，以舉業爲重，顯達宦途，成了不得不走的路。而這也正可解開私心不急於宦達的湯氏，何以在一次次落第後依然堅持仕宦，絕大部分的原因正是來自「家族使命」。父親湯尚賢曾在文昌門外的文會書堂題上：「文比韓柳歐蘇，行追稷契皋夔」，對湯氏可謂寄與厚望；而有如此的期許，亦源於他早慧的特質。據鄒迪光〈湯義仍先生傳〉中所述，可見湯顯祖早年聰穎卓犖的形象：

〔註2〕〔明〕湯顯祖：〈嗤彪賦〉：「論雄心與剛力，固決乾而倒坤。」徐朔方箋校：《湯顯祖全集》（北京：北京古籍出版社，1999年），頁999。

〔註3〕〔明〕湯顯祖：〈齡春賦〉，徐朔方箋校：《湯顯祖全集》（北京：北京古籍出版社，1999年），頁149。

〔註4〕鄒元江：「湯顯祖這初生手之文（紋）理寄寓了湯氏家族六世綿延，的一種文昌武興的深切願望，它是湯氏家族靈根、慧命眞正顯現的表徵。這種殷切的期許，這種深切的願望，自幼就強烈地影響著湯顯祖，使他不容置疑地意識到這靈根的『文』（紋）理所昭示和必須承擔的家族慧命。湯顯祖自己則將這慧命視爲無法逃脫的『手命』。……可見，這「手命」對湯氏家族，對湯顯祖的一生具有多麼重要的命定意義。」《湯顯祖新論》（臺北：國家出版社，2005年6月），頁54。

> 生而穎異不羣，體玉立，眉目朗秀，見者嘖嘖曰：「湯氏寧馨兒！」
> 五歲能屬對，試之即應。又試之，又應，立課數對，無難色。十三
> 歲就督學公試，舉書案爲破，曰：「形而上者謂之道，形而下者謂之
> 器。」督學奇之。補邑弟子員。試必先其曹偶。〔註5〕

聰穎如此，湯尚賢就更要栽培他了。湯顯祖〈王季重小題文字序〉云：「兒時
多慧，裁識書名，父師之迷之以傳注帖括，不得見古人縱橫浩渺之書，一食
其塵，不可復鮮。」〔註6〕可知父親爲了湯氏來日的科考，便拘囚在傳注帖括
中，閱讀範圍不離舉子業，然而這對湯氏而言，不僅違逆了他的本性，亦讓
他有了食之無味的厭煩感。在〈答張夢澤〉：「弟十七、八時喜爲韻語，已讀
騷賦六朝之文，然亦時爲舉子業所奪，心散而不精。」〔註7〕據此可知，在十
三歲至十八歲這段期間，湯氏已由古文詞的習作進而習作詩賦等韻語，在創
作的廣度上有了改變，而閱讀的範圍亦已跳脫舉子業，進入到較爲隨心所欲
的自由狀態了。

　　湯尚賢望子成龍之心甚切，渴盼湯氏能早日科名顯達，光耀門楣，一吐
家族只爲「秀才」的魔咒。〔註8〕對湯氏耳提面命之語，於〈和尊言賦〉一文
中可窺得一二：

> 翁曰：「告汝，民之初生，空遊莫圉。夏子姬、嬴，繩生知譖。多知
> 徂年，自絕遙舉。汝生有辰，厥命在旅。劉歷扈瓟，不惡寒暑。爲
> 汝馳蕩，不相齟齬。胎彙綿息，絕屬微許。營載不密，馳觴樂女。
> 迷惑兩豎，醜不可語。謹宰龍轅，孰虐汝醹？調伏崔咮，誰迫汝處？
> 微言逖視，復息其所。平沖廣行，少取多與。可以長壽，視天倚杵。
> 寧云波世，遂絕敦圉。在儒爲聖，在墨爲巨。曾是不居，但費行糈。
> 〔註9〕

對於湯尚賢諄諄之言，湯顯祖了然於心，然而卻也擔心自己無法達成父親「在

〔註5〕　〔明〕鄒迪光：〈湯義仍先生傳〉，毛效同編：《湯顯祖研究資料匯編》，上冊，
　　　　（上海：上海古籍出版社，1986年9月），頁81。
〔註6〕　〔明〕湯顯祖：〈王季重小題文字序〉，徐朔方箋校：《湯顯祖全集》（北京：北
　　　　京古籍出版社，1999年），頁1134。
〔註7〕　〔明〕湯顯祖：〈答張夢澤〉，徐朔方箋校：《湯顯祖全集》（北京：北京古籍出
　　　　版社，1999年），頁714。
〔註8〕　縱觀湯顯祖的祖先，無人晉身宦途，顯然與飛黃騰達之運無緣。
〔註9〕　〔明〕湯顯祖：〈和尊言賦〉，徐朔方箋校：《湯顯祖全集》（北京：北京古籍出
　　　　版社，1999年），頁967。

儒爲聖，在墨爲巨」之所願，故有了「兒非堯、孔，又乏彭、聃。無量無方，不得雙湛」〔註10〕之憂。儘管如此，湯氏仍尊承父命，恪守孝道，戮力實踐。這也正是「私心不求宦達」的湯氏何以一再參加科考的主因，因此，筆者並不認爲湯氏是熱衷功名，而是因爲孝順的緣故。

嘉靖十四年（1526），湯氏十三歲，學古文詞於司諫徐公良傅，〔註11〕奠定其文學基礎，開闊天命之契機：

> 良傅謂異端充塞，不能匡救，忍從諛乎？語侵權貴，幾罹不測。罷
> 歸，築廬臨川擬硯臺下，以古文法教授里中。〔註12〕

所謂克成父志，可謂孝矣。父親的期許成了湯顯祖的「命運」。在面對他所謂的「命運」，儘管明知道難以完成，但他還是順從「命運」的安排，而這也就等於他必須遵從自己選擇的角色與認同，追隨命運而去。後來授學羅汝芳，行百姓日用之道，不過，血氣未定的他，在流宕於詞賦間之時，深感僅讀聖賢之書已無法滿足自心，故轉而讀「非聖之書」，過著「蹈厲靡衍」〔註13〕的生活。在日日與天下氣義之士泮渙悲歌之時，漸離師心；在流連歌舞之間，幾失其性，最後便離開了羅汝芳，泮渙度日。從潛意識的角度分析，湯顯祖在面對父親湯尚賢時，儘管有逆本心之願，然因父命難違，無法反抗，故只好依循父親之旨，一心求宦；然而，在面對羅汝芳時，天機已開，加上所讀之書已非侷限於舉業之範圍，已無法再壓抑，是故，離開羅汝芳已成爲必然，而這與湯尚賢脫離不了關係。

而祖父湯懋昭幼年即補弟子員，其後參加多次秋試皆落第，宦途不順遂，四十餘歲終轉志向，歸隱而去。沉慕仙道的他，時常帶著湯氏雲遊仙人遺跡。在〈和大父遊城西魏夫人壇故址詩〉中曾云：「家大父早綜籍於經黌，晚言筌

〔註10〕 〔明〕湯顯祖：〈和尊言賦〉，徐朔方箋校：《湯顯祖全集》（北京：北京古籍出版社，1999年），頁967。

〔註11〕 〔明〕湯顯祖：〈負負吟〉中云：「予年十三，學古文詞於司諫徐公良傅，便爲學使者處州何公鏜見異；且曰：文章名世者必子也。」，徐朔方箋校：《湯顯祖全集》（北京：北京古籍出版社，1999年），頁714。

〔註12〕 〔明〕湯顯祖：〈祥符觀閣侍子拂先生作，呈劉大府〉，徐朔方箋校：《湯顯祖全集》（北京：北京古籍出版社，1999年），頁4。

〔註13〕 〔明〕湯顯祖：〈秀才說〉：「十三歲時從明德羅先生遊。血氣未定，讀非聖之書。所遊四方，輒交氣義之士，蹈厲靡衍，幾失其性。」徐朔方箋校：《湯顯祖全集》（北京：北京古籍出版社，1999年），頁1228。

於道術，損情末世，托契高雲。」〔註14〕正因這樣的家學因緣，湯氏曾道：「家君恒督我以儒檢，大父輒要我以仙遊。」〔註15〕可見湯氏自小就在儒、道兩者間薰修、遊移。從學術滋養的方面來看，他處在非單一思想的環境，對於他的思辨有所裨益；然而從身心安在的方面而觀，他勢必也處在「儒檢」與「仙遊」的矛盾中而不知所措。然而這樣的家學經歷究竟是對他造成何種影響？從正面的角度來看，正是這樣的教育環境，形成他更爲多元包容的通達觀念，以及追求獨致，以主人之才行世的啓始點。不過，從反面的角度視之，確實也衝突於「內在的精神堅持」與「外在的官場殘酷」兩者之間。

　　人之性情，自幼而生。湯顯祖在祖父湯懋昭、父親湯尚賢以及太母魏氏的教導培養下，其基本性格、精神態度和價值觀念已奠定了初步的輪廓。家君之教，大父之育，所表徵的正是湯氏對於性命損益的思考與實踐，終其一生，都在「儒檢」與「仙遊」兩端擺盪。歷來研究有以困惑喻之，有以矛盾言之，然筆者以爲，擺盪在兩者之間卻是練養其神明，湛寂其靈府，令德日新，令思日豐，令文日進，乃天之所以陶冶鍛鍊，使之完備。而後成大人之學，行主人之才。

　　湯顯祖的家學承傳的文化涵養，使湯顯祖在文化的薰陶下茁壯。眞正的知識份子明白讀書使人向上且向善，而閱讀的啓蒙更是生命發端之際奠定人的格局的重要因素。從家族之教，湯顯祖之學，得一生爲文爲人的基礎。從嚴謹多元的教養，啓發了湯顯祖的讀書意識，也讓他有了守護家國的覺醒，因此，家族的薰修陶染，可說是湯顯祖思想發展和精神探索的最初啓蒙，在六十七年的生命裡反覆取得驗證。

二、性命之識

　　湯顯祖自十三歲即授學於羅汝芳門下，常與羅汝方「或穆然而諮嗟，或熏然而與言，或歌詩、或鼓琴」〔註16〕，在未予以制式而成牢籠的授學之下，使湯氏深覺天機大開。不過，正值血氣方剛的他僅窺一隅，卻以爲得其全象，

〔註14〕　〔明〕湯顯祖：〈和大父遊城西魏夫人壇故址詩〉，徐朔方箋校：《湯顯祖全集》（北京：北京古籍出版社，1999 年），頁 23。

〔註15〕　〔明〕湯顯祖：〈和大父遊城西魏夫人壇故址詩〉，徐朔方箋校：《湯顯祖全集》（北京：北京古籍出版社，1999 年），頁 23。

〔註16〕　〔明〕湯顯祖：〈太平山房集選序〉，徐朔方箋校：《湯顯祖全集》（北京：北京古籍出版社，1999 年），頁 1097。

當時羅汝芳之教已無法滿足他，自云：「血氣未定，讀非聖之書。」〔註17〕表露他早歲藐視聖賢之學的事實。自然而然，年少輕狂的便從「遊」羅汝芳一人進而「遊」至四方，廣交氣義之士。湯氏此舉，究竟是狂傲不羈地任氣使性？抑是性靈受其共感而使性？據〈太平山房集選序〉可推得其源：

> 蓋予童子時從明德夫子遊，或穆然而諮嗟，或熏然而與言，或歌詩、或鼓琴。予天機泠如也。後乃畔去，爲激發推盪歌舞誦數自娛，積數年，中庸絕而天機死。〔註18〕

此序敘說了湯氏回顧「性氣乖時，遊宦不達」〔註19〕的經歷時，反思了自身天機起滅的過程。「畔去」，是爲了「激發推盪歌舞」，也是爲了「誦數自娛」，這一切都是自循其實，質任自然的表現。從「畔去」這一決定，便可預見湯顯祖承擔的性格，以及「主人之才」的展現。此外，儘管數年以後，畔去之後所面臨的是天機亡失的命運，然而在當時，至少曾跨過有老師所在的「安全區域」，因此，看待湯氏的「畔去」，不過是他自循本性的表現。因爲若是沒有經歷一番自己的嘗試，只是亦步亦趨跟隨老師，是湯顯祖所不願爲的。無論是少年輕狂的任氣使性，抑或是童心受到召喚，這種依其當下本心、尋其眞心嚮往之事，對於當時的湯氏而言，都是必須自行自證的「成長之路」。

然而，從羅汝芳的角度而言，湯氏行俠使氣太過，「蹈厲靡衍，幾失其性」，故以「性命如何、何時可了」詰問，對於湯顯祖「泮渙悲歌」有了慨歎，而這一嘆，確實掀起湯氏內心的波瀾，因而「夜思此言，不能安枕」，有了醒覺。他領悟到雖然豪狂之士爲守本眞，悍然不屈；不過，這只是成就聖賢的重要品格，並非最終的完人境界。這場師生相聚，有如當頭棒喝，挑起湯氏對於「性命」之思。經過六年的反思，終於萬曆廿年（1592 年）以〈秀才說〉一文表露思想的轉折：

> 或曰：「日者士以道性爲虛，以食色之性爲實；以豪傑爲有，以聖人爲無。」嗟夫，吾生四十餘矣。十三歲時從明德羅先生游。血氣未定，讀非聖之書。所游四方，輒交其氣義之士。蹈厲靡衍，幾失其

〔註17〕 〔明〕湯顯祖：〈秀才說〉，徐朔方箋校：《湯顯祖全集》（北京：北京古籍出版社，1999 年），頁 1228。

〔註18〕 〔明〕湯顯祖：〈太平山房集選序〉，徐朔方箋校：《湯顯祖全集》（北京：北京古籍出版社，1999 年），頁 1097。

〔註19〕 〔明〕湯顯祖：〈上馬映台先生〉，徐朔方箋校：《湯顯祖全集》（北京：北京古籍出版社，1999 年），頁 1455。

性。中途復見明德先生，嘆而問曰：「子與天下士日泮渙悲歌，意何
爲者，究竟性命何如，何時可了？」夜思此言，不能安枕。久之有
省。知生之爲性是也，非食色性也之生；豪傑之士也，非迂視聖
賢之豪。如世所豪，其豪不才；如世所才，其才不秀。〔註20〕

在羅汝芳的身教之中，湯顯祖在受挫的吏道上則以《易》安頓不平靜之心：

明德夫子之巧力於時也，非所得好而私之。其於先覺覺天下也，可
謂任之矣。而沖焉若後覺者。其所與人，蓋已由由斯，而又非有爾
我不相爲浼之意。殆時爾耶。吾遊夫子之世矣。所至若元和之條昶，
流風穆羽，若樂之出於虛而滿於自然也，已而瑟然明以清。夫子歸
而弟子不得聞於斯音也，若上世然矣。夫子在世若忻生，夫子亡而
世若焦沒。吾觀今天下之善士，不知吾師，其爲古之人遠矣。今之
世誦其詩，知其厚以柔。而師之卒也，以學《易》。其靜以微，亦非
世所能知也。靜故厚，微故柔。〔註21〕

〈明德羅先生詩集序〉是湯顯祖於遂昌知縣任時所寫的，當時他四十八歲。
筆者以爲：羅汝芳先生的「先覺之心」以及他的「溫柔敦厚」正是他立足於
世的重要關鍵，他一生，深入二經藏，習《易經》者，潔靜精微，有洞燭先
機之能，有洞澈世事之力，以「覺」自修，以「覺」啓人，任重道遠，故有
了「覺民行道」的實踐；而羅汝芳「覺民行道」的精神使命也得到承傳，湯
氏於徐聞至遂昌這一時期正是徹底感受「爲俗所擯」，如實體會「爲道所容」
兩端經驗，遂也成就了「貴生之心」。湯氏「君子學道則愛人」〔註22〕的精神，
正是「覺民行道」的實踐，也正是「大人之道」必行之道。在歷經人世險阻
的湯氏，對於《易經》之理有了更深切的理解，而「靜故厚，微故柔」便也
成爲他安頓身心的「六大眞言」，寫下〈明德羅先生詩集序〉何嘗不是對其恩
師之感念，對其性命之反思？

〔註20〕　〔明〕湯顯祖：〈秀才說〉，徐朔方箋校：《湯顯祖全集》（北京：北京古籍出
　　　　　版社，1999 年），頁 1228。
〔註21〕　〔明〕湯顯祖：〈明德羅先生詩集序〉，徐朔方箋校：《湯顯祖全集》（北京：
　　　　　北京古籍出版社，1999 年），頁 1144～1145。
〔註22〕　〔明〕湯顯祖：〈答徐聞鄉紳〉：「獨念『君子學道則愛人』，常見古人雖流寓
　　　　　一時，不肯儵焉如不終日，誠愛人也。」徐朔方箋校：《湯顯祖全集》（北京：
　　　　　北京古籍出版社，1999 年），頁 1331。

三、禪情之根

　　若說湯顯祖，達觀禪師絕對是不可忽略的啓蒙師。他一生脇不至地，行不倒單直至圓寂，由此舉止更凸顯了達觀勇猛精進的求道之心。達觀以捨髮斷頭的精神爲眾生奔走，批評時政的目的，正是悲憫蒼生疾苦，願眾生離苦得樂。他氣蓋一世，能以機峰籠罩豪傑，其影響力遠過於京都浦桃社公安三袁、陶石簣、黃愼軒、吳本如等人。湯顯祖曾謂：「成大美者，必謀於大人。」〔註23〕在湯氏心中，達觀禪師是一個在滾滾紅塵中成就道業，在成就道業中亦無懼生死，乃是兼具深情、智骨、道心的大人。他以勇猛不退，剛烈忠耿之行實踐其信仰，懷抱著眾生在心，死亡無懼的精神踐履他的法，行他的道。爲道而生，爲道而死的達觀禪師一生就是一齣動人的傳奇。若說性格決定命運，那麼造就達觀禪師傳奇一生的根本原因，還是在於其威猛剛烈，不畏生死的大無畏形象。其詩〈初于聞中入流亡所頌〉可勾勒其像：「百戰將軍未肯降，太虛空裡割疆場。凍雷出地醒殘夢，別有梅花一段香。」〔註24〕便見其豪壯之氣魄。

　　何貌才是僧眾？達觀禪師稟性剛烈，貫徹作爲僧眾的自身使命與價值。他出世亦入世，他無情也深情，他剛烈也柔軟。萬曆二十七（1159）年二月，達觀禪師駐錫廬山，而當時駐湖口中使李道橫行無忌，南康太守吳寶秀出於民意，對此抵制。然而李道卻以此爲柄，汙衊吳寶秀違抗聖旨，下令捕捉，吳妻哀憤投繯而死。南康庶民爲此氣殺，不滿之氣，幾成動亂。達觀聞知此事，義憤塡膺，乃道：「時事至此，倘閹人殺良二千石及其妻，其如世道何！」〔註25〕此外，對於百姓生於火宅，陷於慘絕人寰的人間地獄，達觀禪師作〈戒貪暴說〉，警世羅刹官吏，抨擊惡行。從現今的角度而言，出家人鮮少涉入政治俗事，然若瞭解達觀禪師的思想，便能通透其行：

> 大丈夫處於大塊間，本分事元無多端，不過經世出世而已。……人
> 爲萬物靈，果於經世、出世，兩無所就，又甘與愚癡人競無明，更

〔註23〕〔明〕湯顯祖：〈與盧貞常大參〉，徐朔方箋校：《湯顯祖全集》（北京：北京古籍出版社，1999 年），頁 1525。

〔註24〕〔明〕紫柏眞可：〈初于聞中入流亡所頌〉，《紫柏老人集》，卷二十，（海口：海南出版社，2001 年，頁 55。

〔註25〕〔明〕憨山德清，〈達觀大師塔銘〉，《紫柏尊者全集》，《卍續藏經》，（臺北：新文豐出版社，1983 年），第 316 頁。

錯矣。〔註26〕

他將經世、出世視爲人生的兩大主題，而就晚明具體的歷史情境而言，經世
與出世是一而二，二而一。同爲禪僧的憨山禪詩亦有此思想，他說：「丈夫處
世，既不能振綱常，盡人倫，……既當爲法王忠臣，慈父孝子。」同樣表達
了一種相容出世與經世的情懷。二人以出世身作入世事業，汲汲於佛法的弘
揚與世法的拯救，經世與出世不僅不是矛盾的，而是水乳交融、密不可分的。
正是時代太亂、社會太亂，以致於百姓活在火宅中，不得超脫。達觀難道能
袖手旁觀，當個自了漢？故以「聖人不死，大盜不止」表明爲眾生而戰的決
心，其果敢勇猛，正是發大心者，能發大心者，才可謂是眞正的「大人」。達
觀定論下的「大人內涵」，事實上與湯顯祖所謂的「大人本質」其實是相同的：

> 佛法雖大，大於眾生之心。若離眾生之心，則大無本。由是觀之，
> 則大乃眾生自大耳，故發大人心者，爲大人；不發大人心者，便落
> 小人中矣。今汝發此大心，惟貴恒之。故曰立心不恒，凶；恒則吉
> 不可量。〔註27〕

達觀「發心」的角度定論大人與小人二者之關係，而他正是發此大心者。作
爲眾生父母的達觀以堅定的信念不僅超越對死亡的恐懼，更以其肉身展現了
深情、智骨與道心三者合一，成其大人。故湯氏云：「達觀氏者，吾所敬愛學
西方之道者也。」〔註28〕正因爲他在達觀身上看到發大心、行大願後那無可
撼動的信仰實踐，而對他產生不可取代的敬愛之情。

　　此外，達觀一再強調禪悟與文字之間互爲表裡，不得偏廢，因爲詩與禪
都需敏銳的內心體會，且須具備在象徵性的啓示中領悟言外之意的能力。因
此，達觀提出「文字般若」和「觀照般若」，以及兩者的本質相通，若能互相
融通者，則對於修行而言，裨益良多：

> 凡學佛人，不通文字般若，即不得觀照般若，不通觀照般若，必不
> 能契會實相般若。今天下學佛人必欲排去文字，一超直入如來地，

〔註26〕〔明〕紫柏眞可：〈答于潤甫〉，《紫柏尊者全集》，《卍續藏經》，冊1，卷24，
　　　　（臺北：新文豐出版社，1983年），頁524。

〔註27〕〔明〕紫柏眞可：〈示元信〉，《紫柏尊者全集》，《卍續藏經》，冊4，卷5，（臺
　　　　北：新文豐出版社，1983年），頁360。

〔註28〕〔明〕湯顯祖：〈壽方麓王老先生七十序〉，徐朔方箋校：《湯顯祖全集》（北
　　　　京：北京古籍出版社，1999年），頁1053。

　　　　　　志則高矣，吾恐畫餅不能充飢也。〔註29〕

對於達觀而言，文字就是禪境修爲的當下呈現：「禪如春也，文字則花也。春
在於花，全花是春，全春是花。而曰禪與文字有二乎哉？」〔註30〕不過，這
樣的觀點必非人人接受，尤其對於當時排斥文字之教，棄置經典的學佛人。
但是達觀之論表現出他的「文禪」互爲表裡的「禪法觀」，他不但不排斥文藝
創作，亦是支持以文藝創作傳其禪法的。以爲善用文字語言的長處，則有利
於參禪學道，故云：

　　　文字語言，葛藤閒具，本無死活，死活由人。活人用之，則無往不
　　　活，死人，則無往不死。所患不在語言文字葛藤，顧其人所用何如
　　　耳。〔註31〕

能妙於文章，亦能深於禪理，則成雙美，何樂不爲？正如《華嚴經》所言：「爲
利益眾生故，世間技藝，靡不該習。」〔註32〕顯然，爲了度化眾生，世間技
藝都可爲渡化之媒介，在咸所通達、悉善其事的情況下，斷除三毒之呃，破
除情識之累才有可能。此外，亦可窺見當時詩禪合一的文化思潮：「從大乘方
便法與般若不二法的體現來說，詩禪合一眞是詩僧們智慧的展現。所謂的詩
禪合一，指詩可以證道，道可以藉由詩來顯體。文字與道是一而二，二而一，
互爲一體的。」〔註33〕這也就是爲什麼當初還不認識湯顯祖，只因看到〈蓮
池墜簪題壁〉一詩，便覺得此詩作者受性高明，是眞求道利器，更以精奇者
視之，生起引渡之意。〔註34〕

　　達觀實踐生命意義與佛法精神的軸心非常明確：他以「經世」與「出世」
作爲實踐生命的兩大主軸，亦以「行菩薩道」落實佛法。換言之，無論他實
踐的方法爲何，都帶有強烈關懷現實的情懷，脫離不了對「世」之「深情」，
不同凡俗的是，在實踐的過程中，他以出世的心情來面對人世萬情，展現強

〔註29〕　〔明〕紫柏眞可：〈法語〉，《紫柏老人集》，《明版嘉興大藏經》，冊22，卷1，
　　　　　（臺北：新文豐出版社，1988年），頁169。
〔註30〕　〔明〕紫柏眞可：〈石門文字禪序〉，《紫柏老人集》，《明版嘉興大藏經》，冊
　　　　　23，（臺北：新文豐出版社，1988年），頁577。
〔註31〕　〔明〕紫柏眞可：〈禮石門圓明大師文〉，《紫柏老人集》，《明版嘉興大藏經》，
　　　　　冊22，卷7，（臺北：新文豐出版社，1988年），頁266。
〔註32〕　〔唐〕實叉難陀譯：《大方廣佛華嚴經》，《大正新修大藏經》（臺北：新文豐
　　　　　出版社，1983年），冊10，卷36，頁192。
〔註33〕　蕭麗華：《唐代詩歌與禪學》，（臺北：東大圖書公司，1997年9月），頁6。
〔註34〕　關於此部分的論述，將於第六章展開較爲完整的論述。

列的入世情懷。其關懷現實，不懼危難的精神，在九死一生之地爽然赴之，超然自得的形象，已在湯顯祖心中有了深刻的銘記。達觀禪師以行動釐清佛門並非空門，亦非消極的避世，在經世中懷抱出世的明澈智慧，以法度化，以法救世，便成為達觀一生對於法的理解與奉行。因此，湯顯祖在達觀身上看到經世與出世並非截然二分的對立，而是相容的理想。

> 禪宗的精神基調在於打破僵化的價值系統，從而在一空依傍的處境中，重新省思、面對當下直接的人生境地。……禪師與文人的往來不獨在於營造清新夐遠的文藝情調，而是尋求一種嶄新的生命能量，激發促動新世界的生成。〔註35〕

達觀性剛情深，律身至嚴，為其眾生，無畏無懼，這對湯氏而言，此種「艱難見真骨」〔註36〕、「為道割欣憎」〔註37〕正是他所契密的生命能量。對於湯氏而言，與達觀的相遇所帶來的意義除了堅實他落實「主人之才」與「大人之道」的實踐之外；亦成為他內心的精神導師。在他厭逢人世之際，他「新參紫柏禪」〔註38〕，在為士蘧之死痛苦不已，而「如聞紫柏師，亦覯青雲士。」〔註39〕對於達觀之崇敬可見一般。湯氏雖然未遂達觀生前之願出家修行，不過，從至情的觀點視之，湯氏後來「以戲為道」的戲論觀，在某種程度正是他與達觀道情的延續：同樣是懷抱著度世之情懷，只是引渡的方式不同，湯氏以戲證道，藉由戲劇來顯體道；換言之，達觀對於湯氏的影響，發生在中年以後，而對其文藝生命的轉化，其重要性不容忽視。〔註40〕

第二節　無常亂離，啟志思節

體驗生死最直接且深刻的地方有四個：戰場、殯儀館、老人院和醫院。

〔註35〕 廖肇亨：《中邊・詩禪・夢戲：明末清初佛教文化論述的呈現與開展》（臺北：允晨文化實業股份有限公司，2008年9月），頁25。

〔註36〕 〔明〕湯顯祖：〈送謝曰可吳越遊〉，徐朔方箋校：《湯顯祖全集》（北京：北京古籍出版社，1999年），頁605。

〔註37〕 〔明〕湯顯祖：〈奉寄趙仲一真寧並問達師〉，徐朔方箋校：《湯顯祖全集》（北京：北京古籍出版社，1999年），頁623。

〔註38〕 〔明〕湯顯祖：〈達公來自從姑過西山〉：「厭逢人世懶生天，直為新參紫柏禪。」徐朔方箋校：《湯顯祖全集》（北京：北京古籍出版社，1999年），頁563。

〔註39〕 〔明〕湯顯祖：〈奉寄李岇嶠盧氏並問達師二十韻〉，徐朔方箋校：《湯顯祖全集》（北京：北京古籍出版社，1999年），頁586。

〔註40〕 關於此部分，將於第六章詳述。

在亂離的橫流之世，「何云可淑」〔註41〕是湯顯祖的慨歎。中國文人的心靈歷史，幾乎跳脫不了這兩個框架：一個是處在橫流之世的動亂中，一個則是面臨分裂與統一的歷史命運。而湯顯祖的金剛之心是在橫流世亂中被激發的，一誓無傾的堅持與理想，亦是在此確立的。這是一個在垂危之際的時代處境下蘊生的心靈與魄力。以下分從：一、亂離啓豪志；二、無常思亮節等兩方面論述之。

一、亂離啓豪志

嘉靖三十九年（1561）八月，原募禦倭兩廣民兵馮天爵、袁三等人奪閩清縣庫起事，他們西進沙縣、將樂，攻入泰寧，趨江西廣昌、建昌、新城、南豐、樂安、永豐等縣，殺守備王禮。嘉靖四十年（1562）二月，馮天爵等爲南贛兵邀擒。閏五月，破官軍於泰和鵠朝鎮。副使汪一中、指揮王應鵬，千戶陳策、應鼎敗死。七月，南贛巡撫楊應志革任回籍。命浙直總督尚書胡宗憲兼節制江兮，發兵往援，限九月勘平。九月，袁三等自江西轉趨閩、浙邊區。十月，自邵武轉進江西鉛山、貴溪等處。總督胡宗憲檄參將戚繼光自浙江引兵赴之。袁三等敗於貴溪上坊，被擒斬六百餘人，乃奔福建建寧。還，攻入江西宜黃，爲南贛兵所敗。馮天爵、袁三軍所至之建昌、宜黃，皆臨川之鄰邑，正也代表湯顯祖係身歷此境遇的。當時，他才十二歲，這對於才十二歲的童子便面臨國難家破，在心理上造成的衝擊，在相當程度上亦是一種啓蒙，〈亂後有序〉一詩即是記載了當時的現實境況與心理狀況。以下試從兩角度：（一）亂離啓豪志，重構須越俗；（二）祝融燃鬥志，越俗須重構等兩方面析論戰爭對於湯顯祖「生命之開端」造成的影響。

（一）亂離啟豪志，重構須越俗

根據古代術數家的說法：四千六百一十七年爲「一元」，初入元的一百零六年中會經歷九個災年，故稱「陽九」。而道家以三千三百年爲「小陽九，小百六」；九千九百年爲「大陽九，大百六」。陽九之時便遭天災，百六之際便歷地災。在湯顯祖十二歲，便體驗了「陽九」之災：

> 杉關賊大人，破下縣，連數千里，守令閉城束手。臨川十萬戶，八九逃散，歷二秋而定。

〔註41〕 〔明〕湯顯祖：〈亂後有序〉，徐朔方箋校：《湯顯祖全集》（北京：北京古籍出版社，1999年），頁1。

歸來掃茸舊室，四望蕭條。鄙人終星耳，遭此不禁仰憶。橫流之世，
何云可淑。

地雁與天狗，今年歲辛酉。大火蚩尤旗，往往南天有。海曲自關阻，
越駱生戎首。下邑無城郭，掩至安從守？轉略數千里，一朝萬餘口。
太守塞空城，城中人出走。寧言妻失夫，坐嘆兒捐母。憶我去家時，
餘梁尚棲畝。

居然飽盜賊，今歸亂離後。親鄰稍相問，白日愁盧痏。太尊猶可禁，
阿翁遂成叟。死別眞可惜，生全復杯酒。曰餘才稚齒，聖禦嬰戎醜。
況復流離人，世故遭陽九。〔註42〕

「杉關賊大人，破下縣，連數千里，守令閉城束手」之情形，造成「臨川十
萬戶，八九逃散」，戰中慌亂流離之時「寧言妻失夫，坐嘆兒捐母」，人倫慘
劇，輪番上演。老年和死亡是生命下游的景觀，正在生命上游的湯顯祖看見
生死哀臨川這些亂離之身直至歷經兩個秋天才安定。亂離後，歸來時，湯顯
祖「掃茸舊室，四望蕭條」，遙想當時死別流離，家家掩抑，對於稚齒之年的
他，面對這樣的亂離經驗，無非是一大撞擊，也是一大啓發。在面對亂離的
時間中，流離的時間已成爲記憶、情感、精神創傷、觀點與情緒的總和，它
的本質不再是線性的。以「亂離」爲時間交界點，亂離前後所造成的心理承
受著極大的剝奪感，死別流離的經驗不僅造成幼小心靈莫大的壓力，而且，
當時也是家族鄰人最脆弱的時候，不過，這種改變所帶來的關鍵轉折是危機
亦是轉變。

動亂如意外的空難，喚醒尙稚嫩的心志，逃散亂離的哭喊聲，火燒屋室
的爆裂聲，死別之苦，亂離之殤，如一顆火種，點燃了他的救世雄心，啓蒙
了他的自由意志。在橫流之世經歷的動亂，倭寇賊人連縣破城，守城知縣只
能束手閉城，以致臨川百姓流離失所，湯顯祖一家也逃亡在外，直至隔年秋
天才返回。回到故鄉，滿目瘡痍，不禁感懷，他從飢餓、戰爭、疾病、死亡
當中經歷情緒經驗的震撼，從中確認他的使命，而亂離後的空城，在四望蕭
條當下彷彿聽見哀嚎的淒厲之聲，亂離歸後的此際，正也是他的哀慟時刻。

白日下中西，夜明過子丑。天道有傾移，況此浮人壽。錦袍衡白玉，
驅馳遂成叟。此道不坐進，滿堂爲誰守？探珠偶乘寐，傅翼飛寧久？

〔註42〕　〔明〕湯顯祖：〈亂後有序〉，徐朔方箋校：《湯顯祖全集》（北京：北京古籍出
　　　　　版社，1999 年），頁 1。

常時風雨人，鳴鶴與疣狗。一旦收奴客，何言捕子婦？土木詎宜勝？
鬼怪無不有。難言召康悦，已落高平手。戴盆復何望？解醒還用酒？
百身天網罣，一老皇情厚。寧謂圻中台？將需調北斗。今罹四凶一，
初稱八元九。萬死歸田里，無從謝殃咎。猶牽舐犢愛，險掛咸陽首。
賢哉楚孫叔，善建在身後。〔註43〕

無論時間的推移，天道的變化，人壽的無定，地位的升降，從天文到人文，
一切都是無常變化的，若不解此「道」，又何能守護家族至親？這是湯顯祖對
於嚴嵩罷後被捕一事的感發。他不從嚴嵩身前之惡述之，乃以「無常」的角
度剖析。

　　嘉靖廿九年，由於嚴嵩的失職，導致蒙古鐵騎兵臨北京城下，朝野震驚，
在歷史上稱之爲「庚戌之變」。不過，嚴嵩躲過了楊繼盛兇猛的彈劾，卻躲不
過自己的失言而失寵。罷官後的嚴嵩才真正要領略，往昔爲了自己的私利，
掀起的「腥風血雨」也即將反撲。林潤在前的揭惡，徐階在後的「彰上過」，
嚴嵩被以「交通倭虜，潛謀逆罪」革爲平民，其子嚴世蕃落得斬首。故嘆，
縱有鷹犬黨羽的掩護，而有「百身天網罣」，又有嘉靖皇帝的「一老皇情厚」，
然而一旦垮台，所遭遇的命運可想而知。「萬死歸田里，無從謝殃咎。猶牽舐
犢愛，險掛咸陽首」寫的正是嚴嵩父子兩人的命運。「一旦收奴客，何言捕子
婦？」正是無常過後最痛切的哀嚎了。湯顯祖「此道不坐進，滿堂爲誰守？」
的深意即在此。

　　「探珠偶乘寐，傅翼飛寧久？」此可見其洞察中的「謙遜」情懷。天道
有傾移，人世有升降，白天可能還是「錦袍橫白玉」，豈料，到了夜晚瞬間「驅
馳逐成叟」，長安棋局屢變，無論擁得天獨厚之才，享如虎添翼之能，掌呼風
喚雨之勢，皆不可依恃。不得不謹記終蒙欺騙，遭受斷翼的無常危機。「難言
召康悦，已落高平手」，前引《史記》康叔之典，後引《漢書》韋賢之典，說
明嚴嵩未來的命運。康叔能和集其明，使民大悅。及至成王長於用事，舉爲
司寇。漢韋賢以老病免相，魏相遂代爲丞相，封爲高平侯。此時，徐階代嚴
嵩爲首輔，嚴嵩復召之望如水中探月，不可希冀了。「戴盆復何望？解醒還用
酒？」失勢即失命，看了政壇的腥風血雨，「賢哉楚孫叔，善建在身後」正是
十四歲的湯顯祖的「立身之悟」。而這樣的觀史體會跟後來湯顯祖的「拒張」

〔註43〕　〔明〕湯顯祖：〈分宜道中〉，徐朔方箋校：《湯顯祖全集》（北京：北京古籍
　　　　　出版社，1999 年），頁 4～5。

之行不能說不無關係。

　　流離的童年，以〈亂後〉、〈分宜道中〉惕之之餘亦自顯其志，更以「世故遭陽九」，「今罹四凶一，初稱八元九」之事件作爲無常亂離的深刻銘記。

（二）祝融燃鬥志，越俗須重構

　　隆慶六年（1572）除夕夜，鄰居梁家大火，波及湯顯祖家，四萬卷藏書付之一炬。這場毫無預警的祝融之災，焚毀的不僅是身之居屋，連帶地也將象徵湯氏家族文昌武曲的龍紋故劍銷鎔無存，鳥篆藏書化爲烏有：

> 赤帝驕玄武，商丘被烏帑。禳災朝玉鮮，辟火夜珠虛。大道文昌裡，
>
> 青門帝表閭。比鄰風易繞，夜作水難儲。雲氣皆煙火，虹蜺出綺疏。
>
> 盡拼羊酒謝，保及燕巢餘。梁氏甾仍逸，徵之起不徐。焚輪吹翠鵲，
>
> 沃水露池魚。未反江陵雨，徒悲大火壚。龍文銷故劍，鳥篆滅藏書。
>
> 正旦成都酒，靡家好婦車。直將天作屋，眞以歲爲除。不愼炎洲草，
>
> 俱焦藻井蕖。鄭玄驚火事，陶令愛吾廬。越俗須重構，林枯不自如。
>
> 〔註44〕

《周易》〈賁〉卦〈彖〉傳云：「觀乎天文以察時變，觀乎人文以化成天下」〔註45〕此乃「道的兩種平行顯示」〔註46〕。一葉且或迎意，蟲聲有足引心，在「身心」與「物」及「事件」相互引生之下，在這場無常大火中，再一次經歷「毀壞」之教，因此「無常」成爲他青年時期想像的中軸，它主導了湯顯祖視域流轉的角度與幅員。在除夕這天，「鄰火延盡火宅，至旦始息」，發生火災的時間點別具意思。除夕正是除舊佈新，家圓人聚，送走舊年，共啓新年的時候，然而卻遭此火劫。在生命的這個「隱藏架構」下，湯顯祖對於生命有了「越俗須重構」想法。而能夠「越俗」的方法便是「以德先天下」：

> 惟天眷德，固有福以厚之也。而以德先天下者，則緣是以妙化導之
>
> 術。惟德動天，福固自己求之也。

〔註44〕　〔明〕湯顯祖：〈壬申除夕，鄰火延盡餘宅，至旦始息。感恨先人書劍一首，
　　　　　呈許按察〉，徐朔方箋校：《湯顯祖全集》（北京：北京古籍出版社，1999年），
　　　　　頁11。
〔註45〕　〔魏〕王弼、韓康伯注，〔唐〕孔穎達等正義：《周易正義》，《十三經注疏本》
　　　　　（臺北：藝文印書館，1979年），頁62。
〔註46〕　劉若愚著，杜國清譯：《中國文學理論》（Chinese Theories of Literature）（臺北：
　　　　　聯經出版事業股份有限公司，1981年9月），頁29。

一場大火，盡讓世間之物灰飛煙滅，滅其物質之居，亦毀其精神之宅。一件突發的事件可以引發異常的深度低潮，如同銘記（imprint）。由於人們在過渡中會更具可塑性，因此可能在餘生都受到此種銘記的影響：

> 銘記（imprint）出自動物行為學者勞倫斯（K. Lorenz）。指在發展的
> 敏感階段出現影響終身的記憶，通常是童年。〔註47〕

依據勒熱訥（Philippe Lejeune, 1938～）之論，童年的內心經歷是判斷自傳的重要依據。〔註48〕是故，經歷大火之驚的他，對於世間萬物無論愛憎與否，終有一天會付之一炬，利盡出空的領悟，或許在大火熊熊燃燒之際，已化為一顆種子，深植於心。

二、無常思亮節

一個人的啟蒙，與他後來的生活模式是如此密切相關，以致很多現代人的行為舉止會不斷延續他們在啟蒙時的情境。人們在工作與事業上所遭遇的掙扎、折磨、困境，往往只是在重演自己啟蒙時期的考驗而已。〔註49〕隆慶四年（1570），湯顯祖廿一歲，為春試赴北京途經孟嘗君墓，萬曆五年（1577）落第回到臨川，在故鄉遇到枯骨二具，這兩次的經驗，啟蒙了湯顯祖思考立命的價值。在湯顯祖在進行這些體驗的描述與分析時，這個舉動也深植其中，成為體驗本身的一部分，而這樣的「場論」〔註50〕體驗也讓他有足夠的空間

〔註47〕 莫瑞・史丹（Murray Stein, Ph.D.），魏宏晉譯：《中年之旅——自性的轉機（In Midlife: A Jungian Perspective）》（臺北：心靈工坊文化事業股份有限公司，2013年11月），頁37。

〔註48〕 〔法〕勒熱訥（Philippe Lejeune）著，楊國政譯：《自傳契約》（北京：生活・讀書・新知三聯書店，2001年），頁8～10。

〔註49〕 威廉・布瑞奇（William Bridges）著，林旭英譯：《轉變之書》（臺北：早安財經文化有限公司，2013年9月），頁140。

〔註50〕 心理學家庫爾特・勒溫（Kurt Lewin，1890～1947）於1936年提出「場論」的心理學理論。他用拓樸學和物理學的概念（場、力、區域、邊界、向量等），描述人在周圍環境中的行為。此理論運用物理學「場」（Fields）與「力」（Field Forces）的概念，探討個人日常的行為，以強調所有因素間的相互作用，及各種作用發生的即時性。他的基本概念是，個人活動的生活空間是心理場，場內的全部情況決定某一時間內的個人行為。當個人有了需求或意圖時，相關區域或系統就會形成一種內在的張力（Tension），並產生一股變化的力量（Force）。生活空間是個人與環境相互為用的結果，而個人的行為又取決於特定的生活空間，所以個人的行為是個人與環境的函數。這種個別差異與整體情境兼顧的解釋行為觀點，對後來心理學的發展有很大的影響。

可與內面空間相聯繫。在經由外在環境的刺激而產生內在的轉變，正是可以窺見湯氏成長階段細微且深刻的轉化。以下即從：（一）千秋萬歲後，徒留何物在；（二）枯骨顯眞境，守德存善間析論從外在空間跨越到內在空間的特別經驗。

（一）千秋萬歲後，徒留何物在

湯顯祖行過孟嘗君墓時，對著眼前的景象憑弔古蹟，追懷古人，前人「生也有涯」的一去不返寄予無限的同情。他的詩作中對前人的「古盛今衰」充滿了傷逝之悲，如〈庚午過孟嘗君墓〉：

> 三川淪寶鏡，煙飛四海分。關東滿豪傑，結駟何繽紛。咸言四公子，
> 食客首田文。大魚生羽翼，東帝僵秦軍。美人列鍾鼓，珠履蔭華芬。
> 干戈走辭辯，際會有恩勳。虹搖滄海日，雨絕泰山雲。時事一朝異，
> 土偶竟誰云！狡兔窟何所？魁梧數尺墳。隆碣屬鴟吻，葬劍掩龍文。
> 人生忽至此，安知玄與雲？愚賤同堙滅，亮節良有聞。千秋萬歲後，
> 人識孟嘗君。〔註51〕

在歷史的現場，很容易感覺到時間的流動，也很容易因為個人的遭遇聯想到前代發生的事。戰國四公子的孟嘗君，之所以能留其名，正在於他以尊賢養士而得其名，見其墓塚，當日豪傑，今成廢墟，一切灰飛煙滅，徒令人興觸良多，終以「愚賤同堙滅，亮節良有聞。千秋萬歲後，人識孟嘗君」作為他一生的註腳。在作古的孟嘗君墓前，遙想昔日「關東滿豪傑，結駟何繽紛」如此地壯闊豪邁，不過「時事一朝異，土偶竟誰云！」時移事變，滄海成桑田。而昔日之巧，能以藏身避禍的地方，如今又安在？不過成了堆堆土饅頭。刻在石碑上的光榮功蹟，如今也成了鴟梟棲覓之處，榮耀顯達皆已灰飛煙滅。是他正思考著：何謂「強者」？甚麼才是強者的力量？又如何獲得更大的力量？而甚麼才是更大的力量？而他的答案是：無論賢愚貴賤，最終同歸蓬蒿荒塚，消逝於時間之流中，無可分辨；而唯一會留下的正是人之「高風亮節」，那才是千秋萬歲後，永恒的見證。生而為人，人皆同塵，不免隨異物而腐散，所有皆過眼，在眼前的累世的功蹟繁華，如夢幻泡影，如露亦如電。湯顯祖在「過眼皆所有」中經歷「所有皆過眼」，體悟出這才是歷史的自然循環，無常中的永恆。

〔註51〕〔明〕湯顯祖：〈庚午過孟嘗君墓〉，徐朔方箋校：《湯顯祖全集》（北京：北京古籍出版社，1999 年），頁 9。

「人生忽至此，安知玄與雲？」忽然而至的人生感悟，係對無常世間無有絕對的了悟，「安知」一問，佛性俱現。由此，亦能明白何以湯顯祖能夠拒眼前威，絕眼前利了。他思想的不是眼前，而是千秋萬歲後，在愚賤同堙滅的千秋萬歲後，他還留下甚麼。這番經歷給了他「識運知命」的思考契機：

　　「識運」即是人在自然大化與時世變遷所共構的世界中，體察其中
　　蘊涵的規律常理。「知命」則是一方面對此常理的深究把握，體察生
　　存的界限性與可能性，另一方面又對不可知的天懷抱虔敬的態度，
　　而知命之不可知。〔註52〕

透過繁華盛開與衰落之對比，湯顯祖明白：無論何者，都有被環境左右的無能為力的時刻，然而以立善建立德性之不朽，才是生而為人，不當偏廢的墳塚之教，無常之法，魂魄之啓，立人之節，如此，便能明白他在〈感士不遇賦並序〉中何以說：「徵貴道於丘墳兮，苟意決之縱橫」〔註53〕，其因至此。是故，「識運知命」則成為他當下思考何謂存在價值的核心理念。

　　而人這一生，都有著集體文化精神體的原型烙痕，而深植在世世代代的潛意識底，以其想要追求特異性的本性中：

　　人類心靈的集體面向，離不了單一個人的組成，但每一個個人在文
　　明的歷史脈絡與精神的瀚海當中都不是一座孤島，我們個人經歷的
　　也是集體文化精神體的原型烙痕。在人類意識裡，想要創造的特異
　　性，想要成為一個人自然的模樣，這樣的驅力其實深植於本性當中。
　　〔註54〕

因此，在春試途中的這番體驗成為一種銘記，而這樣一個外在事件，也激發出他的內在意志，便由此思考「存在」的意義與價值。若是回顧人的一生，似乎所有的事情都是安排好的，當下發生的偶然事件，後來無論從哪個角度看都是有意義的，在這個當中，是誰在主導這一切？叔本華說是人的意志，而以「主人之才」為建構自身存在的湯顯祖，想要創造的特異性，想要成為一個真正的人的宏願正是他的內在意志，而正是這樣的驅力深植在湯顯祖的

〔註52〕　蔡瑜：《陶淵明的人境詩學》（臺北：聯經出版事業股份有限公司，2012 年 4
　　　　　月），頁 53。
〔註53〕　〔明〕湯顯祖：〈感士不遇賦並序〉，徐朔方箋校：《湯顯祖全集》（北京：北京
　　　　　古籍出版社，1999 年），頁 152。
〔註54〕　莫瑞‧史丹（Murray Stein），黃璧譯：《英雄之旅——個體化原則概論》（臺北：
　　　　　心靈工坊文化事業股份有限公司，2012 年 6 月），頁 49。

本性中，因此途經孟嘗君之墓才會興發「人生忽至此，安知玄與雲？愚賤同
堙滅，亮節良有聞。」命運當該何往的立命之思，立德之志。孟嘗君自身的
歷史此刻成了鏡像原理，面對歷史人物的身後之事，透過「反映過去」而「聯
繫現在」的一次關鍵性的經歷。

（二）枯骨顯眞境，守德存善堅

觀物所以體化，感物所以知時。有了賢愚同堙滅，唯有亮節存的歷世經
驗後，湯顯祖落第南歸回到家鄉後，在一次的城西之歷中，看見兩具枯骨，
再度讓他重新咀嚼「人生何似」：

> 方秋涼可遊，曳履城西斜。曲折自娛悅，顧見成咨嗟。枯骨遺者誰？
> 撑拄委河沙。未歸魑魅室，空成螻蟻斜。生前好肌理，去後飽鴟鴉。
> 有形尚消靡，安知魂魄涯？人世露棲草，人生風落花。歡養有同盡，
> 賢聖詎能賒？子今離綴宅，余亦昧專車。相逢即相主，誰問髑髏家？
> 〔註55〕

《中庸》道：「至誠之道，可以前知。」至誠如神，人在眞誠面對自己的時候，
對於世界隱微又精密的變化定能興發所感：「人世露棲草，人生風落花」，也
能在此刻思考深邃奧邈的問題：「有形尚消靡，安知魂魄涯」、「歡養有同盡，
賢聖詎能賒」而發出深長的叩問。在有限的人生之中，有著無限的叩問，此
詩在悲欣交集間，有深情之眼，有智骨之思。人生一瞬，如朝晨之露，如風
中之花，僅能暫時棲居，僅能隨無常風動。人生代代，原本只是閒散一遊，
卻意外撞見兩具枯骨，這無家可歸的髑髏，令湯顯祖生了悽然之情，起了慈
悲之心：相逢即相主，他安葬了髑髏，歸回了魑魅之室。從見其枯骨，埋葬
枯骨，爲之道歌，這是由內而生的情感，非沽名釣譽了。

　　兩具枯骨，觸發湯顯祖的「形神」之思：人在浩茫宇宙渺如小草，無論
生前如何養生健身，強壯豐實的肉身，在死亡後，只能飽足鴟鴉口腹。如此，
何以「養形」？而既然肉身會消失，那麼魂魄呢？眞有魂魄存在？若有，祂
們又將歸往何處？「未歸魑魅室，空成螻蟻斜」，原本的肉身在被鴟鴉啄食殆
盡後，如今已成螻蟻之窩。因緣密搆、遷化流變，眼前所有，也讓湯氏原本

〔註55〕　〔明〕湯顯祖：〈七月四日天晴，步出城西門望紅泉寶蓋，折北而東，偕內戚
　　　　一瀋子無迴翔沙際，見兩具枯骨，悽然瘞之，道歌一首〉，徐朔方箋校：《湯
　　　　顯祖全集》（北京：北京古籍出版社，1999年），頁58。

的悲喜已不成悲喜,「法相顯於真境」〔註56〕,在成了螻蟻之家的枯骨面前,
天地的變化是如此無限卻又如此有限。「不以情累其生,則生可滅;不以生累
其神,則神可冥。〔註57〕」面對科舉之途中而有的曲折心緒,如今回首再觀,
只成一聲輕嘆了。「曲折自娛悅,顧見成咨嗟」正是湯顯祖放下而自適的行舉
了。

「誰問」?「誰問」?湯顯祖在遭逢變化的時候該痛苦的如行屍走肉的
髑髏一般罷,真龍無人見,良駒無人識,髑髏如鏡,倒影了他「不遇時之苦」,
內心的天問,藉由書信寫得到答案,渴望被看見,無人聞問的髑髏,正如他
當下的心情,見髑髏無安歸之所,如同見己,悽然之情,從此中生。瘞之而
安,掩埋了髑髏,也掩埋了失魂的自己。

而這個事實是:「相逢即相主」,在時間中,不斷遭遇變化的當下,當下
是甚麼?即為無歸的枯骨,安頓一個家,而這趟有形之遊,卻給了失魂的湯
顯祖一個無形的洗滌,而這無常遇到的兩具枯骨,亦給了他直面本心的機會,
給了他回魂的能力。在時運不濟的當下,見兩具枯骨,不但不懼,且親手葬
埋,見其湯顯祖精誠動人的性情,此中確實有「真意」。

是故,對於青年時期的湯顯而言,儘管生命經驗有限,然而過孟嘗君墓
與城西的兩具枯骨,卻這樣撞擊出成為一個人,最為基本的信念核心,正如
楊照所謂的「墳墓經驗」:

> 在他腦中形成了一個固定的形容與相應的想像——人生之所以值得
> 活,就是因為會有那種在發生瞬間就讓你清楚會被你帶進墳墓裡去
> 的經驗。那些少數、強烈的經驗決定了你是誰。〔註58〕

自此,如何存在這個世界,如何在千秋萬歲後不會同埋滅?何謂才是存在的
價值,與「生死交遇」的經驗則成為青年時期的湯顯祖啓蒙自身非常關鍵的
核心。

〔註56〕〔東晉〕釋慧遠:〈沙門不敬王者論‧求宗不順化〉,嚴可均輯校:《全上古三
代秦漢三國六朝文》(北京:中華書局,1991 年),頁 2399。

〔註57〕〔東晉〕釋慧遠:〈沙門不敬王者論‧求宗不順化〉,嚴可均輯校:《全上古三
代秦漢三國六朝文》(北京:中華書局,1991 年),頁 2394。

〔註58〕楊照:《烈焰:閱讀札記1》(臺北:群星文化出版,2015 年 6 月),頁 52。

第三節　別情之道，淑世之擇

　　萬曆五年，湯顯祖遭逢的不僅是科舉落第的失落，比之更具衝擊的當是
與沈君典在價值信念上的分道揚鑣。兩人以性近志同爲友，本心同琴瑟，然
萬曆五年共赴春試之間遭遇張居正延攬一事，卻成了兩個同道人之間的考
驗。而此事擴大而思，彷彿也可視爲萬曆新政與文人之間的關係。不過，在
此筆者僅將焦點放在遭逢歷史的機遇，利害相關的世局前，君子處世的兩種
不同的面向。兩個人都在同樣的時代軸輪上，但選擇的相異也代表著知識份
子對於道德使命承擔的不同抉擇，也呈現出兩人在世變中如何承擔自己必須
面對的道德處境，並無孰非孰是。無須要另一個人背負不忠不義的包袱。〔註
59〕而不同的抉擇亦使兩人開展出不同的際遇。志同道合的友誼支持與晉身仕
宦的升降究竟如何糾葛，而又如何影響一個人仕宦的心理？

　　此外，王國維在《人間詞話》中有兩段關於李後主的評論：

> 詞人者，不失其赤子之心者也。故生於深宮之中，長於婦人之手，
> 是後主爲人君所短處，亦即爲詞人所長處。〔註60〕

> 客觀之詩人，不可不多閱世。閱世越深，則材料越豐富，越變化，《水
> 滸傳》、《紅樓夢》之作者是也。主觀之詩人，不必多閱世。閱世愈

〔註59〕　鄒元江：《湯顯祖新論》一書中，對於沈君典的批評甚爲嚴屬，將他視爲庸鄙
　　　　　的偽君子。「在審懋學的《郊居遺稿》卷九中，有一封湯顯祖不可能看到的信。
　　　　　在這封〈寄張幼於〉的信中，沈懋學說他見到一些詞賦家頗負意氣，薄待當
　　　　　世文學大家（指「前後七子」），認爲李於鱗（攀龍）、王元美（世貞）、汪伯
　　　　　玉（道昆）輩也應捨棄。『吾不知其所負眞有過於諸名公不，而揚揚訑訑，志
　　　　　趣可知矣。藉令所負過諸名公，而以文藝驕人，較彼以富貴驕人者，吾不敢
　　　　　謂其有差等也。彼富貴驕人，人皆賦之，此獨足貴乎？頃者，談學滿天下，
　　　　　言高而行卑，風稍變矣。而談藝滿天下，亦言高而行卑，特足下二三兄弟能
　　　　　維持世道耳？』從這封信可見出，沈懋學爲何會在張居正別有用心的拉攏他
　　　　　和湯顯祖時，他會處女子失身於張居正。他是一個極爲勢利、卑下的小人，
　　　　　卻又以失氣節的小人之心度君子、負意氣知人，對他們所獲得的口碑既羨慕、
　　　　　又忌恨，試圖將負意氣之君子與『富貴驕人』的小人平列，來平復他因失節
　　　　　而導致的內心苦悶。這實在是一個非常庸鄙的偽君子。」（臺北：國家出版社，
　　　　　2005 年 6 月），頁 231。這樣的推論筆者以爲太過武斷：第一，又從何斷定那
　　　　　是一封湯顯祖看不到的信？其證爲何？第二、將《郊居遺稿》卷九那段引言
　　　　　與失節之節綰合有失偏頗，所據爲何？

〔註60〕　〔清〕王國維著，王幼安校訂：《人間詞話》（臺北：河洛文庫，1980 年 8 月），
　　　　　頁 197。

淺，則性情越眞，李後者是也。〔註61〕

歷事，才能閱世。閱世深者，因時度勢，圓融世故，如臺上玩月；而閱世淺者，如赤子戲月，性眞情誠，將月當眞。王國維將詩人分爲兩類，一種需要較多的經歷與體會，而張居正屬此類；而青年時代的湯顯祖正是閱歷不多，卻有著赤子的敏銳直觀力的那類人。至於，沈君典，該是擺盪在兩者之間罷。很明顯的，在經歷此事後，湯顯祖有了「只可自怡悅，不堪持贈君」的感觸，他視富貴如浮雲，不可能輕易被網羅，「道不同，不相爲謀」，現實如此，只能分道而行，作〈別沈君典〉表達心跡。

此詩乃爲有義之題，詩題之「別」義，不僅作爲「分離之別」，更有「道岐之別」之義。詩篇的組織，以與沈君典的離合爲經緯，表達身爲友人的祝福以及安於自己的選擇。從其詩作，更能推敲出湯顯祖「欲別之物」與「欲別之情」之間衡準的核心。此外，筆者以爲湯顯祖與沈君典兩人之事跡，正爲歷史之縮影。究竟何爲「握機乘時」？究竟何爲「進退屈伸之道」？又何謂「道業之趣」？有了論辯的開端。以下分從：一、別權貴之威；二、別道分之歧等兩方面論述之。

一、別權貴之威

湯顯祖與沈君典兩人原爲志同道合之友，然而張居正的「出現」，卻使得這兩個人在同樣的時刻，因爲做了不同的選擇，而分處歷史脊稜線的兩端。自此兩人的友誼因守道之途相異，遂分二路，張居正延攬一事僅是意外的試煉，然這意外的試煉對於湯顯祖而言，應是一場生命價值的衝突，亦是見證本心，觀虛破相的時機，他被暴露在眞實的殘酷現實面前，也才能眞正理解何謂：「世路悠悠，止是春風夏雨；名途皎皎，有如秋月冬霜」〔註62〕，而也必須在世路中徐徊，「性命之學」的實踐與完成，正似在世路如季的變換中。

張居正總攬朝政，權傾天下，洞見湯顯祖之才學，然湯顯祖卻不願降心順俗，何能別權貴之威，在於他能在辨察「肉身之榮」與「性命之實」中「明心見性」，在他洞澈「命」與「機」中以持雪白之心爲志。以下試從：（一）別肉身之榮，擇性命之實；（二）別折桂之機，擇進德之時等兩方面分述之。

〔註61〕 〔清〕王國維著，王幼安校訂：《人間詞話》（臺北：河洛文庫，1980 年 8 月），頁 197。

〔註62〕 〔明〕湯顯祖：〈奉寄劉中丞座主有序〉，徐朔方箋校：《湯顯祖全集》（北京：北京古籍出版社，1999 年），頁 85。

（一）別肉身之榮，擇性命之實

「束髮被公正，少小讀詩書」﹝註63﹞的湯顯祖，儒家崇德尊道的人格信仰早已深植，在利害的當頭，以「四德」爲斧，劈名捨利，便無懼權威。何爲身之榮？何爲命之實，在他經過孟嘗君墓塚時亦已是一種價值信仰的再思辨與再確認。皇甫謐曾作〈釋勸論〉以通志，其辭曰：

> 余唯古今明王之制，事無巨細，斷之以情，實力不堪，豈慢也哉！
> 乃伏枕而歎曰：「夫進者，身之榮也；退者，命之實也。設余不疾，
> 執高箕山，尚當容之，況餘實篤！故堯、舜之世，士或收跡林澤，
> 或過門不敢入。咎繇之徒兩遂其願者，遇時也。故朝貴致功之臣，
> 野美全志之士。彼獨何人哉！今聖帝龍興，配名前哲，仁道不遠，
> 斯亦然乎！客或以常言見逼，或以逆世爲慮。余謂上有寬明之主，
> 下必有聽意之人，天網恢恢，至否一也，何尤於出處哉！」遂究賓
> 主之論，以解難者，名曰〈釋勸〉。﹝註64﹞

洞澈進退之旨的皇甫謐，知「進」者，不過以榮華「身」之富貴爲首要考量點，久之，富貴雖日益增加，然正道卻日益損傷，看似「進」者，實爲「退」也。湯顯祖深明「富貴」與「正道」間之關係，以爲「退」者，實爲「進」也。是故，欲保命之實，必立乎損益之外，居不薄之眞，才能超乎形骸之表，深厚其器，其道則能全眞。婉拒張居正的結納，等於自動放棄俗身之富貴，然而卻養實了性命中的正道，實踐詩書之教，而他的拒絕，在某種程度上展現了他「獨致」的思想，而此思想中蘊涵「原創性超越」精神：

> 如史華慈（Benjamin I. Schwartz，1916～1999）所提示的：「對於現
> 實世界進行一種批判性、反思性的質疑，和對於超乎現實以上的領
> 域發展出一種新見。﹝註65﹞

湯顯祖屢次拒絕張居正的延攬，在熟諳宦途之人的眼中確實是荒唐，而他的行徑也讓朝廷的權貴感到困惑。然而這正是他對於現實世界中的官場文化、權貴效應進行的一種批判性及反思性的質疑，而他超乎現實常態的行徑，正

﹝註63﹞〔明〕湯顯祖：〈下關江雨四首寄太平龍郡丞〉其四，徐朔方箋校：《湯顯祖全集》（北京：北京古籍出版社，1999 年），頁 52。

﹝註64﹞〔唐〕房玄齡等撰：《晉書》（北京：中華書局，1974 年）卷 51，列傳 21，頁 1427。

﹝註65﹞余英時〈天人之際——中國古代思想的起源試探〉，《中國史新論（思想史分冊）》（臺北：聯經出版事業股份有限公司，2012 年 9 月），頁 22。

因為他心中持守當被重用，而非被利用的「才用觀」。而他以慕義彊仁為性命之核，立大人之節，守性命之全眞，也代表青年時期的湯顯祖正一步步完成生命最高的存在實踐：主人之才。而「主人之才」的建構，也正是他「超乎現實以上的領域發展出一種新見。」〔註 66〕此外，榮格認為，個體化是一種天生的力量。在成為一個人的過程中，想要創造特異性、尋求意識的擴展，這樣的驅力深植於本性當中。個體化是一種心靈的運動，只要活著，就可以繼續成長。個體化創造所需的能量是人類意識中的天賜。湯顯祖秉質直之操，逢權而不改其志，無意苟合於張居正，乃明白欲啓天下之方，當恪守居官以潔其務之道，正也是他建構「主人之才」的能量：

> 四科標四德，九牧照神姦。巨壑眞成縱，逢門不改彎。文明開錦額，
>
> 歌舞攝梟瞷。道帙何曾擯？文書祇自環。〔註67〕

大略可以如此推論，反抗行為在萌芽階段並不是一種政治姿態，而是道德姿態。由於必須讓人從厭倦的標準機制中掙脫出來，所以有了抵抗。但抵抗的可靠只能存在於一種道德姿態，如讓自己的孑然獨立，一但離開所謂的社會標準時，又必須面對離經叛道的恐懼，多數的一般人都無法抵抗這種恐懼，如何在體制內成為一顆完美的螺絲才是他們的感到安心。顯然，湯顯祖能夠面對這股恐懼，這股恐懼令人發狂，但也唯有恐懼才能讓人頑固和自強。而透過這種抵抗意識，才能擴張成完整的體系，「主人之才」的理論建立即為證明。愈是巨壑縱橫的現實環境，愈能考驗一個人是否能夠建構自己生命的「主人之才」。而建構的第一步則在於「不失其己」：

> 昔子貢乘軒衣紺而觀原憲之貧，曰：「子病耶？」憲曰：「貧，非病也。」夫貧而無足以相病，非通乎道者不能。古之君子，大之奮其有以滋物匡時，次之以出乎眾，又次以不失其己，皆是也。予弱且冠，而吳婁江起潛張公實來丞郡，見予文而異之，予奉以為師。師為政清眞簡遠，以休吾人。常罷遣吏史歸習律令，而隸人至結蘆以活。獨時進諸生賞拔之，而余恆待至日夕。猶記己巳臘之四日，余婚焉。詰朝，遣小吏來賀。召以往，笑而迎之坐，曰：「夜得無苦乎？

〔註66〕 關於湯顯祖以建構「主人之才」為生命存在的最高實踐，將於本論文第二章詳論。

〔註67〕 〔明〕湯顯祖：〈奉寄大中丞耿公閩中 並序〉，徐朔方箋校：《湯顯祖全集》（北京：北京古籍出版社，1999 年），頁 87。

　　吾以休子。凡昏與宦，皆非爲貧也。梁生得隱者之配以適吳。子之

　　適吳，其以仕乎？」因爲言泰伯延陵季子之事，以爲地有所不得已，

　　道有所欲全，若是爲可也。予佩其言，至於今爲流涕。〔註68〕

「不失己心」正是持德之關鍵，那是一種必須進入事物被格式化所蒙蔽的假
象之後，進入一種反思程序，這才是生而爲人一個完整存在的過程。能滋物
匡時者，能獨出眾人者，能不失其己者都可堪爲君子。在無能滋物匡時的情
況下則退而求其次，以獨出眾人作爲立世的基核，若連這點也無法完成，至
少要「守己之性」。對於湯氏而言，「不失其己」，是最後的防線。泰伯與季札
子這些吳氏祖先三讓三逢，皆爲不戀棧帝位的賢者，孔子稱譽泰伯爲至德之
人，而司馬遷則稱讚季札「見微而知清濁」，湯氏對於前賢的殷鑒歷歷在心，
不作機變之巧者，不願屈己下人，行廉在於不悖禮犯義，做個守節的盛德之
人，是他去留判準的信仰價值。

　　（二）別折桂之機，擇進德之時

　　求仕，究竟是爲求道行仁？抑或是爲了求利得權？湯顯祖透過觀察聖人
之仕而有其心得：

　　孔子有見行可之仕，有際可之仕，有公養之仕。於季桓子，見行可

　　之仕也。於衛靈公，際可之仕也。於衛孝公，公養之仕也。〔註69〕

〈孔子有見三句〉雖爲湯顯祖的制義之文，但仍可從其文脈得知在求仕與行道
兩者之間的思辨關係：

　　大賢立聖人不一其仕，婉於爲道而已矣。甚矣聖人行道之心急也。

　　際可以仕，公養則仕，又豈一於見行可也乎？孟子與萬章論交際及

　　此曰，一而未始不易者，仕合之時也，高而未始不中者，聖人之行

　　也。是故仕魯之道明矣。吾因得例觀聖人之仕焉。〔註70〕

首先，湯顯祖引前賢孟子所論作爲論點的引子。孟子從其「交際」觀點切入，
其重點有二：其一、以爲「仕」關乎「時」，因此，難以執一仕之法而行其道，
面對不同的時代處境、現實環境，出仕之始則要有所變通，若一開始就自命

〔註68〕　〔明〕湯顯祖：〈送張伯昇世兄歸吳序〉，毛效同編：《湯顯祖研究資料匯編》
　　　　　（上海：上海古籍出版社，1986 年 9 月），頁 16。
〔註69〕　〔明〕湯顯祖：〈孔子有見三句〉，徐朔方箋校：《湯顯祖全集》（北京：北京古
　　　　　籍出版社，1999 年），頁 1678。
〔註70〕　〔明〕湯顯祖：〈孔子有見三句〉，徐朔方箋校：《湯顯祖全集》（北京：北京古
　　　　　籍出版社，1999 年），頁 1678。

清高，便難以施其懷抱，無以變通，只是淪爲剛愎自用，懷才不遇自是必然。
面對衰世，便不同於盛世。孟子〈萬章〉云：「孔子仕於衰世，不可卒暴改戾，
故以漸正之，先爲簿書以正其宗廟祭祀之器，即其舊禮，取備於國中，不以
四方珍食供其所簿正之器，度珍食難常有，乏絕則爲不敬，故獵較以祭也。」
〔註71〕採用的是折衷的方法，不躁進，不欲速其功，所重者在於行道，而非
求仕。萬章詰難，何以孔子不辭官歸去？孟子答道，孔子不去而且較獵者之
因，乃是藉此行道，若君不從，才去。

> 君子莫重乎始，進而機有所當乘，大人不欲速其功，而時有所難俟，
> 故孔子有見行可之仕焉。聖人蘊道久矣。見可以仕而又遲之以不仕，
> 則是終不仕也。〔註72〕

據此，湯顯祖觀聖人之仕而有所獲：「仕」重於「始」而切乎「機」，乘機而
動，順勢而爲，因時有所與所不與之變動性，因此。有出頭的機會就當即時
把握。否則待時而過，錯失良機，則將以終身不仕收場。

> 委曲以投其端，從容以競其業，蓋蚤見而薄施也；有所以行，非仕
> 求可而已也。〔註73〕

以委曲之姿，從容之心行其道，正是「以屈爲伸」。承孟子所論，孔子先求「有
見之」，再「行其道」的作法正是湯顯祖所謂的「委曲以投其端，從容以競其
業，蓋蚤見而薄施也」，必須如錐刺囊破，先爭取機會，而願屈之因在於可伸
展行道，爲道而屈可，然未仕而屈則不可。關於「以屈爲伸」，湯顯祖於〈故
太王事獯鬻勾踐事吳〉一文亦有所闡發，更以爲此屈，非屈也，乃智也。舉
以周太王亶父「以屈爲伸」，越王勾踐「以怯爲勇」爲例，論其隱忍屈之若能
行其道，則爲智也：

> 二君之事大也，知足觀矣。夫太王、勾踐，皆知於謀國者，其事狄、
> 事吳有以哉！且自古伯王之君，未始逞小快而忘大計，非屈也，智
> 也。智以事大，於太王、勾踐見之。是故周自后稷以來，舊爲西諸

〔註71〕〔漢〕趙歧注；〔宋〕孫奭疏，廖名春、劉佑平整理：《孟子注疏》卷十，〈萬
章章句下〉，收入於李學勤主編：《十三經注疏標點本》，第45-46冊，（臺北：
臺灣古籍出版有限公司，2001年11月），頁330。

〔註72〕〔明〕湯顯祖：〈孔子有見三句〉，徐朔方箋校：《湯顯祖全集》（北京：北京古
籍出版社，1999年），頁1678。

〔註73〕〔明〕湯顯祖：〈孔子有見三句〉，徐朔方箋校：《湯顯祖全集》（北京：北京古
籍出版社，1999年），頁1678～1679。

侯之望矣。至於太王，而獨罹亂華焉。當其時，狄大而周小也。彼將環邠人之境，而騁戎馬之足，意已無周矣。使太王懵於勢，闇於理，乃欲爭雄於一戰，周其不遂為狄乎？於是屬而耆老，去而宗國，甘心事虜弗恤焉。此何為哉？計以邠可立，岐可徙，而先君后稷之祀，必不可自我斬也。吾豈隱忍而俟未定之天也。蓋自西山垂統，而周且盡狄人而臣之。然後知太王以屈為伸也，智也。越自無余以來，常為東諸侯之長矣，至於勾踐，而夫差報怨焉。當其時，吳大而越小也。彼既轉檇李之敗，而為夫椒之勝，目以無越矣。使勾踐懵於勢，闇於理，乃欲爭雄於再戰，越其不遂為吳乎？於是納大夫之謀，遣行成之使，使北面事仇弗恤焉。此何為哉？計以身可臣，妻可妾，而先君無余之祀，必不可自我斬也。吾豈隱忍而俟再舉之日也。蓋自東海興師，而越且盡吳地而沼之，然後知勾踐之以怯為勇也，智也。小之事大，自古而然。

「出仕」與「行道」二者之間微妙的關係。行道無能速其功，必須涵蘊等待，中間的關鍵究竟如何拿捏，湯顯祖從其「晉接之禮」與「鼎養之祿」兩方面論之：

夫見行可之於君也，自有晉接之禮，不在一交際矣。然天下卒未有能禮士者。而或有能禮際之君，觀於其際，亦能敬聖人也，與周旋焉，而得其後可也。是故，際可以仕，孔子有之。夫見行可之於君也，自有鼎養之祿，不在一饋養矣。然天下亦稀能養士者，或有一饋養之君，觀於其養，亦能周聖人也，姑飲食之，而觀其後可也。是故公養之仕，孔子有之。〔註74〕

第一、從「晉接之禮」觀之，而觀察的重點有二：首先，觀察此君是否能禮賢下士，還是只是為合晉接之禮而禮遇之，若此，此君未有禮士之心，不可仕。再者，若遇有能力禮際之君者，則需觀察此君是否能恭敬賢士，並有所往來交際，若此，才符合「際可以仕」之道。

　　第二、由「鼎養之祿」觀之，其觀察的細節在於：以何饋養：若此君只有「鼎養之祿」而無「饋養之心」養士，此君亦無禮士之仕，不可仕。若遇有饋養之心養士之君，則當觀察此君是否能以禮養之，且能禮養周到，若此，

〔註74〕〔明〕湯顯祖：〈孔子有見三句〉，徐朔方箋校：《湯顯祖全集》（北京：北京古籍出版社，1999 年），頁 1678～1679。

才符合「公養則仕」之道。是故，湯顯祖在觀察聖人之仕中得知：知賢禮士之道，以舉之為上，養之為次。若不舉不養，豈能道其知賢？其中關鍵在其「恭敬之心」與「周全之禮」。

> 遇有不同，而救世之機恒伏，固不當泥於根深以待時；仕有不一，
> 為道之意恒隨，亦不得病其希世而度務。〔註75〕

從孟子之角度，觀聖人之仕，湯顯祖將「世之遭遇」與「仕之方法」相連觀之，歸結其論：

首先，外在之遇，乃係變動不居，無以控制，惟能持恒不動者乃是「救世之機」，湯顯祖所謂「君子莫重乎始，進而機有所當乘」之深義便呼之欲出：君子之始在恒常保持「救世之機」，便是蘊道，俟仕合之時屆臨，則能乘時機而上。再者，若世當救，此世必為亂世，亂世何以出英雄，正是需要百路英雄之時，若只是一味等待，只是犯了「見可以仕而又遲之以不仕」的失機之昧，故道：「不當泥於根深以待時」。所謂「見機行事」，於此，正可謂「伺機行仕」。

其次，求仕之目的在其行道，不在表象計較，亦非以戀棧其位之心行道。因此，重點在於是否仍保有「為道之意」，若有，求仕之法不當執一，而當順勢而為，使其道行之於世，才為真正的求仕之目的。是故，湯顯祖所謂「為道之意恒隨，亦不得病其希世而度務」，正是替孔子明志：孔子仕於衰世，不可卒暴更變，故以漸正之，先為簿書以正其宗廟祭祀之器，即其舊禮，取備於國中，不以四方珍食供其所簿正之器，度珍食難常有，乏絕則為不敬，故獵較以祭也。」亂世思才，孔子有其才，才必當得見，為其才可如錐可破囊而出，不得不希世而度務，因此，不當非難孔子。先迎合世俗之禮，再漸正之，正是孔子行道之方便法門。不疑孔子隨魯俗，不非難他多際之受，反以孔子為妙哉！故〈孔子有見三句〉，正是湯顯祖洞徹孔子為道的證明。

然而，世局非如此。為步上吏道昏朝兩迴轉，受盡狂奔苦灼之苦，曾經的豪情壯志灰飛煙滅了，故云：

> 空虛絕垠鄂，昏朝兩迴轉。鑿空起三竅，周流為過賓。狂奔苦銷灼，
> 金骨早成燼。百六迷滔天，從誰開要津？河洲雖窈窕，江海畏沉淪。

〔註75〕〔明〕湯顯祖：〈孔子有見三句〉，徐朔方箋校：《湯顯祖全集》（北京：北京古籍出版社，1999年），頁1679。

　　流珠欲去人，見火作飛塵。〔註76〕

命也，時也，運也。自知世道之險，河洲之「窈窕」乃爲假象，面對江海險惡，以抱一爲式，正氣自能生神，可免沉淪，故面對張居正的延攬，湯顯祖自比如流珠作飛塵，遠離爲妙：「常恐浮雲蔽，羅薄生秋霜」〔註77〕明白本性，才能適途。湯顯祖自道：「揣己乏周才」、「屠龍我亦迂」〔註78〕，故有「在物恒惄杏」〔註79〕之遭遇。然也明白豈能爲了平步青雲而違背貞心，故云：

　　妙善逢司契，貞心敢自違？榮光初冪水，紫氣又籠關。詎意青雲上？

　　頻瞻北斗間。德輝終一覽，叢桂不須攀。〔註80〕

縱有青雲志，頻瞻北斗間，在科舉及第後能「功名顯達」與爲「文德慨亮」而守德護眞之間，湯顯祖擇以貞心而捨折桂之機。然而進德貴乎及時，何故屈此而不伸的屈伸之道，無一恆定，如飛潛各有適，沈君典見「機」而「飛」，而湯顯祖觀「機」而「潛」，而這也正是兩人思考進退的關鍵點。前者見其「良機」，後者視爲「危機」。施展抱負，要得「機」，大展長才，要適「機」，所謂「機不可失」，對於沈君典而言，張居正威震朝廷，得張居正之青睞，正是「得機」，接受機會，正是「適機」，只是面對此「機」，湯顯祖非但不切機把握，甚至一而再再而三的錯失良機，惹得眾人譏他乖時違道，豈不知他乃踐行《詩》、《書》之道，依「忠」憑「誠」，率而由之，內秉聖王之學，外行成德之教；履行漢儒之秋實，棲眞守性而已。別權貴之威，即斷攀援之心；出仕，乃爲行其道，若如沈君典趁此攀葛附藤而顯達，則違眞逆性，非湯顯祖原初始仕道之心矣。道固難期，歸於道全，廉吏難爲，歸仁自全。攀登命運的階梯，就像攀登幾乎垂直的山崖，既然「天意與遊客，其端不可尋」〔註81〕，

〔註76〕　〔明〕湯顯祖：〈黃華壇上寄龍郡丞宗武大還一篇〉，徐朔方箋校：《湯顯祖全集》（北京：北京古籍出版社，1999年），頁65。

〔註77〕　〔明〕湯顯祖：〈寄南京陳侍御東莞二首〉之一，徐朔方箋校：《湯顯祖全集》（北京：北京古籍出版社，1999年），頁107。

〔註78〕　〔明〕湯顯祖：〈寄南京陳侍御東莞二首〉之二，徐朔方箋校：《湯顯祖全集》（北京：北京古籍出版社，1999年），頁107。

〔註79〕　〔明〕湯顯祖：〈寄南京陳侍御東莞二首〉之二，徐朔方箋校：《湯顯祖全集》（北京：北京古籍出版社，1999年），頁107。

〔註80〕　〔明〕湯顯祖：〈出關卻寄京邑諸貴〉，徐朔方箋校：《湯顯祖全集》（北京：北京古籍出版社，1999年），頁48。

〔註81〕　〔明〕湯顯祖：〈龍頭阻風，晚霽待月有酌〉，徐朔方箋校：《湯顯祖全集》（北京：北京古籍出版社，1999年），頁55。

了解「大運密移人，共化無遺跡」〔註82〕，就當「應遺所遺」，自然便能「將適余適」，尋者何其所「適」：何爲與性之忤？何爲與性之適？擇其「適性適才」之道，正是落第後，湯顯祖在南歸時眞正思考的「歸途」。

是故，筆者不以睥睨權貴的角度論談此事，而是從湯顯祖秉堅銑之質的本性爲論述核心，而他洞燭機先，有其遠識，對於政治的險惡現實有清醒的認識，才會斷別，不與苟合。虛名更甚利劍，誇虛名於浮世，執「名」而求，最終將失其「劍志」，亡其「劍威」，負其「劍魂」，徒留「劍殤」，負疚一生。

挨湯顯祖之言行，不趨時媚世，知其以儒家德訓爲立身之根本，在經歷揚眉之挫後，轉念思考，是否當以道家任達爲用，學習五賢以此應世。他代表著精神與思考的解放，他「敢於作爲個人」，覺醒於依靠自己方爲上策。只是上智之才處衰世，難爲權傾者所容，「歌風揚激楚，灑酒答滄浪」〔註83〕，便是他的天問了。

二、別道分之歧

萬曆五年也是湯顯祖再戰科場，赴試北京一年。此戰已非首戰，而是落第多次後的再戰，自我懷疑的得失之情不免有之。正如〈望夕場中詠月中桂〉中云：「露團疑瀝滴，風起覺颺颺」〔註84〕，一字「疑」便道出思緒落入了得失之障，儘管明白「擢本高無地，飄趺有定時」〔註85〕之理，然一疑便惶，颺颺冷風，覺然而生。故有「若花分日照」〔註86〕之語，及第之盼不言可喻，若眞如願，屆時當如「玉葉謝雲披」〔註87〕，若以常理而言，當時的心理狀態或多或少都是緊繃的，然而卻對權貴啖以巍甲不應，自棄晉身仕途的機會。而當時他的至交沈君典與他作了不一樣的選擇，這段湯顯祖而言，是潛藏的

〔註82〕〔明〕湯顯祖：〈眞州與李季宣一首〉，徐朔方箋校：《湯顯祖全集》（北京：北京古籍出版社，1999 年），頁 49。

〔註83〕〔明〕湯顯祖：〈發小孤，風利，一夕至官塘〉，徐朔方箋校：《湯顯祖全集》（北京：北京古籍出版社，1999 年），頁 54。

〔註84〕〔明〕湯顯祖：〈望夕場中詠月中桂〉，徐朔方箋校：《湯顯祖全集》（北京：北京古籍出版社，1999 年），頁 40。

〔註85〕〔明〕湯顯祖：〈望夕場中詠月中桂〉，徐朔方箋校：《湯顯祖全集》（北京：北京古籍出版社，1999 年），頁 40。

〔註86〕〔明〕湯顯祖：〈望夕場中詠月中桂〉，徐朔方箋校：《湯顯祖全集》（北京：北京古籍出版社，1999 年），頁 40。

〔註87〕〔明〕湯顯祖：〈望夕場中詠月中桂〉，徐朔方箋校：《湯顯祖全集》（北京：北京古籍出版社，1999 年），頁 40。

衝擊，他將驚愕壓抑在內心。

　　以下分從：（一）別敬亭之誼，行詩書之道；（二）別枯唇之哀，迎敬亭
之情等兩方面論述之。

（一）別敬亭之誼，行詩書之道

　　自古以來，從來就沒有一條繩索能夠將太陽綁著，留住所有美好的世物。
只能任憑流水東去，風吹雲飄，徒留的遺憾，沉重得總令人無法承受，故李
商隱亦感懷云：「從來繫日乏長繩，水去雲回恨不勝」。湯顯祖〈別沈君典〉
一詩起首，便寫與沈君典遊歷山川，科考前夕共處的美好時光：

> 去年三月敬亭山，文昌閣下俯松關。今年俊秀馳金轂，表背衕衕邀
> 我宿。妙理霏霏談轉酷，金徒箭盡摑更促。人生會意苦難常，想像
> 開元寺中燭。開元之燭向誰秉？君揚龍生姜孟穎。按席催教白紵辭，
> 迴船鬮弄蒼龍影。〔註88〕

只是如今已成往事。登科及第與名落孫山，造成了命運的歧路。詩句中的美
好的記憶如今皆成過去，志同的情誼隨著兩人的選擇分道而行，「山川記曾
歷，溫涼成互經」著實道盡這段錯縱的友誼的帶給湯顯祖的複雜心情。「人生
會意苦難常」之嘆點出他最渴盼的希望，以及渴盼的不可實現。

　　回想昔日夜遊開元寺，秉燭相對盡歡情的歡聚時光，也將不復存在，不
禁悲從中來，自問自答：「開元之燭向誰秉？君揚龍生姜孟穎」，惋惜之情流
露其中，在自嘆之後只好以另覓他友自解。

> 別在長干不見君，天上悠悠多白雲。衣帶如江意迴絕，孤蹤颯颯吹
> 黃藥。取得江邊美桃葉，細語如笙款如蝶。燕幽道長不可挾，自有
> 韓娥並宋臘。遊人得意春風時，金塘水滿楊花吹。玩舞徘徊顧雙闕，
> 西山落日黃琉璃。落日流雲知幾處？雲花疊騎縱衡去。旦暮惟聞歌
> 吹聲，春秋正合窮愁著。〔註89〕

「春風得意馬蹄輕，一日看盡長安花」這是孟郊的〈登科後〉，寫的正是上榜
的喜悅。在此湯顯祖化用其意，「遊人得意春風時，……雲花疊騎縱衡去」，
寫春風得意時的當下光榮，只是筆鋒一轉：「落日流雲知幾處？」似隱含著湯

〔註88〕　〔明〕湯顯祖：〈別沈君典〉，徐朔方箋校：《湯顯祖全集》（北京：北京古籍
　　　　　出版社，1999 年），頁 42。
〔註89〕　〔明〕湯顯祖：〈別沈君典〉，徐朔方箋校：《湯顯祖全集》（北京：北京古籍
　　　　　出版社，1999 年），頁 42。

顯祖的憂慮與叮嚀，與「別在長干不見君」相並而看，即有雙關意思。李白〈送友人〉一詩中道：「浮雲遊子意，落日故人情。」以「浮雲」、「落日」之景扣連故人相別的離散之情。在此，湯顯祖似乎自比「落日」，而浮雲則代「沈君典」。「落日浮雲知幾處」是他的悵念。悵念此刻一「別」，距離之別是否也將造成心靈的阻隔會日益加深，此刻一別，是否將成「終生之別」？落日的無限悵念，白雲卻不自知，早已疊騎縱衡去。「旦暮惟聞歌吹聲，春秋正合窮愁著」，難言的心緒，深沉的離愁，就寄託在歌吹聲中罷。此刻一別，願君莫失「本來面目」，莫待來日相見，真的已「不見君」，以歌聲代言人情，以落日之憂寫珍惜之情，更有意外之味。

> 夫子才華不可當，華陽東海並珪璋。輝輝素具幕中畫，慨慨初登年少場。年少紛紜非一日，喜子今朝拚投筆。一行白璧自傾城，再顧黃金須百鎰。吏隱郎潛非俊物，誰能白首牽銀紱。銀紱桃花一路牽，空紗戶縠染晴煙。春絲引颺雲霞鮮，窗桃半落朱櫻然。江南人歸馬翩翩，金陵到及鱭魚前。〔註90〕

從「吏隱郎潛非俊物」之句便可推得湯顯祖對於為吏而隱之人的想法，俊傑者，不當作郎潛之舉。滿懷欣喜的沈君典曾以〈京中往湯義仍就宿〉安慰落第的湯顯祖：「獨憐千里駒，拳曲在幽燕」〔註91〕，發惋惜之情。不過，在時間之前，湯顯祖看見每個人有各自的機緣變化，用不同的方式決定自己存在的意義，面對自己落第的命運，他並不自憐，更不需要沈君典的可憐：

> 天地逸人自草澤，男兒有命非人憐。歸去蓬山蓼水邊，坐進金樓翠琰篇。丹蛟吹笙亦可聽，白虎搖瑟誰當憐？如蘭妙客何處所？若木光華今日天。〔註92〕

「天地逸人自草澤，男兒有命非人憐。」此時湯顯祖以豪氣萬千回之，一掃先前黯然銷魂的離愁。自知離別的時刻到了，難捨亦當捨，「歸去蓬山蓼水邊，

〔註90〕〔明〕湯顯祖：〈別沈君典〉，徐朔方箋校：《湯顯祖全集》（北京：北京古籍出版社，1999 年），頁 42。

〔註91〕〔明〕沈君典：〈京中往湯義仍就宿〉：「自爾龍豂別，南州榻已懸。傾心重此日，鏡髮是吾年。怪事成詩聖，閒情託酒禪。獨憐千里駿，拳曲在幽燕。」毛效同編：《湯顯祖研究資料匯編》（上海：上海古籍出版社，1986 年 9 月），頁 181。

〔註92〕〔明〕湯顯祖：〈別沈君典〉，徐朔方箋校：《湯顯祖全集》（北京：北京古籍出版社，1999 年），頁 42。

坐進金樓翠琰篇」，人生各有適，歸去以沉潛，係湯顯祖自覺的選擇。

> 我今章甫適諸越，山川未便啼鳴駃。都門買酒留君別，況是春遊寒
> 食節。孟門太行君所知，鬼穀神樓非我宜。王孫碧草歸能疾，公子
> 紅蘭佩莫遲。〔註93〕

既然沈君典已「迷路失道」，留之不得，只好別之。「都門買酒留君別」，在相「留」之際亦爲相「別」之時。所欲「留」者，乃爲道之「情義」而留；所欲別者，乃明白作爲朋友，當該喜悅予以祝福，以爲此路得來不易，又豈能望君棄之：「夫子才華不可當，華陽東海並珪璋。輝輝素具幕中畫，慨慨初登年少場。年少紛紜非一日，喜子今朝拚投筆」，欲留又欲別，當留欲當別，更何況離別之時又適逢寒食節，「清明時節雨紛紛，路上行人欲斷魂」，離情難捨又須捨的兩難如清明節雨，欲斷人魂。對於沈君典的決定，湯顯祖眞正的希望其實是「留」大於「別」的。此別情有「不見君」之慮，「徒念關山近，終知返路長」之憂。世路之險，人心之變成了不可逾越的橋梁。仕途遭遇不同，看待世道的眼光也就不同。世路凶險，非我所適，故云：「孟門太行君所知，鬼谷神樓非我宜」，太行、孟門原爲山名，以山高路險爲人所知。劉峻〈廣絕交論〉用以比喻世路艱險，後世便沿用爲典：

> 嗚呼，世路險巇，一至於此。太行孟門，豈云嶄絕？是以耿介之士，
> 疾其若斯；裂裳裹足，棄之長騖。猶立高山之頂，歡與麋鹿同羣，
> 皦皦然絕其雰濁，誠恥之也，誠畏之也。〔註94〕

湯顯祖化用「太行、孟門」之意，歎路縈迴，仕途之路總有險阻，不僅磨人亦累物，故感「迂阡險余軸」，狂奔之間，受連累的還有相伴同行的馬匹，故云：「高岡疲我騢」。其驚愕之情，盡在俯仰間：「仰擦浮雲遊，俯切江流驚」。誰能料想，當初遊歷過的山川，如今卻令人興起「景物依在，人事已非」的哀感，又有誰能了悟，昔日的美好將成今日的傷痛：「山川記曾歷，溫涼成互經」。凡生命所經歷過的，都將成爲生命的記憶，而那些記憶正承載著簡單的美好與複雜的痛苦，循著湯顯祖作別的情感軌跡便可看出面對彼此往後的距離心之苦澀，意之鬱結，情之難堪。

〔註93〕　〔明〕湯顯祖：〈別沈君典〉，徐朔方箋校：《湯顯祖全集》（北京：北京古籍
　　　　　出版社，1999 年），頁 42。
〔註94〕　〔南朝梁〕劉峻〈廣絕交論〉，收入蕭統編，李善注：《文選》，卷 55，頁 2377。

> 昨日辭朝心苦悲，壯年不得與明時。處處撫情待知己，可似南箕北
>
> 斗爲。〔註95〕

「明」之一字，係切痛之詩眼。苦悲若士之雄壯者，身服義以嚴絜者，竟無能爲大明王朝盡力，落第之果，乃辭朝而去，憂憤有之，扼腕有之。此外，盡負才氣，懷忠負誠的他遭不遇時之命，對於壯年的他當是「志糾菀而不舒」〔註96〕，己之「明」處，不被所見，憂悲何處訴，故發「憂悲來其孰語」〔註97〕，其情可憫。內心不得與明時之憤激與鬱結，更不是安撫就能消，是故，「處處撫情待知己，可似南箕北斗爲」，對於沈君典的來書安慰，湯顯祖以《詩經》之典「南箕北斗」結之，言下之意，正是沈君典無須爲他感到惋惜，而他的安慰是起不了任何作用的。因爲在信任的背叛之後所造成的孤寂，是無從安慰起的。是故，此詩作爲絕交詩則太過，然作爲氣憤詩則可。

（二）別枯脣之哀，迎敬亭之情

在沈君典告歸之前，兩人不見文字相交的紀錄，直至萬曆六年，沈君典因與當朝政見互異，故稱病辭歸。對於罷官歸來的沈君典，湯顯祖再作〈寄宣城沈君典〉、〈再寄君典〉二詩。回想過往，兩人糾葛的情誼仿如南陽翟道淵與汝南周子南兩人隱微的心結：

> 南陽翟道淵與汝南周子南少爲友，共隱於尋陽，庾大尉說周以當世
>
> 之務，周遂世。翟秉志彌固。其後周詣翟，不與語。〔註98〕

而如今已盡釋前嫌。在歷經內心不解與憤懣的摩擦，信任與背叛的矛盾，刺激與碰撞的試煉後，沈君典的告歸，預示著兩人終歸再相逢，與昔日本眞的聚首，昨日種種的美好再次湧現，昔日傷口，皆已淡去。在情感的一升一降之間，或許他們都已明白無論因脩古抱樸而放棄機會，或因時任物而掌握機會，此中都有著個人在時代之勢下必須選擇的不得不然。

> 釋蘿踐飛閣，罷官方是年。何言春穀裏，反服舊山川。敬亭天水綠，

〔註95〕　〔明〕湯顯祖：〈別沈君典〉，徐朔方箋校：《湯顯祖全集》（北京：北京古籍出版社，1999年），頁42。

〔註96〕　〔明〕湯顯祖：〈感士不遇賦_{並序}〉，徐朔方箋校：《湯顯祖全集》（北京：北京古籍出版社，1999年），頁154。

〔註97〕　〔明〕湯顯祖：〈感士不遇賦_{並序}〉，徐朔方箋校：《湯顯祖全集》（北京：北京古籍出版社，1999年），頁154。

〔註98〕　〔南朝宋〕劉義慶著，余嘉錫箋注：《世說新語箋疏・棲逸》（臺北：華正書局，2007年10月），頁662。

　　淑節照人妍。春香散花木，海色開雲煙。密蝶遊絲冑，稀鶯囀樹圓。

　　別有漢陰業，何所池陽田？懸溜遠棲釋，成林高列仙。風雲自玄感，

　　性相終悠然。經曾失路險，會侶息心禪。龍化陵陽舄，鯉控琴高絃。

　　無爲作逋客，蕭蕭猿鶴憐。〔註99〕

明代，重視科舉，門第基本不起太大作用，而是官位決定文人的地位高下。
正如王瑤所言：「一個作者無論他出身華素，到他成爲文人時，他必須已經有
了實際的官位，這政治地位實在就是他文人地位的重要決定因素。」〔註100〕
文人一旦通過科舉而獲得官位，即躋身文臣之列。且不說因做官而帶來的種
種經濟利益，單就其榮耀和社會地位，也已令人羨慕了。文臣生前有官位，
甚至封公、侯、伯之爵，身後配享帝王廟庭，甚或從祀孔廟。〔註101〕這也不
難想像，當初沈君典的決定。然而對於湯顯祖而言，這是一趟「經曾失路險，
會侶息心禪」迷而後覺的歷程。如今沈君典的去官，代表的正是他與仕宦的
險途道別，敬亭山水又回復了往昔的盎綠，正如他淑世的節操照人心妍，故
以「春香散花木」，道其懷德的馨香再次散染，而曾經黯然不解的憤懣也如「海
色開雲煙」，四季的顏色反射出人的心情。與〈別沈君典〉相較，此詩輕盈朗
亮，雖有垂盪的嘆息，但多的是欣揚的喜悅。曾經的邊界狀態，如今已弭合。
而能弭合之因在其「性相終悠然」，據湯顯祖〈前朝列大夫飭兵督學湖廣少參
兼僉憲澄源龍公墓誌銘〉一文中有提及沈君典告歸之因：

　　懋學故孝廉時，爲宣城令姜公奇方所賞重。公（龍宗武）至宣問人

　　士，令以懋學、梅君鼎祚對。公皆厚遇之。而懋學遂爲丁丑殿試第

　　一人，受江陵恩遇最深。而當江陵不肯歸服父喪時，乃至廷杖言者

　　鄒公等，懋學亦以書勸江陵，見忤，移病歸里。〔註102〕

沈君典的「迷而後覺」，揭示著知識分子「墮落」過程的逆反：在通過自身的
感官追尋與智性上的搏鬥後，產生了回歸的選擇。人如何認知自己的生命，
都必須自身去經歷，在經歷的過程中便能漸漸認識外在的世界之眞正面目，

〔註99〕〔明〕湯顯祖：〈寄宣城沈君典〉，徐朔方箋校：《湯顯祖全集》（北京：北京
　　　　古籍出版社，1999年），頁85。

〔註100〕王瑤：〈政治社會情況與文士地位〉，《中古文學史論》（臺北：長安出版社，
　　　　1975年），頁29。

〔註101〕相關的例子，參見王世貞《弇山堂別集》，卷4、6、8〈勳德文武〉、〈文臣封
　　　　爵〉、〈文臣配享〉（北京：中華書局，1985），第1冊，頁69、110、138。

〔註102〕〔明〕湯顯祖：〈前朝列大夫飭兵督學湖廣少參兼僉憲澄源龍公墓誌銘〉，徐
　　　　朔方箋校：《湯顯祖全集》（北京：北京古籍出版社，1999年），頁1239。

從而思索著自己的存在以及與他者的關係，而後產生自我理解，而所謂的自
我理解即是在自我解蔽中展開。「風雲自玄感，性相終悠然」，沈君典本性仍
喜悠然自適，故告歸之舉，不過是歸回本性如此而已。

「反」回則自「明」，湯顯祖激昂難隱，〈再寄君典〉一詩，表達了他別
情甚艱的相思之情：

> 落日反青岡，寒煙起桑柘。白鳥川外明，南帆捲將夜。問我所思人，
> 蔥芊敬亭下。壯武識龍文，隱侯居僕射。胡爲息陰蚤，東皋耨時稼？
> 悠然春芳意，寧惟坐聲價？春穀美山泉，願言同結架。山陰一夕棹，
> 河內千里駕。不惜過新林，逸矣宣城謝。〔註103〕

「問我所思人，蔥芊敬亭下」，道盡思友之深情。〔註104〕一度以爲，自己已經
找到可以聲息相通的人，當年在敬亭山共遊的回憶成了見證，昔日在開元寺
中對坐而延觀的記憶亦在腦海中，〈同宣城沈二君典表背衚衕，憶敬亭山水開
元寺題詩，君典好言邊事〉一詩中所提及之「開元寺題詩」，即湯顯祖所題之
詩即是〈開元寺浮圖〉：

> 對坐芙蓉塔，延觀柏梘雲。青霞城北湧，翠潋水西分。嶺樹疑嵐濕，
> 巖花入暝薰。風鈴流梵響，玉漏自聲聞。〔註105〕

原以爲不復在的情景，今日終可再盼。「胡爲息陰蚤，東皋耨時稼？」化用了
阮籍〈詠懷詩〉：「願耕東皋陽，誰與守其眞？」表達他日盼夜等能夠與他持
守眞之節的沈君典終於回來了。這美好的回歸，讓他有了再次寄情託心的渴
望，而這正也是此詩的根源所在。蔥芊敬亭，天水常綠，「春穀美山泉，願言
同結架」盡釋前嫌的誠意，在願結同心的文字中已道盡所有。

浮沉科舉中，希冀逢志交。沈君典曾爲同窗摯友，更是他在追求事功的
同友，無論從私人情誼，抑或政治追求都有著緊密不分的關係。然因選擇的
不同，被迫走在分歧路上，詩末湯顯祖藉以謝脁〈暫使下都夜發新林至京邑

〔註103〕 〔明〕湯顯祖：〈再寄沈君典〉，徐朔方箋校：《湯顯祖全集》（北京：北京古
籍出版社，1999 年），頁 86。

〔註104〕 湯顯祖曾在〈玉合記題詞〉中提到他與沈君典、梅鼎祚等人的交往：「余往春
客宛陵，殊闋如邛之遇。猶憶水西官柳，蘇蘇可人。時送我者姜令、沈君典、
梅生禹金賓從十數人。去今十年矣。八月太常齋出，宛然梅生造焉。爲問故
所游，長者俱銷亡，在者亦多流泊。余泫然久之。」徐朔方箋校：《湯顯祖全
集》（北京：北京古籍出版社，1999 年），頁 1152。

〔註105〕 〔明〕湯顯祖：〈開元寺浮圖〉，毛效同編：《湯顯祖研究資料匯編》（上海：
上海古籍出版社，1986 年 9 月），頁 9。

贈西府同僚〉〔註106〕表達與沈君典「別情甚艱」中經歷的「悲」、「寒」、「盼」、「恐」等心緒，有了被拋在萬水千山外的孤寂感，備嘗遊子孤身同片雲之苦：

> 竊披玄霧覿，轉愛白雲間。問字時開槢，繙經恒閉關。遊神天牝水，
> 剗迹地雌山。意岸魁平易，情途局險艱。羣龍遵水裔，獨鶴舞人寰。
> 逸嘯風塵表，相思雲海間。〔註107〕

別去之情有憤惜之氣，歸來之時則欣喜萬分，何以對沈君典執情甚深？正因兩人曾相知相惜，算是有革命情感的盟友。沈懋學年少時慷慨有大志，學識淵博，交遊甚廣，《本朝分省人物考・沈懋學》如是記載：

> 懋學生而跌宕，競風概，少善騎射，又能於馬上舞丈八槊，……書
> 法出入王虞，自行韻格，腕疾於鳥。天文地理、陰符黃石、參同內
> 外丹、星相葛醫之學，雜及五木六箸、藏彄累丸、蹴踘投壺，彈箏
> 撚笛，一切拆施可喜之藝術，無所不涉；於人亦無所不交。〔註108〕

這裡說明沈懋學文武兼備，不僅擅長騎射，能在馬上揮舞丈八長矛，同時詞章、書法俱所擅場，其他如天文、星相、遊藝等方面，也各有專精，而在交友方面，更是遍佈各個階層，不會只局限在知識份子身上。這對湯顯祖而言很有吸引力。而從湯顯祖從〈別沈君典〉再到〈寄宣城沈君典〉、〈再寄君典〉之行動，亦可觀察他面對友誼分歧疏離之後重拾舊好的態度，探知友誼的眞諦。

　　科舉考試最大的戲劇性便是能讓黃粱之夢成眞，然而，也會因體會黃粱終一夢，命運終究給出的都只是「暫時性的永恆」，而這些暫時性的永恆都在「短瞬」間完成。沈君典與湯顯祖的區別便在於：後者願意將自己置身於絕對冒險的環境中，瀕臨著必須面臨失敗與死亡的可能。但即便如此，這樣的人往往因爲效忠於自身的某種紀律：

> 惡末時之功令分，迺學籌於古王。窮枯屡而無營分，志惔惔之邈唐。

〔註106〕〔南朝〕謝朓：〈暫使下都夜發新林至京邑贈西府同僚〉：「大江流日夜，客心悲未央。徒念關山近，終知返路長。秋河曙耿耿，寒渚夜蒼蒼。引領見京室，宮雉正相望。金波麗鳷鵲，玉繩低建章。驅車鼎門外，思見昭丘陽。馳暉不可接，何況隔兩鄉？風雲有鳥路，江漢限無梁。常恐鷹隼擊，時菊委嚴霜。寄言蔚羅者，寥廓已高翔。」

〔註107〕〔明〕湯顯祖：〈奉寄大中丞耿公閩中 並序〉，徐朔方箋校：《湯顯祖全集》（北京：北京古籍出版社，1999年），頁87。

〔註108〕〔明〕過庭訓纂集：《本朝分省人物考》，收錄於周駿富所輯之《明代傳記叢刊》（臺北：明文書局，199年1月），卷三十八，策132，頁526。

> 身服義以嚴絜兮，處宜昧以加章。非善正其不交兮，拙持繩而倍工。
>
> 徵貴道於丘墳兮，苞意決之縱橫。爰出身而上事兮，投豈圍於王明。
>
> 偉黑人之瑞咎兮，釣雷澤而嘉就時。黃夢風而巫獲兮，說帶索於束
>
> 維。負王謀之恢揭兮，又何之而不可爲？〔註109〕

爲仁由己，四德之持，是性命所需，它們源自於個人的內在德性，即便是陷落無能操其鼎斧，枯脣而莫語的困境，亦不會易節：

> 扶義堅中兮，亦父母之性也。道流亡兮，副中信也。天孔仁察兮，
>
> 豈忘鏡也！縮厄靡援兮，雪白余之正也。〔註110〕

生命中最大的自由，並不是標新立異，而是絕地逢生。正是「扶義堅中」而全其道，儘管會陷入困頓，仍選擇寧願落第，正因「余之正」在其雪白之大節，湯顯祖可謂活出自己相信的價值。雖然從世俗的成敗來看，湯顯祖顯然是失敗的，然而他卻在失敗之餘保留下一塊「乾淨明亮的地方」。此外，湯顯祖與沈君典兩人，他們的命運像是充滿示現意味的對生。彷彿沿著歷史的脊稜線縱走，一人在向陽的光處，另一人在向陰的暗處。然走在向陽光處看似順遂，可卻是往黑暗墜落的開始，才爲世用，只是短瞬，萬曆十年（1582），隕落世塵。而另一個總落難吏道，緣慳紫光。然命運看似不站在他這邊，卻又是站在他這邊，歷史忽然翻了身，黑暗的經歷，成了創作的光，留下不朽的作品，以其「四夢」直趨光明。

　　一言以蔽之，兩人不當從孰是孰非的道德指標而論，在時代的轉軸下停頓的那個點上，不過是在那個「時機」，兩人「各行其是」罷了。

第四節　爲德苦難竟，貴知忠誠道

　　自古以來，企求知音者眾，得知音者寡，多發世無知音之嘆者多。劉勰《文心雕龍・知音》：「音實難知，知實難逢，逢其知音，千載其一乎！」以此概括湯顯祖在萬曆五年時的心境，恰如其分。湯顯祖在萬曆五年寫作的三十四首詩作中，有世無知音之嘆：「我住長安非一日，點首傾心百無一。」

〔註109〕　〔明〕湯顯祖：〈感士不遇賦並序〉，徐朔方箋校：《湯顯祖全集》（北京：北京古籍出版社，1999 年），頁 152。

〔註110〕　〔明〕湯顯祖：〈感士不遇賦並序〉，徐朔方箋校：《湯顯祖全集》（北京：北京古籍出版社，1999 年），頁 153。

〔註111〕「雖非絕世音，苦逢知者欲。」〔註112〕亦有鳴求知音之渴：「求鳴思足足，慕類喜般般。」〔註113〕「桂嶺不虛團，相期在友道。」〔註114〕以下分從：一、歎肝血以通志；二、傾知己以放心等兩方面論述之。

一、歎肝血以通志

湯顯祖芳潔自持，直行正道，淑世而獨立，內美與修能兼備的他卻常逢險阻，無法與坎坷擦肩。爲德卻遭苦難，不甘默默以終的他有了「歎肝血之誰傾」的孤寂，亦有「托歌言而送苦」之行動，其目的除了紓懷，更重要是表志明性。透過萬曆六年的詩作中，昔日激揚已沉澱，在寥落空山的此際，他持節落難的痛苦，爲道業傾盡肝血卻遭淤鬱的心情又可向誰傾訴？此刻唯有慕類同鳴者，同呼肝血；求其德才兼備者，得其知賞。以下分從：（一）逢門不改彎，持節自養剛；（二）深固之橘心，難徙之根性等兩方面論述之。

（一）逢門不改彎，持節自養剛

湯顯祖亦如沈約所謂的「隱士」一樣，歸隱在其不遇明君，歸朝則在於得遇明主。沈約〈隱逸傳〉曰：

> 夫獨往之人，皆稟偏介之性，不能摧志屈道，借譽期通。若使值見信之主，逢時來之運，豈其放情江海，取逸丘樊，蓋不得已而然故也。〔註115〕

自古無能摧志屈道者，皆在於稟孤高持節之性，屈原係也，湯顯祖係也。

> 明公苞衡翼之精，挹江漢之靈。邃永弘通，貞嚴懿澹。自是一規一矩，何止不笑不言？政曰民宗，道推師法。會一時之途觀，慰十載之沉吟。始辯眞龍似龍，詎言晞驥即驥？高空一別，曠海長離。歎肝血之誰傾，托歌言而送苦。

〔註111〕 〔明〕湯顯祖：〈別荊州張孝廉〉，徐朔方箋校：《湯顯祖全集》（北京：北京古籍出版社，1999年），頁44。
〔註112〕 〔明〕湯顯祖：〈聞張舉主來南操江憶九江時〉，徐朔方箋校：《湯顯祖全集》（北京：北京古籍出版社，1999年），頁63。
〔註113〕 〔明〕湯顯祖：〈奉寄大中丞耿公閩中 並序〉，徐朔方箋校：《湯顯祖全集》（北京：北京古籍出版社，1999年），頁87。
〔註114〕 〔明〕湯顯祖：〈紅泉臥病懷羅浮祈衍曾〉，徐朔方箋校：《湯顯祖全集》（北京：北京古籍出版社，1999年），頁62。
〔註115〕 〔南朝梁〕沈約：《宋書・隱逸傳論》（北京：中華書局，1974年），卷九十三，頁2297。

> 求鳴思足足，慕類喜般般。復是人中美，何緣杳未儔。明時朝采
> 合，暗裏夜光還。束帛從三楚，封輅鎮八蠻。皇華趣下邑，瓊樹
> 展光顏。籍甚傳姬、孔，陶然似尹、班。四科標士德，九牧照神
> 姦。巨壑真成縱，逢門不改彎。文明開錦額，歌舞攝梟瞷。道怏
> 何曾擯？文書祇自環。竊披玄霧覯，轉愛白雲間。問字時開榻，
> 繙經恒閉關。遊神天牝水，劃迹地雌山。意岸魁平易，情途局險
> 艱。羣龍遵水裔，獨鶴舞人寰。逸嘯風塵表，相思雲海間。出清
> 蛟蜃氣，歸押鳳凰斑。上善全須把，通人會可攀。由來悲負蠜，
> 不到詠〈緝蠻〉。〔註116〕

「會一時之途覯，慰十載之沉吟」。將耿定向視爲可「託歌言而送苦」的對象，定是心有所佩慕，無論「建功」之籍甚，可比懸天日月的周公與孔子；「風骨」之陶然，彷似陶然於永夕的尹敏和班彪。〔註117〕故以「籍甚傳姬、孔」讚其「邃永弘通」，以「陶然似尹、班」稱其「貞嚴懿澹」。而歷來以「四科」選賢擇才，皆以四德爲標準，標舉的是士人之德。〔註118〕如此孰忠孰奸，昭然若揭。而「九牧照神姦」乃爲《左傳》之典，揭示了「在德不在鼎」的觀念。〔註119〕由此推之，「四科標士德，九牧照神姦。」正是湯顯祖標舉出自己的核心價值便在「德」。抱負不凡，鳴志求仕，既有內美，亦有脩能，然眾卻不知其異采，在進入吏道的過程中，感受到「情途局險艱」的現實，不得「轉愛白雲間」，序中所謂：「始辯眞龍似龍，詎言睎驥即驥」，透露出他的自我懷疑與矛盾，正因爲這樣的衝突，才轉念而遊心自然，不再爲塵世所擾：「問字時開榻，繙經恒閉關。遊神天牝水，劃迹地雌山」，誰是那個深識幽人風義厚的

〔註116〕 〔明〕湯顯祖：〈奉寄大中丞耿公閩中 並序〉，徐朔方箋校：《湯顯祖全集》（北京：北京古籍出版社，1999 年），頁 87。

〔註117〕 〔南朝梁〕劉孝標：〈廣絕交論〉：「范、張款款於下泉，尹班陶然於永夕。」《東漢觀記·尹敏傳》：「尹敏與班彪親善，每相遇與談，常日旰忘食，晝即至暝，夜則達旦。」

〔註118〕 《漢書·元帝紀》：「永光元年二月，詔丞相、御史舉質樸、敦厚、遜讓、有行者，光祿歲以此科第郎、從官。」〔宋〕王應麟《小學紺珠·制度·四科》：唐時高宗乃以「孝悌力行」、「經史儒術」、「藻思詞鋒」、「廉平強直」爲舉薦人才的四個標準。

〔註119〕 《左傳·宣三年》：「昔夏之方有德也，遠方圖物，貢金九牧，鑄鼎象物，百物而爲之備，使民知神姦，故民入川澤山林，不逢不若，螭魅罔兩莫能逢之。用能協於上下，以承天休。」

人，〔註120〕求友同鳴之思甚切，思慕同類之情甚深。

「上善全須挹，通人會可攀。由來悲負蟨，不到詠〈緡蠻〉。」〔註121〕此爲湯顯祖表其「知止」之道。以「蟨」與「蛩蛩巨虛」兩者的關係〔註122〕，表明自己不想像蛩蛩巨虛一樣被蟨利用，欲求大鳴大放之前，當思自己是被「利用」還是是被「重用」？莫到最後成了負蟨而走的蛩蛩巨虛，不知蟨並非眞的愛賞他，只是利用對牠有利的「足」罷了。後援以〈緡蠻〉，表其寧可當「緡蠻黃鳥」〔註123〕　緡蠻之黃鳥，尚之止于丘隅，明白止知其所止，人豈可不如鳥？明性，故能知止。「止」在儒家思想中意味著定理、方向、秩序，能夠知道自己的方向，確立自己仕宦的原則，所形構出的生命秩序，自然能持節，大節以立，剛心自成。

由理性人格所界定的世界，說不定正是永恆宇宙的眞理，養清守善，必須付出甚麼代價？在十年之中，寸思彌積的累積下，湯顯祖似乎有所悟得：

> 顯祖姿材軟弱，知力淺短。猥以微冥之單慧，仰承盻睞之榮光。十
> 載於茲，三年未報。同門之友，次入高華。並擧之人，或爲異物。
> 曾未鉛刀一割，誰言弊帚千金？惜逝如流，興言欲涕。惟明公河、
> 洛英靈，嵩、華祕育。德行斟酌萬類，才能輅葛三光。柱後惠文，
> 總是嚴顏之地；堂下布武，誰非得意之人？儻念門生故人，尚在名
> 山海上。一貴一賤，豈復論於交遊？九地九天，未足比其寥闊。惟
> 善需玄福，仰益清朝。世路悠悠，止是春風夏雨；名途皎皎，有如
> 秋月冬霜。五韻聊成，寸思彌積。

〔註120〕〔宋〕曾鞏〈贈安禪勤上人〉：「詎知蕭灑吾廬舊，卻有高明此寺鄰。水竹迸生剛節老，秋山過抱翠嵐新。惟憐季子歸來困，自笑原思久更貧。深識幽人風義厚，掃軒開榻最相親。」

〔註121〕〔漢〕劉向《說苑・復恩》：「孔子曰：『北方有獸，其名曰蟨。前足鼠，後足兔，是獸也，甚矣其愛蛩蛩巨虛也，食得甘草，必齧以遺蛩蛩巨虛；蛩蛩巨虛見人將來，必負蟨以走。蟨非性之愛蛩蛩巨虛也，爲其假足之故也，二獸者亦非性之愛蟨也，爲其得甘草而遺之故也。』」

〔註122〕〔漢〕劉向《說苑・復恩》：「孔子曰：『北方有獸，其名曰蟨。前足鼠，後足兔，是獸也，甚矣其愛蛩蛩巨虛也，食得甘草，必齧以遺蛩蛩巨虛；蛩蛩巨虛見人將來，必負蟨以走。蟨非性之愛蛩蛩巨虛也，爲其假足之故也，二獸者亦非性之愛蟨也，爲其得甘草而遺之故也。』」

〔註123〕《禮記・大學！：「詩云：『邦畿千里，惟民所止。』詩云：『緡蠻黃鳥，止于丘隅。』子曰：『於止，知其所止，可以人而不如鳥乎！』」〔唐〕孔穎達等：《禮記注疏》，《十三經注疏本》（臺北：藝文印書館，1997 年 8 月），頁 984。

見說軍麾倨八閩，芸除清望更何人？雲間玉葉才披曉，天上銅渾早變春。翠柏臨臺香本性，青槐夾道影年新。誰言隱逸都無憶，名譽時時鄭子眞。〔註124〕

「十載於茲，三年未報」，道盡爲科舉付出的心力卻徒勞無功，「同門之友，次入高華。並舉之人，或爲異物」，他的決定，導致的嘲戲，或以他自恃甚高，目中無人，豈不知只是自己「敝帚千金」；或譏其不知因時任勢，只會被視爲「異物」，並無名節可言。守德之志卻落得如此下場，其沮喪之情，不言可喻。湯顯祖自白，未嘗不想有大展長才的機會，只是「鉛刀一割」之渴盼，卻終歸只是空想。看時光空流逝，如今無所成就，不免焦慮，只要一提及，便也激動地想要落淚。接著，則以嚴顏之斷頭精神爲標的。「柱後惠文，總是嚴顏之地」，喻指佩戴上法冠者，都當有嚴顏有「有斷頭將軍，無投降將軍」的剛勇之氣骨，因此，若戴上冠前，行有所不潔，豈能無愧？故對於侵奪本眞之事者，除了斷然拒之，別無二法，唯有不委志而降，才能在嚴顏之地當之無愧。因爲持剛守潔的亮節之名，才是在千秋萬世之後能夠留下的。正如蘇轍所言：「嚴顏平生吾不記，獨憶城破節最高」，而青年湯顯祖欲以追求的，正是立下大節，聞名於後。

之後，再以《禮記・曲禮》、《孫子兵法》表其「守善」之論。以《禮記・曲禮》：「帷薄之外不趨，堂上不趨，執玉不趨。堂上接武，堂下布武。」之言，吐其未能趨上雲階之苦，托其守善之思。堂上接武宜細步，堂下布武當正步，臣吏無論貴賤，無論堂上、堂下皆具趨進君前的機會，而湯顯祖「鉛刀一割」的機會都沒有，又有堂下布武的機會，成得意之人？故發「堂下布武，誰非得意之人」之嘆。然而「一貴一賤，豈復論於交遊？九地九天，未足比其寥闊。」湯顯祖又一問，人生之貴賤，「交遊」的人脈眞的是關鍵？而貴賤之間的距離，眞的比九天九地還遠？難道不攀附有權勢者，就只能淪爲賤者之途？世俗之貴以考上科舉，登上君門爲貴。雖也是湯顯祖追求的，然而此貴之上，還有一「善」，若此貴得來不善，則寧願捨之。

「惟善需玄福，仰益清朝」。湯顯祖自言「姿材軟弱，知力淺短」，然而仍有微冥的宿慧，因而能明白善守者如何「有餘」的重要。《孫子兵法》：「善守者藏於九地之下，善攻者動乎九天之上。」人所不見，謂之九地，見之不

〔註124〕〔明〕湯顯祖：〈奉寄劉中丞座主有序〉，徐朔方箋校：《湯顯祖全集》（北京：北京古籍出版社，1999年），頁85。

及，謂之九天。於九天之上，莫之所從出，如兀鷹之御風。在九地之下，使敵人無以測，如沉潛之蒼龍。無論於九天、在九地，皆能自保而全勝。臧，善也，臧與藏兩者之關係密切。守善則須藏之，守者若有餘，攻者自是不足，而此餘也即是持剛守潔之性。由此，可觀得湯顯祖思考如何「守」之才能全「善」的命題。

詩末湯顯祖反詰，爲德而隱逸的人，難道眞的就無以傳世聞名？然而谷口鄭子眞隱而聲聞於世卻是實情。他不詘其志，名震京師，凸顯出他守德在先，必能得名於後的價值觀，也爲自己不改其操的堅持作一佳證：

> 或問：君子疾沒世而名不稱，盍勢諸？名，卿可幾。曰：君子德名爲幾。梁、齊、楚、趙之君非不富且貴也，惡廄成其名！谷口鄭子眞不詘其志，耕於嚴石之下，名震於京師，豈其卿？豈其卿？楚兩龔之絜，其清矣乎！蜀嚴湛冥，不作苟見，不治苟得，久幽而不改其操，雖隨、和何以加諸？舉茲以旃，不亦寶乎！〔註125〕

學詩書之道，與人子言依於孝，與人弟言依於順，與人臣言依於忠，各因勢導之以善，最終都是要往善的境界走去，不詘其志，得以養其清廉，不改其操，得以修身自保。據此，進退之間，以守作攻，退以捨貴棄利，進以亮節聞名，正是他青年時期的精神核心，「不改其志，守眞之節」這是湯顯祖爲自己的積極奮鬥，其啓蒙核心昭然若揭。

〔註125〕〔漢〕班固：〈王貢兩龔鮑傳〉：「其後谷口有鄭子眞，蜀有嚴君平，皆修身自保，非其服弗服，非其食弗食。成帝時，元舅大將軍王鳳以禮聘子眞，子眞遂不詘而終。君平卜筮於成都市，以爲『卜筮者賤業，而可以惠眾人。有邪惡非正之問，則依著龜爲言利害。與人子言依於孝，與人弟言依於順，與人臣言依於忠，各因勢導之以善，從吾言者，已過半矣。』裁日閱數人，得百錢足自養，則閉肆下簾而授老子。博覽亡不通，依老子、嚴周之指著書十餘萬言。楊雄少時從遊學，以而仕京師顯名，數爲朝廷在位賢者稱君平德。杜陵李彊素善雄，久之爲益州牧，喜謂雄曰：「吾眞得嚴君平矣。」雄曰：「君備禮以待之，彼人可見而不可得詘也。」彊心以爲不然。及至蜀，致禮與相見，卒不敢言以爲從事，乃歎曰：「楊子雲誠知人！」君平年九十餘，遂以其業終，蜀人愛敬，至今稱焉。及雄著書言當世士，稱此二人。其論曰：「或問：君子疾沒世而名不稱，盍勢諸？名，卿可幾。曰：君子德名爲幾。梁、齊、楚、趙之君非不富且貴也，惡廄成其名！谷口鄭子眞不詘其志，耕於嚴石之下，名震於京師，豈其卿？豈其卿？楚兩龔之絜，其清矣乎！蜀嚴湛冥，不作苟見，不治苟得，久幽而不改其操，雖隨、和何以加諸？舉茲以旃，不亦寶乎！」顏師古注：《漢書》，第 10 冊，卷七十二（北京：中華書局，1962年），頁 3056。

（二）深固之橘心，難徙之根性

鬱情之未陳，百言無以止，即使面臨失意的考驗，有著懷才不遇的憤懣，爲道業之長，仍未泯其豪氣。湯顯祖多次自表本性雪白，主性實難裁，即是深固難徙之根性，「寧棲珠樹枝，寧食玉山薇」〔註126〕，循依道徑，願退身而窮處。而這種執拗的精神，正似屈原，寧可潦倒，也不詘志，故湯顯祖自言「橘性難移」：

> 明公峛天台之神秀，挹姑餘之善淵。參領三才，兼資九德。既瓊敷以春潤，亦珠澄而秋實。遂標英藝圃，騰徽禮園。師表人倫，長養道業。而顯祖以小沬之材，受書太學；仰大明之運，射禮諸生。受顏色於青衿，發鬚眉於素燭。龍光一旦，張公遙望於雄雌，馬色三年，董子不知其牝牡。自是賢關弟子，寧爲聖代閒人？眷悟高奇，竊自雕飾。附懷數韻。

> 寧棲珠樹枝，寧食玉山薇。潛虯方與媚，雲雀未經飛。肯事州郡權，不通故人書。雪白有本性，雲清無俗娛。側聞大君子，承華布光輝。金姿粲芸閣，玉影生蘭扉。茵縕雲氣簡，葳蕤青史廬。何當彩墀裏，珍芬重襲余。〔註127〕

湯顯祖與屈原一樣，與君慳緣。《楚辭·九章》中的〈橘頌〉「是一篇象徵意味極爲濃厚的自敘詩，最足以顯示屈原青年時代的人格與情志。〔註128〕」屈原曾以「后皇佳樹」的橘子象徵自己「淑世獨立，橫而不流兮。」的志節。而湯顯祖亦以「橘性難移」自喻，暗合的正是屈原〈橘頌〉〔註129〕之眞義：「受命不遷」、「深固難徙」的本質根性，「蘇世獨立」、「閉心自愼」的聖人之教，

〔註126〕〔明〕湯顯祖：〈寄奉學士余公有序〉，徐朔方箋校：《湯顯祖全集》（北京：北京古籍出版社，1999 年），頁84。

〔註127〕〔明〕湯顯祖：〈寄奉學士余公有序〉，徐朔方箋校：《湯顯祖全集》（北京：北京古籍出版社，1999 年），頁84。

〔註128〕陳怡良：〈楚辭橘頌試析〉，《屈原文學論集》（臺北：文津出版，1992 年 11月），頁355。

〔註129〕〔戰國〕屈原〈橘頌〉：「后皇佳樹，橘徠服兮。受命不遷，生南國兮。深固難徙，更壹志兮。精色內白，類可任兮。紛縕宜脩，姱而不醜兮。嗟爾幼志，有以異兮。獨立不遷，豈不可喜兮？深固難徙，廓其無求兮。蘇世獨立，橫而不流兮。閉心自愼，不終失過兮。秉德無私，參天地兮。年歲雖少，可師長兮。行比伯夷，置以爲像兮。」〔宋〕洪興祖：《楚辭補注》（臺北：大安出版社，1995 年），頁230。

「秉德無私」，以參化天地的生命追求。

屈原正是這個大傳統的先驅。他成爲古今「不遇」者的寄托，在歷史中，他忠誠愛國的矢志不渝的人格精神，隨時間累積所建立的典型則成了集體文人在心靈的依止，而這種認同模式的建立，讓不遇者可以產生出支持的人格面具。所謂的「人格面具」其實是「集體心靈的片段」〔註 130〕。人類有種模仿的心理能力，人格面具則是由自我所認同之集體中的片段所建構出來的，它能夠增進個人對周遭社會的適應。而屈原則是青年時代的湯顯祖所堅植的道德標竿，其因在於屈原忠貞的歷史形象，他不斷爲衝突勢力而抵制不輟的精神，以及眾人皆醉惟他獨醒的執拗，都代表著一種理想（可及與不可及的理想境界）的追求，也因爲如此，建立了認同的心理，於是屈原成了此階段的他形構的人格面具。

> 人類心靈的集體面向，離不了單一個人的組成，但每一個個人在文明的歷史脈絡與精神的瀚海當中都不是一座孤島，我們個人經歷的也是集體文化精神體的原型烙痕。在人類意識裡，想要創造的特異性，想要成爲一個人自然的模樣，這樣的驅力其實深植於本性當中。〔註 131〕

屈原在《離騷》裏曾說：「鷙鳥之不群兮，自前世而固然。」屈原自比爲鷹鷙，其自重自愛於此。他寧爲不群的鷹，爲社會所誤解，不願爲佻巧的斑鳩，取寵於天下。這是他的人格，也是他在現實中失敗的原因，然而也是他感人的核心，流傳千古也只是必然的歷史發展。崇高的人格，往往，反而摧倒自我一己的生命，而這付出的代價換來的正是名留後世。而這是否也正是千秋萬歲後，惟有亮節聞的再次印證。

二、傾知己以通志

在〈別沈君典〉後，又作〈別荊州張孝廉〉，表明行路之所艱，在於相知難。既然道不同，便各自行路之志。湯顯祖撫情效志，俛紲自抑，投情授知己，第恐荃蘭變，明德務偕臧，安知桃李芳？在南歸之時等候如春的新機，藉「高堂」盼歸，妻婦相惜，家弟同根，深契之友，一想到這些溫暖的人情，

〔註 130〕Jung, "The Structure of the Unconscious"（1916）,in CW,vol,7（Princeton,NJ：Princeton University Press,1967），pars.464～470.

〔註 131〕Jung, "The Structure of the Unconscious"（1916）,in CW,vol,7（Princeton,NJ：Princeton University Press,1967），pars.464～470.

便有欲振奮的力量，結果最後卻讓親朋師友失望，將「終知不可得」的深刻愁思，分寄給親朋友好友，以信抒愁，以書代愁，自我開解。以下分從：（一）行路之所艱，在於相知難；（二）投情授知己，明德務偕臧；（三）鳴志遭失聲，生孤桐之嘆等三方面論述之。

（一）行路之所艱，在於相知難

變化的源頭起始，時常是無法辨認，但湯顯祖指出從「去年與子別宣城，今年送我出帝京」這裡就開始變化了：

> 去年與子別宣城，今年送我出帝京。帝邑人才君所見，金車白馬何縱橫。金水橋流如瀟灑，西山翠抹行人眼。當壚喚取雙蛾眉，的皪人前傾一盞。誰道葉公能好龍？真龍下時驚葉公。誰道孫陽能相馬？遺風滅沒無知者。一時桃李艷青春，四五千中三百人。擲蛙本自黃金賤，抵鵲誰當白璧珍？年少錦袍人看殺，唇舌悠悠空筆札。賤子今齡二十八，把劍似君君不察。君不察時可奈何？歸餐雲實蔭松蘿。濠南釣渚飛竿遠，江左行山著屐多。吏事有人吾潦倒，竹林著書亦不早。被褐原非哀晃人，飆車更向烟霞道。青野主人歸不歸，文章氣骨雄可飛。三十餘齡起幽滯，連翩不遂知音稀。平津邸第開如昨，嘯傲清風恣寥闊。人生有命如花落，不問朱祖與籬落。君當結騎指衡山，欲往從之行路艱。懷沙長沙為我弔，洞庭波時君已還。賤子孤生宦遊薄，習池何似江陵樂？寧知不食武昌魚，定須一駕黃州鶴。我今且唱越人舟，青蒲翠鳥鳴相求。君獨胡為好鞍馬，草綠波光不與儔。我住長安非一日，點首傾心百無一。夫子春間儻未行，為子問取郢中資。〔註132〕

《戰國策・齊四》記載齊人馮諼以彈劍自歌引起孟嘗君的注意，〔註133〕湯顯

〔註132〕 〔明〕湯顯祖：〈別荊州張孝廉〉，徐朔方箋校：《湯顯祖全集》（北京：北京古籍出版社，1999 年），頁 43～44。

〔註133〕 〔漢〕劉向集錄：〈齊四〉：「（馮諼）居有頃，倚柱彈其劍，歌曰：『長鋏歸來乎！食無魚。』左右以告。孟嘗君曰：『食之，比門下之客。』居有頃，復彈其鋏，歌曰：『長鋏歸來乎！出無車。』左右皆笑之，以告。孟嘗君曰：『為之駕，比門下之車客。』於是乘其車，揭其劍，過其友曰：『孟嘗君客我。』後有頃，復彈其劍鋏，歌曰：『長鋏歸來乎！無以為家。』左右皆惡之，以為貪而不知足。孟嘗君問：『馮公有親乎？』對曰：『有老母。』孟嘗君使人給其食用，無使乏。於是馮諼不復歌。」〔漢〕高誘注：《戰國策》，卷 11，（臺北：藝文印書館，無出版年），頁 395～396。

祖以寶劍自喻，渴盼自己能遇到伯樂賞識其才，如寶劍出鞘般嶄露鋒芒，施展長才，實現抱負，只是「把劍似君君不察」。在事與願違的情況下，才恍然「被褐原非衰冕人」，沮喪之下，只好「飆車更向烟霞道」。湯顯祖傷感空有才華卻無用武之地，表達了不甘。湯顯祖對於自己落第的事實其實充滿憤怒的，怨無眞知者，只是虛位職守，怒中無好話，卻又句句眞話：「誰道葉公能好龍？眞龍下時驚葉公。」是否「葉公」一詞暗諷著張居正？或者譏嘲他的一幫人？兩者皆有可能。從少年湯顯祖的角度而觀，率眞任性的他以爲拒絕「權貴」只是自己眞性情的表現，對於自己的守眞之節，不過是他明白「時勢」恒常變動，然「氣節」不該如此。不過是他任其本性，聽其本心而已。何以因爲他的拒絕而名落孫山？當初不是因爲看上他的「才高氣昂」，何以展露眞才實性卻又不欣賞他的「眞」？而「誰道孫陽能相馬？遺風滅沒無知者。」此語一出，更是棒打薦才、識才者所謂名之伯樂的眞才實料。聲譽隆盛的孫陽其實比不上御馬的王良，只是千里馬因伯樂而存在的美談的關係滅沒了眞相。此外，世傳能相出千里馬的伯樂不就是能「得其精而忘其粗，在其內而忘其外。」何以會滅沒了我這「千里馬」？正是世無伯樂，遂使英雄湮沒；正是世無知音，遂使魚目混珠。誰道，一嘆年才兼貌無人識，清英之色無人賞；誰道，再嘆滔蕩大節無人讚，深遠之心無人見。湯顯祖強烈不滿，直覺不公的情緒無以掩抑。

　　劍氣之在斗間，所以求伸於知者。「把劍似君君不察，君不察時可奈何！」在無可奈何之際，僅能自嘆「孤生宦薄遊」，然一點都不自卑。與賈誼相比，道「愧我才非賈，當年劍遇張」〔註134〕，傲岸不羈的他當然不認爲自己才不如人，若能像賈誼一樣得遇賞識他的張蒼，那他這把明劍亦能拋光。只可惜他沒有賈誼那樣的好運氣遇上知遇者。何能不激憤？何能不自悼？「眞龍何待假龍以生雲雨，鉅蛇或負小蛇以示神奇」〔註135〕，若有眞才實學，就無須依附他者以顯其光彩，湯顯祖之力行，將其「主人之才」的精神發揮得淋漓盡致。不過，他因自愛受險，守道受難，其「人生有命如花落，不問朱裀與籬落」之暗觸油然而生，然而此刻的他並非眞如了悟「無常乃常」之眞理，

〔註134〕〔明〕湯顯祖：〈以詩代書奉寄舉主張龍峯令弟對都水〉，徐朔方箋校：《湯顯祖全集》（北京：北京古籍出版社，1999年），頁46。
〔註135〕〔明〕湯顯祖：〈復門人藍翰卿〉，徐朔方箋校：《湯顯祖全集》（北京：北京古籍出版社，1999年），頁1376。

而是在行路之艱的境況下，湯顯祖只能以沉暗不問為因應之法。然而口不言怒，怒抑心中，不甘之中，懷冤藏傷，有了「懷沙長沙為我弔」之冤結。湯顯祖自比為「越人」，逆流之時仍奮進，指得是他仍不會放棄相求知音者，也不會放棄等待真正的伯樂，因此仍會繼續科舉，在逆境中求存活的他必定能夠練得一身好功夫，如此，洞澈「利」與「不利」之時機，見不利時，才能全身而退。「郢中資」當援以《莊子·徐無鬼》中為典：

> 郢人堊漫其鼻端，若蠅翼，使匠人斲之。匠石運斤成風，聽而斲之，
> 盡堊而鼻不傷，郢人立不失容。〔註136〕

後以「郢質」或「郢中質」喻有契合無間的朋友合作之意，亦有知己已去，匠石無所施其巧之嘆。因此，失去友誼，比失去功名還讓湯顯祖心痛，因為，失去的是一種對於價值信仰的忠誠，失去的是同道之友共為其道的堅貞。

（二）投情授知己，明德務偕臧

湯顯祖「明白」自己的矛盾：自道無法棄剛守柔，蹈晦自處，過著無作無為的生活，尚有七情六慾，尚有許多未竟之事，無法過著不與人爭的生活：

> 江南卑濕，三十已衰。五十之年，僕過其半，豪輩此時多竟事者。
> 如明公之妙雅，蚤通雲陛，柄玉衡，平太階，知不難企。僕今退不能守雌遊牝，絕愛恚以完性；進不及雄飛杜決，極酒內以酬情。空為陳人而已。羝羊觸藩，鄙人之謂。
>
> 周顒雄百里，潘嶽在三河。去後彌增想，難留詎敢拖。摋餘遭草澤，托分露松蘿。拭霧窺文理，披星出太阿。違顏空奏記，福履自鳴珂。壯去驚懷古，年來事養局。方圓情易折，金水性難和。舉國嫌穿井，浮生異琢蠡。居空惟抱影，作賦苦揚蛾。笑似驚蝴蝶，嗁如疥駱駝。曹王非軼駕，唐宋欲阹羅。久謝霏霏語，長為璨璨訶。微言真不數，俗化久成訛。絕筆愁夫子，持籌借孟軻。塵顏高可揖，利眼黳誰磨？水舍通魚鳥，山田占蟹螺。孝廉空勃窣，庭樹且阿那。尺蠖悲隨葉，靈龜喜接荷。〈小山〉吾分矣，大塊等如何？〈白雪〉惟三楚，清風憶五紽。何時將玉楮？對日緬瓊柯。〔註137〕

〔註136〕〔晉〕郭象注，〔唐〕陸德明釋文、成玄英疏，〔清〕郭慶藩集釋：《莊子集釋》（臺北：世界書局，2008 年 12 月），頁 843。

〔註137〕〔明〕湯顯祖：〈寄司明府並序〉，徐朔方箋校：《湯顯祖全集》（北京：北京古籍出版社，1999 年），頁 74。

經歷這番遭遇後，湯顯祖自悟：「初歷世緣艱，輒掉微生窘」。以《易經》之典：「羝羊觸藩」爲喻，說明自己進退兩難的處境，對於宦道平步青雲者，羨慕之情有之。自古文人以《易經》「羝羊觸藩」爲喻，皆透露處於動亂之時、身於不遇之世的兩難情懷。晉代郭璞〈遊仙詩〉：「進則保龍見，退則觸藩羝。」明知此理，然時非我勢，終至進退不得，最後僅能「高蹈風塵外，長揖謝夷齊」。而唐代孟浩然在經歷風塵，飽經滄桑以後，進退之中早已有了定奪。因此寫信給不爲世用的趙正字時，他道：「高鳥能棲木，羝羊漫觸藩。物情今已見，從此欲無言。」若用世之心尚濃烈，當則以寧靜的茂林安棲，莫再水火之中自傷其性。二十八歲的湯顯祖，正是壯志逐年增的階段，然而卻遭遇著進退兩難的處境：「僕今退不能守雌遊牝，絕愛甚以完性；進不及雄飛杜決，極酒內以酬情」，言己無能做到老子「守雌、法牝」之道，對於「有所不足，而安於其所不足而知足」〔註138〕這根本是強己所難，甚至要絕一切愛戀，更是天方夜譚。然而要積極用世，如鷹雄飛，卻險阻連連，只能藉酒澆愁，把酒吐苦，面臨如此不堪的境況，故以陳人道己，以「羝羊觸藩」形容自己的眞實處境，可見鬱悒之深。

　　湯顯祖以周顒、潘岳爲例表志。周顒當初隱居於鍾山，後出仕爲縣令。孔稚珪過鍾山草堂，作〈北山移文〉，其辭有曰：「蕙帳空兮夜鶴怨，山人去兮曉猿驚。」譏諷周顒隱居不終，中途改志。周顒先歸隱，後出世，王安石〈草堂〉：「隱或寄高朝」，明明已歸隱山林，卻又出林當官，與其改節出仕，招致鄙嘲，倒不如就直問眞心，莫似周顒「去後彌增想」，落得後人認爲他故作高蹈，其實醉心利祿的嘲諷之名。潘岳「弱冠步鼎鉉，即立宰三河」才名冠世，爲眾所疾，於是棲遲十年，出爲河陽令，然時不我予，雖負才華，終不得志。

　　　何山川之輪直兮，余四望而無歧，西與東其不屬兮，北與南其安如？

〔註139〕

生於動亂的時代，種種煩亂矛盾的情緒，有明知「進則保龍見，退爲觸藩羝」，

〔註138〕唐君毅：《中國哲學原論》：「子之言守雌、法牝、守母，此雌、牝、母皆陰物，亦世所謂坤道、地道之所在之物，此又通極於天地之上之道；人之守雌、法牝，亦可只爲法其安靜卑弱之義。有所不足，而安於其所不足而知足。」（臺北：臺灣學生書局，1973 年），頁 299～300。

〔註139〕〔明〕湯顯祖：〈感士不遇賦並序〉，徐朔方箋校：《湯顯祖全集》（北京：北京古籍出版社，1999 年），頁 153。

終至進退不得，雖有高情逸致，但又如何？牽於世網，不能自拔，亦是無奈。儘管「狂奔非我情」，然而「天意豈有端」，十年的努力，三年皆落空，有居空惟抱影之傷，只好作賦苦吟哦，其〈廣意賦〉、〈感士不遇賦〉皆為明證。

（三）鳴志遭失聲，生孤桐之嘆

文武合一，或文武備於一人，乃自古以來的理想人格。少年的湯顯祖意氣風發、壯志昂揚，寄望能一展長才，而當時能夠滿足他雄心剛力的遠大懷抱的正是抗倭名帥譚綸。

隆慶六年（1572），湯顯祖廿三歲，因臥病於撫州銅山，未能一睹譚綸的英雄丰姿，並未能與諸公一起為即將巡視邊疆的譚綸尚書送行，深覺失禮，深深扼腕，故謹慎地準備極具象徵性的祝福之禮，聊表心意：

> 明公於今才子少儔，於古名將無比。坦步蔥雪，被服藻粉。再起東山，言祖北落。諸公莫不祖帳青門之外，小子獨自臥病紅泉之間。未奉殷勤，何勝恨惋！謹具古刀雙口、鳳味琴一張、金鈴三道、扇一把、詩一首上。

> 上林飛雁滿金河，殺氣邊頭赤羽多。相國南來徵竹箭，尚書北上擁雕戈。終知熱阪薰嵐淨，待要寒門氣色和。入塞定多鏡吹曲，傳來帳下美人歌。〔註140〕

「詩人內在之意訴之於外在之象，讀者再根據這外在之象試圖還原詩人當初的內在之意。」〔註141〕如明人李贄認為，古代男子出行，不離佩劍，遠行不離弓矢，平日不離佩玉。佩玉名為隨身之用，事親之物，「其實思患豫防，文武兼設」〔註142〕。湯顯祖贈古刀雙口、鳳味琴一張、金鈴三道、扇一把、詩一首上。其中「古刀雙口」之亦有雙關之義。此外，從「未奉殷勤，何勝恨惋」可知，對於譚綸的奮勇驍戰，大挫倭寇的戰功，〔註143〕其文韜武略之才，

〔註140〕〔明〕湯顯祖：〈送譚尚書行邊‧有序〉，徐朔方箋校：《湯顯祖全集》（北京：北京古籍出版社，1999 年），頁 10。

〔註141〕余秋雨：《掌上雨》（臺北：時報出版社，1984 年），頁 17。

〔註142〕〔明〕李贄：〈無所不佩〉，《焚書》，卷 5，（北京：社會科學文獻出版社，2010 年），頁 217。

〔註143〕譚綸乃對軍事甚有研究，乃明朝抗倭名將。嘉靖二十九年（1551 年）倭寇屢襲浙江沿海，譚綸受命任台州（今浙江臨海）知府。在當地譚綸乃招募鄉勇千人，練兵禦倭；嘉靖三十六年，譚綸率兵在台州大挫倭寇。嘉靖三十七年，倭寇再率數萬人侵擾台州，譚綸再親率死士與倭寇大戰，三戰三捷，使軍威大振。嘉靖四十二年（1563 年），倭寇在福建沿海再度歸來，在邵武、興化

令湯顯祖極爲崇拜。明代中葉，倭寇猖獗於東南。長期的倭患，擾國傷民。嘉靖三十四年（1555）七月，倭寇突然攻到南京城下，沿海地區經歷了一場空前浩劫。是時，文官出身的譚綸投筆從戎，征戰沙場，與倭寇進行了幾十年的爭鬥。譚綸任台州知府、浙江海道副使時，支持參將戚繼光練鄉兵，同他一起浴血沙場，共同創造了浙東台州平倭九戰九捷的戰果。在他任福建巡撫時，指揮俞大猷、戚繼光、劉顯在平海衛重創倭寇，收復興化府城，消除了福建的倭患；在他任薊遼總督時，領導戚繼光訓練士兵，修築敵臺，鞏固邊防，消除了邊患。湯顯祖稱其「天人」，以爲他寡二少雙，不僅今之才子難以與之匹敵，連古代名將也無能與之相比，從其推崇的程度，便可明白他大獻殷勤之舉，只是表達他的崇慕與嚮往之情。

　　劍在戰國時代就有「爲世所用」的文化意涵，不僅做爲謀生工具，也是封侯拜相的理想寄託，展現尚武建功的精神。以生命鑄成的刀劍，亦以與人的靈魂合一，透過刀劍建功立業、除奸抑惡不可或缺的利器。人的價值透過刀劍中將其靈性正義之氣展現，劍成了有血有肉的有情之物，承載殺戮戰場，凱旋歸來的象徵。列維—布留爾（Lucien Levy-Bruhl）認爲：「中國人有一種把名字與其擁有者等同起來的傾向。〔註144〕」以刀贈之，確有其深刻心意。楊義也說：「《吳越春秋》記干將、莫耶鑄劍，鑄成的雄雌採用了這雙蓋世劍工的名字，令人覺得劍就是人。」〔註145〕以刀贈之，除了有祝福譚綸施展抱負，建功立德之意，或隱喻望盼譚綸提拔：「寄語張公子，何當來相攜？」〔註146〕只是譚綸該是拒絕了：

　　尚書受我一刀，還我一刀。不知兩口原號雌雄，誓不離分。若離，

一帶大肆劫掠。譚綸受命任福建巡撫，並舉薦戚繼光、俞大猷等參與戰役。同年四月譚綸任總指揮，命戚、俞等分頭進攻，一舉滅敵二千多人，收復興化。次年（1564 年），倭寇再攻仙遊，譚綸親率戚繼光部增援，攻下仙遊，斬敵千餘，迫使倭寇餘部入海逃遁。隆慶二年（1568 年）譚綸獲任命爲薊遼保定總督，負責京畿防務。他再度舉薦戚繼光協防，自居庸關到山海關，修建防禦台三千座，使東北一帶防務大大加強。據稱譚綸及其部下斬獲的敵人首級，數目達二萬一千五百。神宗即位，起用爲兵部尚書。

〔註144〕〔法〕路先‧列維—布留爾（Lucien Levy-Bruhl）著，丁由譯：《原始思維》（臺北：台灣商務印書館，2001 年 2 月），頁 49。

〔註145〕楊義《中國歷朝小說與文化》（臺北：業強出版社，1993 年 8 月），頁 101。

〔註146〕〔南朝梁〕吳均〈詠寶劍〉：「我有一寶劍，出自昆吾溪。照人如照水，切玉如切泥。鍔邊霜凜凜，匣上風淒淒。寄語張公子，何當來相攜？」逯欽立編：《先秦漢魏晉南北朝詩》（臺北：木鐸出版社，1983 年），頁 1750。

夜半必有響動光明，令人怖不敢寐。便附來信更上。來書云：「足下兼資文武，惜僕猶未追蹤絳、灌耳。」皇恐復酬一首。

古刃珠生綠水文，夫妻鑄就不曾分。雙飛自合輝乘斗，持贈眞令氣決雲。不遣虹蜺生絕障，還如龍雀定飛勳。床帷獨漉孤鳴擲，會自乘垣望我軍。〔註147〕

譚綸「受我一刀，還我一刀」，干將因獻雌劍藏雄劍而遭殺生之禍，雙劍被迫分離，在湯顯祖眼中，雙劍的別離就成了一種離別的意象，既然緣慳一面，持贈的雙刀又雙分，不得不讓他惶恐。在此湯顯祖形容爲「若離，夜半必響動光明，令人怖不敢寐。」雙劍出鞘自光芒豔發，響動光明應亦指鳴吟之時的放射之狀。其異象怖人，所言非虛，邵博《邵氏聞見後錄》即有記載。〔註148〕

　　自古劍鳴的傳說，多所創變增衍。〔註149〕譚綸「不知兩口原號雌雄，誓不分離」，又歸還一刀，可謂犯了大忌。身爲兵部尙書的譚綸豈會不知？去書云：「足下兼資文武，惜僕猶未追蹤絳、灌耳。」讚許湯顯祖文武兼備係客套的行儀，並表明自己還未能如漢代絳侯周勃與潁陰侯灌嬰平定天下的惋惜心跡，事實上是婉拒湯顯祖的「寄語相攜」之請。是故，「惜僕猶未追蹤絳、灌耳。」才是譚綸去書的重點。

　　原以「懷抱利器」，如今「利器」已還，此行未必有合，大可不必多此一舉，湯顯祖似明其意，以李白〈獨漉篇〉〔註150〕明志。雖有「我欲彎弓向天射」之志，望君提攜，隆慶六年，因病已錯過一次，已遭「水濁不見月」之

〔註147〕　〔明〕湯顯祖：〈重酬譚尙書·並序〉，徐朔方箋校：《湯顯祖全集》（北京：北京古籍出版社，1999 年），頁 11。

〔註148〕　〔宋〕邵博《邵氏聞見後錄》：「近歲，犍爲、資官二縣接境，地名龍透，向氏佃民耕田，忽聲出地中，耕牛驚走，得銅劍一，長二尺餘，民持歸，挂牛欄上。入夜，劍有光，欄牛盡驚。移之舍中，其公益甚，民愚亦驚懼，擲於戶外，即飛去。蓋神物也。士轟春云：向，其婦家也。」（北京：中華書局，1997 年），頁 211。

〔註149〕　張得猷：《干將莫邪故事研究》（臺灣：國立中央大學碩士論文，1996 年），頁 30～。

〔註150〕　〔唐〕李白〈獨漉篇〉：「獨漉水中泥，水濁不見月。不見月尙可，水深行人沒。越鳥從南來，胡鷹亦北渡。我欲彎弓向天射，惜其中道失歸路。落葉別樹，飄零隨風。客無所託，悲與此同。羅幃舒捲，似有人開。明月直入，無心可猜。雄劍掛壁，時時龍鳴。不斷犀象，繡澀苔生。國恥未雪，何由成名。神鷹夢澤，不顧鴟鳶。爲君一擊，鵬搏九天。」

境，後贈雙口刀又遭退還一刀，更有「水深行人沒」之喻，爲人所見，似已
無望。此刻更能體會李白發出「惜其中道失歸路」之嘆，頗有孤桐空自悽之
情。不過，湯顯祖並無強行攀緣之情，「明月直入，無心可猜」，即使被拒絕，
原本「爲君一擊，鵬搏九天」之念未曾更易。雙劍不當倚床無施，孤鳴匣中，
而是眞心希望譚綸手持雙刀，飛赴戰場，劍決天外雲，劍衝日中斗，讓古刀
「雙飛自合輝乘斗」，期待「傳來帳下美人歌」，屆時定「會自乘垣望我軍」。

　　儘管被拒絕，對譚綸的崇慕之情仍有增無減，在春試不第南歸之前夕又
寫了〈留別大司馬譚公有序〉表達：「願一相見，道其所有」的誠意，可見其
崇慕之情：

> 明公天人也，雄望寡兩。顯祖鄉里後進，西羌、東魯，獨立無伍。
> 願一相見，道其所有。佐時運之光華，垂列昆吾之鼎，天祿之匱。
> 凡四板謁，并報一飲某太守，一白將軍計事，一報臥，最後老兵引
> 入坐，食時聞中有瓊雄之呼，玄龍之笑。小子不自妥便，輒復引去。
> 如聞明公於里郎處有所云云，詰旦顯祖出都門矣。一面何時？謹奉
> 別言。
>
> 聖代和戎賜玉鍾，旗門人醉偃春風。朝開六著香奩上，夜采三花錦
> 襪中。太守祇知鴻雁美，將軍數奏畫蛇功。芬芳接近蓮花府，惆悵
> 西山晚鬱蔥。〔註151〕

欲見一面，總是不遂，相見甚難，是天意巧合？抑或人爲安排？湯顯祖自有
答望。〔註152〕此詩雖寫自己的殷切之情，也寫徹底被冷落的尷尬：序中道：「凡
四板謁，并報一飲某太守，一白將軍計事，一報臥，最後老兵引入坐，食時
聞中有瓊雄之呼，玄龍之笑」，可謂是以樂景襯哀情，以熱景寫冷情。自覺機
不逢時，便黯然離去。此刻的湯顯祖是如此渴望被看見，他一次又一次創造
「願一相見」的機會，卻也一次又一次失落於「一面何時」的悵惘，在幾番
跟蹌後，湯顯祖也有了自覺：「小子不自妥便，輒復引去」表面客氣，實是涼
了心。「芬芳接近蓮花府，惆悵西山晚鬱蔥」，何以原本滿懷崇慕，欲薰染芬
芳的人最後會落寞的惆悵而去？從原本「願一相見」的喜悅到「一面何時」

〔註151〕〔明〕湯顯祖：〈留別大司馬譚公·_{有序}〉，徐朔方箋校：《湯顯祖全集》（北京：
　　　　北京古籍出版社，1999年），頁10。
〔註152〕譚綸喜歡「海鹽腔」，將「海鹽腔」引入江西，代替了江西原本的「弋陽腔」，
　　　　湯顯祖這輩子都爲「海鹽腔」寫劇本。「四夢」便是爲「海鹽腔」而寫，可能
　　　　與譚綸有關係。

哀婉，從想要「道其所有」卻落得「輒復引去」的湯顯祖而言，百轉千折是心情。面對如此難堪的經驗，對於當時已落第的湯顯祖而言，可真是二度挫敗，因而有了懷仙之致：

> 秀色紅亭春自饒，薜蘿聞受小山招。疎窗夜色寒青竹，密苑朝光暖翠條。厭世轉尋丹臼訣，懷人空散〈白雲謠〉。拚將海日窺岑寂，定有人吹紫玉簫。〔註153〕

淮南小山〈招隱士〉一文主要是極力鋪寫山中幽深險阻重重，若試入山必嘗孤獨淒涼之苦，因此進而規勸、召喚文士不再隱逸：「王孫歸來兮，山中不可久留！」〔註154〕此以淮南小山〈招隱士〉之典表達當時受了「科考」的心路歷程。然而卻因「無人解贈雲中翼，一水悠悠歌笑期」〔註155〕，故而興起厭世之心，遂有了「轉尋丹臼訣」之念。在第二次南歸途中，經黃華姑廢壇石井山時發「七層花樹好難攀」〔註156〕之哀音，與大父在白雲橋上遠望則紓「歲光苦難閱」之感，表達了湯顯祖在追求仕宦的路上，深感競爭之苦：「江山才人有一丘，同時把釣坐玄洲」〔註157〕，自知「無緣列仙從」，只好「延首詠〈霓裳〉」：

> 萬華宮闕靄琳琅，桂女香鑪奉玉皇。雉堞紅霞標日觀，龍楯紫漢落天梁。朝揮列缺清霄遠，夜檢酆都綠宇光。人世無緣列仙從，空知延首詠〈霓裳〉〔註158〕

在此間感受到限制性的政治結構，或獨酌言志，生薄遊之情，感委情之苦：

> 微雲生遠薄，流月泛虛園。彩熠霑林落，文禽逐浦喧。隨年開志藻，即事委情源。故協滄洲趣，新雕文木尊。〔註159〕

〔註153〕 〔明〕湯顯祖：〈靈谷對客〉，徐朔方箋校：《湯顯祖全集》（北京：北京古籍出版社，1999年），頁16。

〔註154〕 〔梁〕蕭統編、〔唐〕李善注，《文選》（臺北：華正書局，1982年），卷33，頁477。

〔註155〕 〔明〕湯顯祖：〈轟家港園飲謝大就別〉，徐朔方箋校：《湯顯祖全集》（北京：北京古籍出版社，1999年），頁23。

〔註156〕 〔明〕湯顯祖：〈靈谷對客〉，徐朔方箋校：《湯顯祖全集》（北京：北京古籍出版社，1999年），頁16。

〔註157〕 〔明〕湯顯祖：〈秋從白馬歸，泛月千金口問謝大〉，徐朔方箋校：《湯顯祖全集》（北京：北京古籍出版社，1999年），頁22。

〔註158〕 〔明〕湯顯祖：〈玉皇閣〉，徐朔方箋校：《湯顯祖全集》（北京：北京古籍出版社，1999年），頁20。

〔註159〕 〔明〕湯顯祖：〈獨酌言志〉，徐朔方箋校：《湯顯祖全集》（北京：北京古籍出版社，1999年），頁25。

或秋望獨嘆，自甘爲樹，藉以忘憂，此也暴露政治結構的限制是實踐自然的最大阻力：

> 白日下朱汜，玄林表素秋。顏華春葉改，世務海煙浮。有契隨龍杖，
> 無情是鹿裘。幽山饒杜若，比作樹忘憂。〔註160〕

「顏華春葉改，世務海煙浮」，有著「世路多端，皆爲我異」、「心遺得失，情不依世」的陶氏之音。自沮「無緣占氣色」〔註161〕，只能落得「長夜劍光懸」〔註162〕的命運。儘管如此，依是希盼能在芳樹下「重見爵釵垂」〔註163〕，只是「誰當采艾人」〔註164〕？在這樣的時刻，或偕友人獨望以吐清華：

> 獨上飛梁俯白沙，逢君吐屬自清華。生煙翠氣紆寒日，染月紅雲作
> 暮霞。夾岸莎鷄鳴自促，翻林荻雁影迴斜。游儵未厭臨秋水，餘論
> 時能借五車。〔註165〕

或悵然登高以紓遠慮：

> 余慕青裙子，風尚宿彌敦。殘峯標落日，照耀紅泉奔。同人罷機對，
> 且復詠蘭樽。東王揚妙氣，西府結金魂。尋師發伊、洛，煙駕遠相
> 存。玄符方自此，密約採飛根。弟子各乘雲，浮丘不可原。葱籠西
> 北山，桂枝寧得援？恒棲薜荔人，披簪朝上元。而余乏雙蚪，短翼
> 未翻飛。……生沒黃埃中，黑業無朝昏。故是舊城門，但多新塚垣。
> 悵然遠心慮，罷醴歸南軒。且把朱源水，往復注龍轅。〔註166〕

或望梧桐以自語：

> 梧桐眞自語，桃李竟何言？但道春人賞，長令芳樹存。鴛鴦媚蘭渚，

〔註160〕〔明〕湯顯祖：〈秋嘆〉，徐朔方箋校：《湯顯祖全集》（北京：北京古籍出版社，1999 年），頁 25～26。

〔註161〕〔明〕湯顯祖：〈對楊生〉，徐朔方箋校：《湯顯祖全集》（北京：北京古籍出版社，1999 年），頁 19。

〔註162〕〔明〕湯顯祖：〈對楊生〉，徐朔方箋校：《湯顯祖全集》（北京：北京古籍出版社，1999 年），頁 19。

〔註163〕〔明〕湯顯祖：〈春暮南城道中〉，徐朔方箋校：《湯顯祖全集》（北京：北京古籍出版社，1999 年），頁 21。

〔註164〕〔明〕湯顯祖：〈艾蕄園立夏試蔁憶謝子〉，徐朔方箋校：《湯顯祖全集》（北京：北京古籍出版社，1999 年），頁 20。

〔註165〕〔明〕湯顯祖：〈文昌橋遇饒崙〉，徐朔方箋校：《湯顯祖全集》（北京：北京古籍出版社，1999 年），頁 19。

〔註166〕〔明〕湯顯祖：〈登西門城樓望雲華諸仙〉，徐朔方箋校：《湯顯祖全集》（北京：北京古籍出版社，1999 年），頁 18。

蛺蝶展花軒。時物幸多覽,悠悠春思繁。〔註167〕

「余乏雙虯,短翼未翻」〔註168〕,對於自己科舉之路坎坷,早有「生沒黃埃中」〔註169〕之慨,如今又感鬱鬱無所處,嘆憐之情,難以掩抑:

> 余慕蒲衣子,君過倉海君。誰憐桂枝晚,搖落思氤氳。〔註170〕
>
> 羅綺若浮雲,青埃逐吹生。歌隨鳳味管,酒酌龍頭鑑。翠壁光葦動,
> 金車容與行。重逢桂枝晚,回憐芳草情。〔註171〕

青年時代的湯顯祖仍活在他人的評價裡,需要從別人的眼光裡取得價值,證明自己的存在。只是「羅綺若浮雲」,難以企及,芳意無成的沮喪,只能發哀音以等待伯樂:「誰憐桂枝晚,回憐芳草情」,芳草內藏的芬芳美好,渴望被珍惜的心情如此懇切,無奈僅能自憐地孤芳自賞。發「芳洲早自難留賞」之自知,潛時「待到雲霄肯折麻」,其孤清之情此時此刻,他彷彿被拋擲到另一個時空,如孤桐之嘆:

> 且停張女彈,聽我孤桐嘆。且罷蜀國絃,聽我〈孤桐〉篇。孤桐高
> 百尺,雙椅還會秋天碧。蒼岑託體來悲涼,蕭蕭苕苕在郡嶂。旁臨
> 雲谿下無極,瓊雲陥削珍柯直。夜聞玉醴雷穿石,朝看玄猿墮空蹟。
> 上有丹鸞愁特棲,下有姊歸思婦鳴鵾鶏。三春綵日無人見,十月玄
> 飆空自悽。龍德龍門苦攀陟,孫琯孫枝愁絕梯。雷霆霹靂生野火,
> 吹臺自發鈞天音。九子空珠耳,三疊枉琴心。君不見鐵力琵琶象牙
> 撥,匙頭鳳眼金環抹。箜引蓁絃紛錯垂,雲文柱子雕龍末。何似孤
> 桐埋雪時,峨峨崇山人不知。〔註172〕

〔註167〕〔明〕湯顯祖:〈梧桐園春望〉,徐朔方箋校:《湯顯祖全集》(北京:北京古籍出版社,1999年),頁27。

〔註168〕〔明〕湯顯祖:〈登西門城樓望雲華諸仙〉,徐朔方箋校:《湯顯祖全集》(北京:北京古籍出版社,1999年),頁18。

〔註169〕〔明〕湯顯祖:〈登西門城樓望雲華諸仙〉:「生沒黃埃中,黑業無朝昏。故是舊城門,但多新冢垣。悵然遠心處,罷醴歸南軒。且把朱源水,往復注龍轅。」徐朔方箋校:《湯顯祖全集》(北京:北京古籍出版社,1999年),頁18。

〔註170〕〔明〕湯顯祖:〈紅泉別友〉,徐朔方箋校:《湯顯祖全集》(北京:北京古籍出版社,1999年),頁16~17。

〔註171〕〔明〕湯顯祖:〈春筵送遠〉,徐朔方箋校:《湯顯祖全集》(北京:北京古籍出版社,1999年),頁17。

〔註172〕〔明〕湯顯祖:〈孤桐篇遺沈侍御楠〉,徐朔方箋校:《湯顯祖全集》(北京:北京古籍出版社,1999年),頁35~36。

嶧山南坡所生的特異梧桐，古代以爲是制琴的上好材料。〔註173〕運之日用可「雷霆霹靂生野火」，作爲樂器能「吹臺自發鈞天音」，可用之於物質生活，亦可運之於精神之生活，材之獨異，質之卓拔。湯顯祖將不遇的悲鳴，寄托於孤桐。他以嶧山梧桐自比：「孤桐高百尺，雙椅還會秋天碧」，言豪氣之高，可達天梯。只是人在仕途，如馬行淖田中，縱復馳逸，足起足陷，無有休止。之後又轉而以丹鸞自喻，「上有丹鸞愁特棲」，憂愁著尋找棲居之所，尋尋覓覓，苦苦等待，怎奈「三春綵日無人見，十月玄飆空自悽」，每想攀登一步，道成險阻，滯礙難行，故發「龍德龍門苦攀陟」之聲，正如茅坤所述：

> 聖朝以來，弘治及今皇上，海内文人學士，彬彬盛時矣！而今皇上
> 丙戌、己丑之間，尤爲卓犖不數多，然往往不得擢用；間被用者，
> 又不得通顯，或且不久；其餘放棄罪廢者，不可勝數。〔註174〕

在個人政治抱負無法施展的情況下，導致文人群體中「棄巾之風」〔註175〕日盛，棄巾意味著文人放棄仕途的進取，斷絕了參與國家政治的念頭。只是湯顯祖在遵承父命的情況下，他仍是往前行進。只是「雷霆霹靂生野火，吹臺自發鈞天音」，在乾雷霹靂聲中如剛猛的烈日之豹守住脆弱的枝枒，嘶鳴著「君不見鐵力琵琶象牙撥，匙頭鳳眼金環抹」，在徒勞空的仕宦之途，昂首叩問：「何似孤桐埋雪時，峨峨崇山人不知」。不爲所識，不爲所用的悲涼之音正是他眞實的喟嘆。縱使才高如「峨峨崇山」，亦如孤桐埋雪，不爲人知。憶想自己十八歲因病未能參加鄉試，二十二歲春試不第，二十五歲的春試又落榜，不禁通體悲涼。秋色自淒清，徒然登隴首，登高含遠情，誰與眷芳心？「何似孤桐埋雪時，峨峨崇山人不知」成了重複的聲音不斷撼動著孤桐，亦成了心中一口壓住的氣，而後形成一股怨。「塵顏高可揖，利眼翳誰磨？」再次呼應他渴望被重用的孤桐之音，「何時將玉楮？對日緬瓊柯」，這才是懷有「一誓無傾」的青年湯顯祖何以不斷爭戰科場失利又能再戰的精神支持，而這支

〔註173〕〔唐〕封演：《封氏聞見記・嶧山》：「兖州鄒嶧山，南面平復，東西長數千步，廣數步。其處生桐柏，傳以爲貢嶧陽孤桐者也。土人云：此桐所以異於常桐者，諸山皆廢地兼土，惟此山大石攢倚，石間周回皆通人行，山中空虛，故桐木絕響，以是珍而入貢也。」趙貞信校注：《封氏聞見記》（北京：中華書局，2012年2月），頁。

〔註174〕〔明〕茅坤：《與李中麓太常書》，張太芝、張夢新點校：《茅坤集・茅鹿門先生文集》卷一（浙江：浙江古籍出版社，1993年），頁204。

〔註175〕陳寶良：〈晚明生員的棄巾之風及其山人化〉，《史學集刊》，第二期，2002年2月，頁34〜39。

持中是對父親湯尚賢的交代。

十年梟藻情，書劍滿樓秋，月露茫無際，相憐無長物，這樣的經歷帶來的陰影，是否也幫助湯顯祖看見問題，刺激他思考如何以自身的力量創造機會，也啓蒙了他「主人之才」的信仰建構。在此階段，「修德」而「立德」，「立德」而後「成德」乃是青年時代的湯顯祖「促成命運，轉動日星」〔註176〕的動力。他旅程的動機是「相期在友道」，他的「回歸旨趣」是「善建在身後」。湯顯祖的回歸包含著垂直的回歸與水平的回歸。在垂直回歸方面，他的回歸指向古昔的聖賢，指向德才兼備的理想時代，他恪守詩書之道，行四德之美；在水平回歸方面，他的回歸指向長安，也就是萬曆皇帝的朝廷。在垂直回歸這方，他的追求是成功的；然而在水平回歸的那方，他的追求顯然是失敗了。然而也因爲這樣的延滯，有了未能付諸實現的遺憾，成了生命必然追求的旅程，而這樣的延滯，更形成一股由怨而帶出的志氣，故能在往後大破大立，完成「主人之才」的精神建構。

〔註176〕 T.S.Eliot, "Virgil and the Christian World." Sewanee Review〔61, Winter, 1953〕, p.14.轉引自楊牧：《失去的樂土》（臺北：洪範出版社，2002年8月），頁240。

第二章　建構期——養主人之才，立大人之學

　　湯顯祖〈與李道甫〉尺牘中提及作為一個獨立個體，該成為「用人者」，而非「為人用者」，而以「主人之才」為立身之核，才能真正成其精奇者，不為權勢所誘：

> 夫用人者，主人之才；為人用者，必非主人也。長者常能誘人；誘於人者，必少年兒也。難動者精奇，易動者必蚩蚩之民也。目中誰當與此。〔註1〕

湯氏己身具備承擔的魄力與勇氣，正是來自他以「主人之才」為應世的精神核心，並以此作為「守其利器」的信念支持。從他的〈嗤彪賦有序〉、〈庭中有異竹賦有序〉、〈療鶴賦有序〉可知他堅持保有主體自由的理念，珍視主人之才的思想。他一生以實踐「主人之才」為基核，開展自性之端，成就貴生之命，期許自己完成大人之道。他以「主人之才」作為進入仕途的衡準，凡詘志牴性之事便拒而遠之，以此守性面世，表現持節守真的風格。若此，看待湯氏回應張居正結納一事，便有了實質內涵的理解，他的婉拒辭謝，正是一種正面的抗爭，是一種履踐主人之才的表現。

　　「不能消此真氣」〔註2〕正是湯顯祖立身的精神核心，儘管經歷外在科舉的幾番挫志，然而內在的真氣卻未因此被折磨殆盡，反而更加確定自己「建善在身後」的「立德」使命。此外，言及「主人之才」的建構，必牽涉到張

〔註1〕　〔明〕湯顯祖：〈與李道甫〉，徐朔方箋校：《湯顯祖全集》（北京：北京古籍出版社，1999年），頁1292。

〔註2〕　〔明〕湯顯祖：〈答余中宇先生〉：「某少有伉壯不阿之氣，為秀才業所消，復為屢上春官所消，然終不能消此真氣。」，徐朔方箋校：《湯顯祖全集》（北京：北京古籍出版社，1999年），頁1320。

居正的結納，而這個事件涉及到的人物，除了張居正，另個就是沈君典。湯顯祖在經歷「相期在友道」的理想幻滅後，其立命之道更加明晰，去處如何亦自有定奪。〔註3〕基於此，筆者抽繹出湯顯祖科舉落第與拒絕張居正之事作爲核心，從此核心演繹湯顯祖不同層面之情志，擴充耿介不阿之性的眞正內涵，而補足僅以「耿介不阿之性」作爲結論此種缺乏論述的觀點。除此，將文本放回歷史中，理解文本係如何代表作者發聲，而其所思所言，所作所爲，在時空的轉異變化之下，是否可以有更大的空間詮釋，進而漸次還原作品、作者在那個事件中呈現的面貌，以完成湯顯祖以「主人之才」爲精神核心的理論建構。

第一節 棄他主之才，開自性之端

張居正有六子，分別爲敬修、嗣修、懋修、簡修、允修、靜修。而張居正「爲子」奔忙一事，卻涉及湯顯祖在宦途上的命運，似乎湯顯祖一生宦途險阻與張居正脫不了關係，然而此「關係」究竟對湯顯祖生命造成甚麼樣的「損益」？自春試屢次落第的際遇又屢次婉拒張居正，他的無法及第與張居正產生必然的關聯當是無庸置疑，然眾說皆褒湯貶張，以此凸顯湯顯祖耿直不阿的性格，在論述上似乎有簡化之處。在一面倒張的情況下，是否有被忽略的關鍵細節，或是被過度詮釋之處，值得進一步探究。此外，張居正對於湯顯祖所帶來的「效應」，其隱藏的意義爲何，更是值得探析的重點。

此外，湯顯祖拒絕張居正一事，在史料的記載中多貶張居多，然而這是否牽涉主觀論事或人云亦云的嫌疑？張居正當時的下場淒涼慘烈，去世後，朝廷大臣紛紛撻伐，掀起的新仇舊恨有如海嘯程度，造成朝廷置身於震央，此時團團怒火一把把的將張居正爲朝廷建造的功德林全然焚毀，彷彿張居正是毒蠍狠蟒，是明朝孽臣，昔日之功成爲今日之過。四方紛傳，完全把張居正汙名化。若以現今的思維角度來看，頗有「媒體操控眞相」之嫌。媒體轉移焦點，模糊事實，無能持衡的報導，其背後複雜的程度彷如政局。也就是說，如果張居政得勢至明亡後，那麼網羅招致人才之事之面目也將改寫？然而歷史卻不是如此上演。

〔註3〕 關於沈君典何以成爲這場事件的關鍵人物？湯顯祖之定奪爲何？筆者已於第章論述，故不再贅述。

明明入世用之懷積極，但卻連連拒絕首輔之託；明明有林可棲，然而卻離林而居；明明變化天下之心急切，可是卻捨棄捷進不入？湯顯祖為何自創「險阻之路」？何以阻斷「康莊大道」？對於湯顯祖以「不應」、「弗往」面對張居正，筆者不禁思忖：難道沒有細節的原因？他的決定，關乎自己的人生，這點湯顯祖不會不知道，而他能毅然決然的以「不應」作為答案，以「弗往」作為行動，在這背後是否有更深刻的原因？另外，張居正對於改革當時腐敗的大明王朝，便代表他仍是有所作為，對於張居正也有「變化天下」的能力，何以湯顯祖不支援？湯顯祖不也是希望大明王朝可以逆轉頹勢？此外，「屢次落第」的湯顯祖，時有孤生宦薄遊之感，可是又何以總是斷然拒絕權利上門的機會，這此中的關係，究竟為何？還有，對於已入古稀之年的湯顯祖若是回顧此事，看待這一個決定，是否已有不同的看法？對於當時的「不應」，當時的「弗往」是一個「少年」的決定，在「老年」的湯顯祖眼中，面對少年的湯顯祖，又當有何種結論？

擁有伉壯不阿之氣，懷變化天下之志的湯顯祖在通往朝廷之路，看似有機會迎面而來，卻揮手自茲去。從世俗成就的角度而言，這正是造成他仕途險阻的原因。然而，從性命之學的角度來看，這正也是成就他創作高峰的養分。關於湯顯祖當時身處的官場與科場文化如何？以下分從：一、政治層面——烏煙瘴氣的官場文化；二、文化層面——未盡其才的科舉文化等兩方面論述之。

一、政治層面——烏煙瘴氣的官場文化

寧為狂狷，毋為鄉愿，一直是青壯時期的湯顯祖安身立命的存在之道。據鄒迪光〈寄贈臨川湯義仍二首〉之一為湯顯祖踣躓中道慨惋之情：

> 臨水有佳人，川嶽寄靈異。役志綜墳典，束躬奉德義。澡雪炯不緇，
> 宣朗高自位。倫輩把清芬，詞林把赤幟。逸翮迅飛騫，弱冠即試吏。
> 不博蹇脩憐，卻賈女嬰詈。一鳴輒見斥，中道竟踣躓。君隱連樊濱，
> 余守在吳會。形影若參商，蘭蕙有深嗜。昨者貽我書，文采一何瑋。
> 出入懷袖間，不取或棄置。一書何足云，中有千古意。原簪有時合，
> 津劍豈終離。何當躍龍門，從君執鞭轡。〔註4〕

〔註4〕　〔明〕鄒迪光：〈寄贈臨川湯義仍二首〉，毛效同編：《湯顯祖研究資料彙編》，上冊（上海：上海古籍出版社，1986年9月），頁177。

另外，從湯顯祖〈答余中宇先生〉一文可知，自繪少年時期伉壯不阿，秉持
真氣之形象：

> 某少有伉壯不阿之氣，爲秀才業所消，復爲屢上春官所消，然終不
> 能消此真氣。〔註5〕

首先，談到秀才業，便不得不論及湯顯祖春試屢試落第的際遇。據此，筆者
將湯顯祖落第之實與拒絕之行歸納如【表一】：

【表一】

時間	年齡	因由	權力的誘引，湯顯祖的回應
隆慶五年（1571）	廿二歲	第一次春試落第。	
萬曆二年（1574）	廿五歲	第二次春試落第。	
萬曆四年丙子（1576）	廿七歲	客宣城，與沈懋學、梅鼎祚遊。	張居正欲其子及第，聞顯祖及懋學名，命諸子延致。顯祖謝弗往。
萬曆五年丁醜（1577）	廿八歲	第三次赴京春試	拒絕張居正提攜其子的建議。
萬曆八年庚辰（1580）	卅一歲	第四次春試落第	拒絕張居正「結納」之意。
萬曆十二年甲申（1584）	卅五歲	不受輔臣張四維、申時行招致	放棄「館選」進身庶起士的機會
萬曆十三年乙酉年（1585）	卅六歲	司汝寧致信勸湯顯祖與京官權貴結交，以謀升遷北京吏部主事。	湯顯祖作〈與司吏部〉一書婉言謝絕，表明心跡。

歷來牽涉張居正與湯顯祖的關係，都是貶抑前者，高揚後者，主要凸顯湯顯
祖孤介不阿的性格，貶抑張居正是爲子行私。然而筆者以爲此乃「事後諸葛」
之行，如此的定論尚有討論空間。湯顯祖孤介不阿之性是無庸置疑的，然而
張居正眞只是爲子行私？是否亦有攏絡人才之實？張居正將湯顯祖視爲才惜
之。是故，以「屢次落第」以及「拒絕政機」這兩點作爲切入點，析探其內
外因緣，以釐清湯顯祖與張居正的關係。

　　據鄒迪光〈湯義仍先生傳〉中記載，張居正有意拉攏湯顯祖，其目的是

〔註5〕　〔明〕湯顯祖：〈答余中宇先生〉，徐朔方箋校：《湯顯祖全集》（北京：北京
　　　　古籍出版社，1999 年），頁 1320。

助子及第，卻一一被拒絕：

> 公雖一孝廉乎，而名蔽天下，海內人以得見湯義仍爲幸。丁醜會試，
> 江陵公屬其私人啖以巍甲而不應。庚辰，江陵子懋修與其鄉之人王
> 篆來結納，復啖以巍甲而亦不應，曰：「吾不敢從處女子失身也。」
> 公雖一老孝廉乎，而名益鵲起，海內之人亦以得望見湯鮮生爲幸。
> 至癸未舉進士，而江陵物故矣。諸所爲席寵靈，附薰炙者，毀且漸
> 沒矣。公乃自嘆曰：「假令予以依附起，不以依附敗乎？」而時相蒲
> 州、蘇州兩公，其子皆中進士，皆公同門友也。意欲要之入幕，酬
> 以館選。而公率不應，亦如其所以拒江陵時者。〔註6〕

湯顯祖曾經深喟，以爲李白有幸，生於有情之天下，若是李白不生於唐代，
而是跟自己一樣，生於明代，生存在有法之天下，李白的命運將會改寫。湯
顯祖在喟嘆之其實是充盈的羨慕，生不逢時，是每個天才的台詞。世之喪道，
是每個時代皆有的哀鳴。生在隆慶，處在萬曆的湯顯祖，一來要面對政治上
的烏煙瘴氣，二來要面對文人集團的相忌相鬥。爲了解湯顯祖身處的世道局
限，就必須先可從科舉制度與權貴之子談起。以下分從：（一）權貴之子蒙福；
（二）愛子心切遭難等兩方面論述之。

（一）權貴之子蒙福

關於湯顯祖落第與張居正涉入有關一事，以及湯顯祖拒絕張居正招攬一
事，載錄此事件之史料皆將矛頭指向張居正，其中的差別不過是情節有所增
補刪削。以下以時間之先後排列大略敘述事件之始末。

萬曆元年（1573）張敬修中舉，但在萬曆二年（1574）的會試卻落第。
而張敬修爲何會落第？原因出在沈一貫身上。當時主持會試的主考官是沈一
貫，由於他不加入舞弊的生存法則，張敬修名落孫山。接著懋修在萬曆四年
（1576）在鄉試也落第。張居正爲達其子及第，故網羅海內外名士助之。他
透過各種關係希望能延致湯顯祖和沈懋學，與之友好，以助其子。甚至有傳
言，張居正代人（懋修）捉刀。萬曆五年（1577）的會試，張四維、申時行
擔任會試主考官，錄取馮夢禎等三百零一名進士，張居正之子嗣修也中試。
三月廷試，原本以宋希堯一甲第一，張嗣修二甲第一，等拆開彌封後，馮保

〔註6〕〔明〕鄒迪光：〈湯義仍先生傳〉，毛效同編：《湯顯祖研究資料彙編》，上冊
　　　　（上海：上海古籍出版社，1986 年 9 月），頁 81。

傳慈聖太后旨意，由神宗改宋希堯爲二甲第一，張嗣修爲一甲第二，沈懋學中了狀元，湯顯祖落第。萬曆八年（1580）會試，湯顯祖再度赴試，而張居正也再度延致，他請親信王篆結納湯顯祖，仍是弗謝不往。

據鄒迪光〈湯義仍先生傳〉所載，乃萬曆五年（1577）、萬曆八年（1580）、萬曆十一年（1538）之間關於張居正兩次的結納，湯顯祖推辭弗就之事：

> 公雖一孝廉乎，而名蔽天壤，海內人以得見湯義仍爲幸。丁丑會試，江陵公屬其私人啗以巍甲不應。庚辰，江陵子懋修與其鄉之人王篆來結納，復啗以巍甲而亦不應，曰：「吾不敢從處女子失身也。」公雖一老孝廉乎，而名益鵲起，海內之人益以得望見湯先生爲幸。至癸未舉進士，而江陵物故矣。諸所爲席寵靈、附薰炙者，駁且漸沒矣。公乃自嘆曰：「假令子以依附起，不以依附敗乎？」〔註7〕

面對張居正兩次的結納，湯顯祖仍不改初衷，尚以「不應」回之，較之之前的態度表達更是明確，甚至帶以嘲諷：「吾不敢從處女子失身也。」而此次會試的結果，張懋修中了狀元，張敬修以二甲十三名登第，湯顯祖再次落第。以才名顯於天下的湯顯祖連續落第不免啓人疑竇，因而引來不少非議。以下是有關此事的記載，羅列之：〔註8〕

出處	說法
《明史》	張居正欲其子及第，羅海內外名士以張之，聞顯祖及沈懋學名，命諸子延致，顯祖謝弗往。懋學遂與子嗣修偕及第。
錢謙益：《列朝詩集小傳》	萬曆丁丑，江陵方專國，從容問其叔：「公車中頗知有雄駿君子晁、賈其人者乎？」曰：「無逾湯、沈兩生者矣。江陵將以鼎甲畀其子，羅海內名士以張之。命諸郎因其叔延致兩年。義仍獨謝弗往，而君典遂與江陵子懋修偕及第。
談遷：《棗林雜俎》	有楚客，角巾葛衣，通候；問里市，曰：「江陵張某，今相國父行也。」疑之，然不敢忤；留飲且賕焉。客辭曰：「二孝廉入京，相國期一晤。」意頗懃切。至期並寓燕。前客果來，勸謁相國，各未決。客曰：「第訪我，相國自屏後覘之耳。」沈獨往退。客又至，語沈曰：「相國善足下文，謂福薄。」招義仍，終不往。尋沈雋南宮，對策進士第一。然深服江陵之知人，能下士。爲語常熟許子洽云。

〔註7〕 〔明〕鄒迪光：〈湯義仍先生傳〉，毛效同編：《湯顯祖研究資料彙編》，上冊（上海：上海古籍出版社，1986年9月），頁81。

〔註8〕 據〔明〕鄒迪光：〈湯義仍先生傳〉，毛效同編：《湯顯祖研究資料彙編》，上冊（上海：上海古籍出版社，1986年9月）歸納整理之。

沈德符著：《萬曆野獲編》	今上庚辰科狀元張懋修爲首揆江陵公子。人謂乃父手撰策問，因以進呈，後被核削籍，人皆云然。
王世貞：《科場考》	前甲申（1584），御史丁此呂追論禮部左侍郎兼翰林侍讀學士高啓愚主試應天時命題〈舜亦以命禹〉，爲阿附故太師張居正，有勸進受禪之意，爲大不敬。得旨免究矣。吏部參論此呂，謫外，遂奪啓愚官，削籍還裡，並收其三代誥命。
趙翼著：《陔餘叢考》	萬曆四年（1576），順天主考張汝愚，中張居正子嗣修、懋修及居正黨侍郎王篆之子之衡、之鼎。居正既歿，御史丁此呂追論其事。
趙起士著：《寄園寄所寄》	萬曆丁丑，張太岳子嗣修榜眼及第。庚辰，懋修復登鼎元，有無名子揭口占於朝門，曰：「狀元榜眼俱姓張，未必文星照楚邦？若是相公堅不去，六郎還作探花郎。」

　　當時湯顯祖雖然只是個舉人，但因他的奇才而廣受人知，又因他的異行，名聲大噪。此外，從這段記載可知，湯顯祖雖無科舉官名的加持，然而他早已憑藉文才闖出名堂，在當時可謂具有一定的名聲地位。此外，還有一點不可忽略的是：湯顯祖拒絕張居正一事，竟意外成了使他「名聲鵲起」的契機。對於想得見湯顯祖的海內之人所爲一幸事，然而，對湯顯祖而言，只是憑己之性情而做出的事，卻意外造成他「名聲鵲起」，是幸？抑或不幸？其中損益，無以論斷。不過，可以清楚知道的是，湯顯祖對於他的推辭之舉，不以爲悔，在事過境遷之後，更證明他當時的「政治視野」與「政治判斷」是準確無誤的，更重要的是無攀鱗附翼的想法，如此，便不會生起依恃權貴得權貴的做法。所謂「樹倒猢猻散」，張居正亡後，淒涼之景中，人性之鄙成了最不堪的風景了。那些席寵靈、附薰炙者，也都隨之湮沒消散了。是故，不依附他人，便是成爲「主人之才」的首要條件，湯顯祖已以行動作出最佳的典範。

（二）愛子心切遭難

　　此從張居正的「愛（礙）子心切」所造成的「蝴蝶效應」談起。

　　萬曆十一年（1583），湯顯祖中三甲第六十五名進士。當時輔臣張四維之子張甲徵、申時行之子申用懋、用嘉，也同中進士。這三名輔臣之子弟將赴廷對時，御史魏允貞上疏陳時弊四事：

> 自居正竊柄，吏、兵二部遷除必先關白，故所用悉其私人。陛下宜
> 與輔臣精察二部之長，而以其職事歸之。使輔臣不侵部臣之權以行
> 其私，部臣亦不乘輔臣之間以自行其私，則官方自肅。自居正三子
> 連登制科，流弊迄今未已。請自今輔臣子弟中式，俟致政之後始許

> 廷對，庶倖門稍杜。自居正惡聞謹言，每遇科道員缺，率擇才性便
> 給、工諂媚、善逢迎者授之，致昌言不聞，佞臣得志。自今考選時，
> 陛下宜嚴敕所司，毋須故轍。〔註9〕

然魏允貞此疏不但沒有達到約束作用，反而因此遭禍，被貶許州判官，旋調
南京吏部郎。支持魏允貞上奏稱「允貞言是」的李三才其下場可想而知：被
貶東昌推官。為此，湯顯祖在〈與申敬中〉一文中曾提及的杖戍之罰乃是不
明之舉：

> 昔張氏諸公子，倘有一人明哲，援物論之公，扶義規邪，江陵君何
> 必不悔，乃至於今乎！當其以諸君杖戍，一時並謂聖意，今天下人
> 乃復推惡張君，此足下之所明也。勉思鄙言，以佐忠孝。〔註10〕

歷史人物的決定，與個人的人生抉擇相似，事不關己則易，然關己者則亂。
與其問歷史人物為何不這樣那樣，倒不如「瞭解」為何他為何無法這樣那樣？
張居正護子心切，實則是護權心切。平心而論，科舉之弊在當時可謂司空見
慣，所謂「樹大招風」，張居正以雷風厲行之態，獨斷專行之舉聞名駭世，大
刀闊斧開創萬曆新政功不可沒。張居正掃除廓清，大破常格，建立萬曆新象，
功不可沒。隆慶二年（1568），張居正上〈陳六事疏〉切中要害，有改變朝局
扭轉頹勢的企圖。從省議論、振綱紀、重詔令、核名實、固邦本、飭武備等
六個方面提出改革主張，明知不可為而為之，但為達足食強兵，國富民本，
不得不為。為了改革，張居正曾道：「雖萬箭攢體，亦不足畏」，可見洞明之
識見與承擔之魄力。

　　然而複雜的是：位高權重，時移人變，許多事，許多人，都會隨著時間，
隨著勢態而有不同的轉變，因此，筆者以為關於張居正運用關係，使子科舉
得利之事，筆者以為：若不以道德的角度論觀此事，則能避免落於對立是非
之論，因為這此中的對錯有時純為「立場」不同的關係。因此，若能以當時
之態判之，即是從他位居權相的立場析論此事，是否較為公允。其次，在政
治形勢的劇變之下，彈劾張居正之浪洶湧而起，史料之言，其實也多少摻有
當時主流聲音的影響。因為昔日張居正得勢之時，或是阿諛奉承，隨聲附和；

〔註9〕　〔清〕張廷玉等傳：《明史》，冊廿，卷 232〈魏允貞傳〉（臺北：中華書局，
　　　　2010 年 1 月），頁 6055～6056。
〔註10〕　〔明〕湯顯祖：〈與申敬中〉，徐朔方箋校：《湯顯祖全集》（北京：北京古籍
　　　　出版社，1999 年），頁 1287。

或是三緘其口，如盲如啞，如今張居正失勢，各個鼓舌如簧，走筆如神，連篇累牘，筆筆清算，這豈不是見風轉舵？萬曆皇帝如此憤慨看來像是爲張居正而發，實則是爲己而發。若是能夠早一點這樣，今日我也不會如此。只是此憤如空氣，放完即散，無人理會。因爲官僚的習性就是善於隨機應變、趨利避害，要像余懋學、傅應禎、劉臺那樣，在張居正顯赫時彈劾他，風險太大；如今落井下石，彷如彈指去塵，不費吹灰之力，更何況，這回是「羣起攻之」，絕不會「落單受難」。因此，言官彈劾之聲不息。給事中阮子孝揭發張居正三個兒子，吏部尚書王篆的兩個兒子在科舉考試中躍上龍門，都屬於「濫登科第」。此正應驗墨子所謂：「強劫弱、眾暴寡」。人們會爲了親近的人而去傷害遠處的人，因而加劇社會的衝突。

　　從張居正對萬曆皇帝的調教中便可以明白，張居正威君嚴父的形象絕非放任恣行派，而是嚴格控制派。關於張居正若張居正要運用關係才得以使其子中舉，顯然是子之能力不足，無法僅靠個人的才能成就，如此才需要仰賴其父之權。再者，以當時張居正首屈一指的重要性來看，攀緣附勢者多如過江之鯽，恐怕不用張居正開口揮袖，底下必已積極張羅。從張居正的立場來看，爲子擴張人脈，鞏固權位，多少人買帳，就代表他有多吃得開，人脈一廣，鷹犬黨羽皆爲自家人，既爲自家人，便好嚴加控管，不落外人之柄，便能避無妄之禍。在朝，爲臣，位居高位之權；在家，爲父，懷望子成龍之心，「門面」一事，不得其忽。在種種因緣所須之下，張居涉入其中，儘管當時科舉舞弊已是家常便飯，無需大驚小怪，不能說張居正因小失大，但正因爲張居正的「身分」，以及他的政治作爲，使他陷入危機，使原本被視作漣漪之事竟成瘋狗浪，濺上了歷史，留了污痕。正如湯顯祖所言：「臣不密則失身，勢固然耳。」〔註11〕

　　對於張居正的愛子心切，是「親親而愛私」；私指的以自身爲中心來分別親疏遠近，其結果是偏袒與自己關係近的人，造成了對人不對事的「情境式道德」（situational morality）。春秋戰國時代的一個重要問題是親親與尚賢的對立。親親是一種同心圓架構，稱一個人要從區辨親疏遠近來決定自己的行動。每個人建構出以自己爲中心的同心圓，沒有兩個人的同心圓是相互重疊的。

〔註11〕　「情境式道德」（situational morality）：「此指同一件事會因爲行爲者與自己的關係遠近而有不同的判斷。」費孝通認爲差序格局是建立在私人關係之上。而梁漱溟指出這種道德必然是相對的、沒有絕對標準的。

尚賢則是一種階梯架構。它建立在某種客觀的評判基礎之上，以衡量所有人的位置高低。沒有親屬關係的陌生人可以憑藉彼此在階梯架構上的位置作為互動的準則以及資源分配的方式，可謂「尚賢」是一種超越個人親疏遠近的新秩序。〔註 12〕儒家認為愛自己的親人是道德的起點，但是孔子的「推己及人」與孟子的「不忍人之心」皆指出否能愛與自己沒有關係的陌生人才是道德成長的重要指標。〔註 13〕

　　孟子雖然在親親上與墨子唱反調，孟子卻也支持尚賢的社會的流動。孟子分別出道德修養與社會地位兩種位階：「有天爵者，有人爵者。仁義忠信，樂善不倦，此天爵也；公卿大夫，此人爵也。古之人修其天爵，而人爵從之。今之人修其天爵，以要人爵；既得人爵，而棄 其天爵，則惑之甚者也，終亦必亡而已矣。」在理想的社會中，天爵與人爵應該互相匹配。而有了道德的修養，社會就應該給予相對應的報償。人爵不是謀求來的，亦非貪贓枉法而得的，而是有了天爵之後「自然賜予」而「從之」的。〔註 14〕然而，張居正的作為受限於「情境式道德」，回到春秋戰國時代「親親與尚賢」對立的處境裡，原本是為了幫助自己的兒子，但從長遠來看，卻是幫了倒忙了。

　　此外，可以引以為思的即是：當科舉提供了社會流動的管道，把它當作是跳板，且只選出了一群為了考試去讀書的書生，成為這種制度的必然缺陷。何懷宏在《選舉社會及其終結——秦漢至晚清歷史的一種社會學闡釋》提出體制使人僵化的必然：

> 時文取士，自明至今殆四百年，人知其弊而守之不變者，非不欲變，
>
> 誠以變之而未有良法美意以善其後。〔註 15〕

這正是湯顯祖何以寫〈噑彪賦_有序〉的深意，被制約化後的人們害怕改變，只好繼續因循。而這種「守之不變」的懦弱現象，也正是萬曆王朝沉痾的主因，張居正的大破大立算是一把切開了膿，只是膿液太多，止膿傷者又意見不一，最終，病入膏肓，便是必然的命運了。

〔註 12〕 顏學誠：〈教育與社會秩序：解析升學主義〉，《教育實踐與研究》，第 27 卷第 1 期，2014 年 6 月，頁 127～128。

〔註 13〕 顏學誠：〈教育與社會秩序：解析升學主義〉，《教育實踐與研究》，第 27 卷第 1 期，2014 年 6 月，頁 129。

〔註 14〕 顏學誠：〈教育與社會秩序：解析升學主義〉，《教育實踐與研究》，第 27 卷第 1 期，2014 年 6 月，頁 130。

〔註 15〕 何懷宏：《選舉社會及其終結——秦漢至晚清歷史的一種社會學闡釋》（北京：三聯書局，1998 年），頁 100。

二、文化層面——未盡其才的科舉文化

萬曆五年（1577）的春試，已是湯顯祖第三次的春試，前兩次的落第，已讓他或嗔或怒，或沮喪或退縮，若是第三次再落第，豈不成西山落日，落日流雲，不知身處何處，憶及此況，不禁悵然不安。在赴試前，曾於開元寺題詩，詩中表露孤雲單飛之感：

> 銅駝杯酒舊慇懃，遊子孤身同片雲。戶裏敬亭猶合遝，陵陽仙館日氤氳。比丘百句終無學，黃石三篇定有聞。莫信林中都未有，風心時動沈休文。〔註16〕

湯顯祖在禮部試場，當時距放榜之日不到一個月，以〈望夕場詠月中桂〉記其志忐之情：

> 夜月三條燭，春宵八桂枝。分輝自輪囷，接葉並葳蕤。擢本高無地，飄跌定有時。露團疑瀝滴，風起覺颸颸。露夾丹逾映，霜餘綠未虧。如鈎堪作餌，比玉未應炊。合浦空浮櫂，銀河剩結旗。珊瑚海上出，菱葉鏡中窺。詎蠹長生藥？能香月姊帷。若花分日照，玉葉謝雲披。秦氏烏難坐，南飛鵲自疑。高將白榆掩，寧並帝桑萎？箭水看難定，莫階應不遲。儻共姮娥折，淹留詎敢辭。〔註17〕

「三條燭盡，燒殘學士之心；八韻賦成，笑破侍郎之口。」此詩「意中有景，景中有意。」〔註18〕

> 大致天之生才，雖不能眾，亦不獨絕。至為文詞，有成有不成者三。兒時多慧，裁識書名，父師迷之以傳註括帖，不得見古人縱橫浩渺之書。一食其塵，不復可鮮。一也。乃幸為諸生，因未敏達，蹭蹬出沒於校試之場，久之，氣色漸落，何暇議尺幅之外哉？二也。人雖有才，亦視其所生。生於隱屏，山川人物居室遊御鴻顯高壯幽奇怪俠之事，未有覩焉。才力頓盡，而可為悲傷者，往往如是也。〔註19〕

〔註16〕　〔明〕湯顯祖：〈同宣城沈二君典表背衙衙宿，憶敬亭山水開元寺題詩，君典好言邊事〉，徐朔方箋校：《湯顯祖全集》（北京：北京古籍出版社，1999年），頁39。

〔註17〕　〔明〕湯顯祖：〈望夕場中詠月中桂〉，徐朔方箋校：《湯顯祖全集》（北京：北京古籍出版社，1999年），頁40。

〔註18〕　孫玄常箋注，李安綱參校：《姜白石詩集箋注‧白石道人詩說》（太原：山西人民出版社，1986年12月），頁328。

〔註19〕　〔明〕湯顯祖：〈王季重小題文字序〉，徐朔方箋校：《湯顯祖全集》（北京：北京古籍出版社，1999年），頁1134。

此正爲被「秀才業所消」的眞實處境。臧懋循此論，或可作爲思考：

> 我明興，用經術取士，諸生之業大都剽竊先儒緒餘，而微餖飣組織
> 之。欲分功于史學，則其業疎；欲以史學參之，則其業雜。俟得一
> 第，然後以其餘力研窮汗簡，而精已銷亡矣。故夫能讀史者，必其
> 不爲諸生歟，爲諸生而不終者也！〔註20〕

指出在科舉時代，士子窮盡畢生精力讀書，都是爲了進考場博取功名，所讀
之書都是有利於科考的書，而和科舉沒有直接利害關係的史書便擱置一旁，
這除了顯示出閱讀範圍的狹隘，更可證明眞正深入史書，研析探究者少之又
少；此外，更看出當時士子短視不事思索的弊端：因圖方便，於是剽竊先儒
緒餘，再稍加組織，根本荒廢了思辨之能，這也看出以經術取士科舉制度所
製造出的偏狹。關於科舉壞人心術，〔註21〕黃宗羲亦有所見解：

> 此無它，三百年人士之精神，專注於場屋之業，割其餘以爲古文，
> 其不能盡如前代之盛者，無足怪也。〔註22〕

明朝兩百七十六年間，共取進士二萬四千五百九十四人，平均每年不足九十
人。明中葉後有所增長，但以一五六二年爲例，亦不過二百九十九年。在讀
書人中，「士而成功也十之一」。這「十之一」或許僅指秀才而言，而秀才嚴
格來說並不能稱作「士」。「士」者「仕」也，「士」是要爲官的。在那時，即
使考上舉人都不一定能爲官，秀才就更可憐了。故湯顯祖說：

> 天下大致，十人中有三四有靈性。能爲伎巧文章，竟伯什人乃至千
> 人無名能爲者。則乃其性少靈者與？老師云，性近而習遠。今之爲
> 士，習爲試墨之文，久之，無往而非墨也。猶爲詞臣者習爲試程，
> 久之，無往而非程也。寧惟制舉之文，令勉強爲古文詞詩歌，亦無

〔註20〕 〔明〕臧懋循著，趙紅娟點校：《臧懋循集》（杭州：浙江古籍出版社，2012
　　　　年），頁。

〔註21〕 〔清〕：趙士吉輯《寄園寄所寄》卷七「獺祭寄・人事」云：朱子嘗曰：「科
　　　　舉壞人心術。」故其議學校貢舉，謂今之爲法，其所教者，既不本於德行之
　　　　實，而所謂藝者，又皆無用之空言。至於其弊，則所謂空言者，又皆怪妄無
　　　　稽，而適以敗壞學者之心志。是以人才日衰，風俗日薄。近代歸震川，與潘
　　　　子實書曰，科舉之學，驅一世於利祿之中，而成一番人材，世弊已極。士方
　　　　沒首濡溺於其間，無復知有人生當爲之事，榮辱得喪，纏綿縈繫，不可解脫，
　　　　以至老死而不悟。二公之言，深重應舉士子之弊。（上海：上海古籍出版社，
　　　　2010年），頁。

〔註22〕 〔明〕黃宗羲：《南雷文定・前集》（上海：上海古籍出版社，2010年），頁1。

> 往而非墨程也者。則豈習是者必無靈性與，何離其習而不能言也。
>
> 夫不能其性而第言習，則必有所有餘。〔註23〕

湯顯祖其實他所反叛的是僅以「舉業」為唯一價值，單一選項的社會風氣。成舉業者，或立牌坊，或豎旗竿，彷如造神，這些因科舉成功而產生的心理作用。那為甚麼湯顯祖在屢試屢敗的情況下仍要年年應考？這是基於當時的社會背景。何炳棣《明清社會史論》中提到，科舉制度確實能夠達成一個重要的政治與社會目的：

> 不可否認的，科舉制度有其政治作用與社會目的。因此，科舉制度長達十三個世紀的歷史本身，便是它作為社會流動主要管道及穩定政治和社會的要素，最有力的明證。〔註24〕

黃仁宇《萬曆十五年》中亦提及，科舉制度的重要性已形成士人根深柢固的觀念，因為那是邁向吏道唯一的道路：

> 科舉制度的重要性又在社會風氣中得到反映。一個讀書人如果不入仕途，則極少有機會帶給一家、一卒以榮譽。所以一個人的進學中舉，表面上似乎只是個人的聰明和努力的結果，實則父祖的節衣縮食，寡母的自我犧牲，賢妻的茹苦含辛，經常是這些成功的背景。無數的祭文和墓碑，可為例證。〔註25〕

然而負面的影響也不少，科舉制度是否真的能符合國家的需求，一直是值得思考與論辯的問題。第一、培育不出具備原創力與想像力的人才，培養出一群只會鸚鵡學舌強力附和官方意識型態的士大夫；第二、科舉制度突出已被獨尊的儒家倫理價值體系。西方世界好幾世紀以來在商業、產業、金融、科學和技術方面的成功受到社會的尊重，可是在傳統中國這些成就就被看作是次等的；因此，明代中國社會與文化環境很難促成科學與技術的發明。社會上，由於科舉考試在所有的秀才舉人進士三階段競爭都很劇烈，造成人力與才智大規模的浪費，是任何其他社會所沒有的。〔註26〕

〔註23〕〔明〕湯顯祖：〈張元長噓雲軒文字序〉，徐朔方箋校：《湯顯祖全集》（北京：北京古籍出版社，1999 年），頁 1139。

〔註24〕何炳棣著，徐泓譯注：《明清社會史論》（臺北：聯經出版有限公司，2013 年12 月），頁 319。

〔註25〕黃仁宇：《萬曆十五年》（臺北：臺灣食貨出版社，2014 年 7 月，2 版 65 刷），頁 67。

〔註26〕何炳棣著，徐泓譯注：《明清社會史論》（臺北：聯經出版有限公司，2013 年12 月），頁 319。

　　科舉制度以引進新血更是君主壓制盤根錯節舊勢力的一種策略。若是尚
賢可以成為威脅君主的口實，科舉制度一方面把王公大臣置於流動性之內；
另一方面將君主置於流動性之外。事實上，這兩者是一體兩面的。透過科舉
制度以引進新血可以削弱王公大臣的勢力；另一方面，削弱王公大臣的勢力
意味著朝廷內部將無人能挑戰君主的權威，使君主免於被「逼宮」而得以置
身於尚賢的流動之外。讓地方菁英參與這種階梯的競爭是維繫帝國統一的重
要手段。〔註27〕

　　　　初唐時代考試分為「秀才」（才能不凡之士）、「明經」（飽學經書之
　　　　士）、「明法」（法律事務熟練之士）、「明書」（書法高明之士）、「明
　　　　算」（算術精通之士）和「進士」（文意為「高級學者」，西方學者常
　　　　視之為「文學博士」等六科），除了最後的進士一科外，皆可以上溯
　　　　漢代，只是以前是察舉，現在改用考試登進而已。這些考試反映的
　　　　賢才觀念並不狹隘，而且仍經常大規模地薦舉各種賢才。〔註28〕

到了明代，科舉制度已實行近八百年。歷代科舉雖有種種弊端，但仍是寒門
士子爭先恐後想要晉身的終極道路。只是僧多粥少，應考者眾，得第者寡，
因此為擠進這官場窄門，或走旁門左道，或花招奇出，無奇不有。據沈德符
《萬曆野獲篇》中〈會場搜檢〉一條可知當時湯顯祖面對的是充滿舉業之弊
的環境：

　　　　至嘉靖末年，時文冗濫，千篇一律。記誦稍多，即掇第如寄。而無
　　　　賴孝廉，久棄帖括者，盡抄錄小本，挾以入試。時世宗忌諱既繁，
　　　　主司出題，多所瞻顧，士子易以揣摩，其射覆未有不合者。至壬戌
　　　　而瀾倒極矣。〔註29〕

科舉弊端早已層出不窮，再加上皇帝的干涉，因此主考官面對當前的狀況，
主考官無權應之，亦無能阻之。到了萬曆年間，更是變本加厲。官僚舞弊已
司空見慣，可見科舉是否果真能選出賢能之士並非最重點的問題。

　　　　「舉業」二字，是從古及今人人必要做的。就如孔子生在春秋時候，
　　　　那時用「言揚行舉」做官；故孔子只講得個「言寡尤，行寡悔，祿

〔註27〕　顏學誠：〈教育與社會秩序：解析升學主義〉，《教育實踐與研究》，第 27 卷第
　　　　1 期，2014 年 6 月，頁 132～133。
〔註28〕　岑仲勉：《隋唐史》（石家莊：河北教育，2002 年），頁 183～184。
〔註29〕　〔明〕沈德潛著，黎新點校：《萬曆野獲編》（北京：文化藝術出版社，1998
　　　　年 6 月），頁 441。

在其中」，這便是孔子的舉業。……到本朝用文章取士，這是極好的法則。就是夫子在而今，也要念文章、做舉業，斷不講那「言寡尤，行寡悔」的話。何也？就日日講究「言寡尤，行寡悔」，那麼給你官做？孔子的道也就不行了。〔註30〕

當考試制度成為日益嚴重的任官途徑後，不同層次的舞弊情事是難以避免的。科舉是一種「問責」（accountability）制度，它不只是要挑選出君主或是考官心目中的賢能之士，而是要說服所有參賽者，所挑選出來的人確實是高人一等的才俊。唯有說服所有參賽者比賽是公平的，帝國的整合才能進行。當科舉成為社會最重要的晉升管道，它的缺點即已浮現。科舉選不出真才實學、選出來的人只是功利的以科舉當作是獲得權位的跳板。〔註31〕朱熹在〈學校貢舉私議〉中如是批評當時的太學：

> 聲利之場，而掌其教事者，不過取其善為科舉之文，而嘗得雋於塲屋者耳。士之有志於義理者，既無所求於學；其奔趨輻湊而來者，不過為解額之濫、舍選之私而已。師生相視，漠然如行路之人，間相與言，亦未嘗開之以德行道藝之實，而月書季考者，又祇以促其嗜利苟得、冒昧無恥之心，殊非國家之所以立學教人之本意也。〔註32〕

清筆記文集中充滿了考試作弊的記載，湯顯祖是否深受其害，不得而知，因為張居正的涉入，使一切都模糊起來了。不過，可以肯定的是，湯顯祖秉持其「主人之才」之志，他不陪襯任何人，也不讓任何人陪襯他，他僅是依其當下的判斷，做出他自覺的選擇。他的不依附權貴，凸顯的正是一種士子的覺醒，體現的是他獨立的自主之性，展現了「人的覺醒」。

第二節　守利器之根，立主人之才

身處在張居正獨攬大權的時代，當權傾一時的首輔丟出「誘餌」後，該是趨之若鶩的，然而，湯顯祖卻一反常態，以「不應」作為沉默的拒絕，棄

〔註30〕〔清〕吳敬梓撰，徐少知新注：《儒林外史・第十五回》（臺北：里仁書局，2010年），頁100。

〔註31〕顏學誠：〈教育與社會秩序：解析升學主義〉，《教育實踐與研究》，第27卷第1期，2014年6月，頁133～134。

〔註32〕〔宋〕朱熹著，郭齊、尹波點校：《朱熹集》，卷69，（成都：四川教育出版，1996年），頁3641。

餌不顧。究竟湯顯祖何來的承擔與勇氣？而在他拒絕的背後又有甚麼思想價值支持著他？

對於湯顯祖的耿介之性，剛正之決，不禁引來嗤鄙疑問：「耿介幽餘之逖寬兮，眾吶餘之不然。」〔註33〕身處朝廷，面對政治，湯顯祖知其「與其開而兩傷，不如交而兩成」〔註34〕的生存法則，明其「觀而勿語，以深厚其器」〔註35〕自壯自補的政治智慧。言此之語的湯顯祖當時正觀政北京禮部，時為萬曆十一年（1583），正臨張居正被追奪官階，申時行任首輔之際。換言之，湯顯祖乃具備晦時而養，等待時機的政治智慧，是故對於萬曆五年（1577）、萬曆八年（1580）張居正兩次的招睞皆予以拒絕，絕非僅是以「耿介不阿」四字簡單定論。其深厚之器根源何在？值得深入探究。

再者，湯顯祖重靈尚奇，言主人之才，行獨致之途，皆以開創為首務，其耿介不阿之內涵層面為何？是否會隨著韶華增長，閱歷不同而在思想的擴充與精神的豐富而有所損益。這個方向的探究對於湯顯祖「主人之才」的精神內涵之擴充有其相當程度的助益。較之以往，所增深廣厚之處何在？所損傷折易之處又為何？關於湯顯祖的真實心跡及心境轉折，皆寓寄於作品中。

是故，選取之作品範圍以萬曆四年（1576）至萬曆十年（1582）為一階段，萬曆十一年（1583）至萬曆十四年（1586）為另一階段，析探主人之才的深刻內涵。以下試從：一、持守利器，化育根器；二、道化之本，歸仁自全等兩方面分述之。

一、持守利器，化育根器

隆慶五年（1571）、萬曆二年（1574）、萬曆五年（1577），連續三次春試都落第，究竟對湯顯祖有何影響？筆者以為：每一次的落第，都是湯顯祖在「毀滅」與「重生」之間的「蛻變」。在一次次的落第，以及因拒絕張居正而招致的意外，這都讓湯顯祖經歷著物質時間與心理時間，心靈裂變與思想激辯，肉體受苦和精神得富的過程。若將湯顯祖的生命區分成：內在形象與外

〔註33〕〔明〕湯顯祖：〈廣意賦並序〉，徐朔方箋校：《湯顯祖全集》（北京：北京古籍出版社，1999年），頁143。

〔註34〕〔明〕湯顯祖：〈答舒司寇〉，徐朔方箋校：《湯顯祖全集》（北京：北京古籍出版社，1999年），頁1285。

〔註35〕〔明〕湯顯祖：〈答舒司寇〉，徐朔方箋校：《湯顯祖全集》（北京：北京古籍出版社，1999年），頁1285。

在形象，那麼各自的精神內核究竟為何？藉由闡釋分析這個階段的作品，便可直接把握湯顯祖「獨抒性靈」的精神核心，展現出外在性格與內在靈性，而貫通此二者的，便是寄寓於作品之中的思想。以下分從：（一）利器之守；（二）根器之育等兩方面論述之。

（一）利器之守

吾人沒有察覺到的事情，就會變成你我的「命運」。此乃湯顯祖藉由〈噫彪賦_{有序}〉所揭示的真理。「機」者，主發之謂也，發動之所由也，亦可引申為「氣運之變化也」。未能察「機」之所在，覺「機」之所用，掌「機」之所能，便將落入掌機、察機、覺機之人所巧設的機關之中，而後自失利器，喪失根宅，精氣神盡失，自此失去掌握自身氣運變化的能力，一切氣運變化由「外」而控，無以動彈。

標舉「主人之才」的湯顯祖徹底明白「自身之機」不可「失」，而他有天生之「機」助之，所該掌握的便是「後天之機」。宦學十五、六年的湯顯祖，對於政治生態有自己的觀察、體會與領悟。依憑何種力量能拒絕當時的首輔張居正？又是憑藉何種識見挽拒同門友人之託？其因之一在於：他保有雄心剛力不可奪的根性，其因之二在於：他明白若依附他人而升騰，也會因他人而跌落：「假令予以依附起，不以依附敗乎？」其洞澈之思可謂大智。只是其性其智卻遭「眾呵餘之不然」〔註36〕，而令他有「知己絕人」〔註37〕之哀。

不過，「人自有真品，世自有公論。」〔註38〕湯顯祖清楚知道自己的價值，知道自己懷有何種利器，而他的「利器」正是自性之真，保有自性之真，便能獨致離絕，逆世而立，守其真品。以下先以〈噫彪賦_{有序}〉為核心作品析之，以建構他以「主人之才」為精神核心的思想。

獨致來自雄心剛力，而雄心剛力來自真實自性的認識，認識了真實自性，即是掌握了自身的「利器」：

　　夫何山中之一獸兮，受猛質於西旻。貌低圍而項廷，鼻黔隆而齒齦。

　　目斜匡而電爍，聲倨領以雷殷。舌理粗而莝樹，鬚鋒橫而獵人。爪

〔註36〕〔明〕湯顯祖：〈廣意賦〉，徐朔方箋校：《湯顯祖全集》（北京：北京古籍出版社，1999年），頁144。

〔註37〕〔明〕湯顯祖：〈懷人賦_{有序}〉，徐朔方箋校：《湯顯祖全集》（北京：北京古籍出版社，1999年），頁980。

〔註38〕〔明〕湯顯祖：〈寄湯霍林・又〉，徐朔方箋校：《湯顯祖全集》（北京：北京古籍出版社，1999年），頁1380。

> 含銛而卷曲，尾拂犂而絚伸。咤形模其足怖，矧精威之絕塵。靜嘯
> 而陰颸宰起，坦步則稠林自分。凜氣候之相制，隱形勢而見尊。況
> 百拆之深山，常此窟之成羣。黃班屬而臥隴，白頰連而飲津。初涉
> 味於牛馬，遂舐及於人民。戶震躬而屏徙，或重遷而遠藩。〔註39〕

山中之虎在還未落入道士所構設的機關之前，他保有著威怖的形貌，震懾的
氣勢，靜嘯足以使風雲飆狂，坦步足以使林木自分，以凜凜之威涉撼制萬物，
以神秘之跡震懾百姓，形體雖隱，卻如本尊在前，本具的猛質原貌，使牛馬
懼之、百姓恐之。如雷的威力，令百姓頻頻遷徙，遠此離禍。無奈，山中之
獸誤入道士之機關，從此大蟲之號，成為虛名。

> 予郡巴丘南百拆山中，有道士善檻虎。兩函，椔之以鐵，中不通也。
> 左關羊，而開右以入虎，懸機下焉。餓之。抽其椔，出其爪牙，楔
> 而舌。已，重餓之，飼以十銖之肉而已。久則羸然弭然。始飼以飯
> 一杯，菜一盂，未嘗不食也，亦不復有一銖之肉矣。以至童子皆得
> 飼之。已而出諸囚，都無雄心，道士時與撲跌為戲，因而賣與人守
> 門，以為常。〔註40〕

原本山中之獸得以安居的處所乃在深山，居其本性所安之處，才得保全本性。
不過，自從誤入善於檻虎的道士手中之後，便淪為無尊嚴的小畜，被玩弄於
股掌間也成了牠不可逃脫的命運。昔日的猛質，消失殆盡。電爍之眼不再，
雷霆之聲已去，粗舌無以莝樹，鋒鬣不再獵人，昔日擁有的「凜氣候之相制」
的威能，「隱形勢而見尊」的威風，皆煙滅無跡。局拘勢改，威神萎頓，其山
林之性情已被掠奪，大蟲成了反見犬牛會驚嚇的小畜。

　　湯顯祖以此喻之：世上多如嗤彪命運的小畜，亦有諸多善於檻虎的道士，
不予不取，或以利誘，或以威嚇，設機佈關，細密有之，不可不察。在吏道
之途生存正似嗤彪與道士，一個不察，便步步落入陷阱而不自知。善於誘人
的長者通人正如檻虎之道士，必以利誘、以權引，上鉤的士子成了嗤彪，先
奪其外勢，再奪其內質，而後，「利器」盡失，淪為小畜之徒。究其善於檻虎
之道士，其密法何在，乃在於善於「用機」。

〔註39〕　〔明〕湯顯祖：〈嗤彪賦_有序_〉，徐朔方箋校：《湯顯祖全集》（北京：北京古籍
　　　　　出版社，1999年），頁998。
〔註40〕　〔明〕湯顯祖：〈嗤彪賦_有序_〉，徐朔方箋校：《湯顯祖全集》（北京：北京古籍
　　　　　出版社，1999年），頁998。

　　天下有機，機在時爲時機，機在心爲心機，機在人爲機人。仕宦之途，不可不明「機」之多用。道士者，爲機人，善巧用機之人。掌握虎性，利用心機，設其機關，步步引近，以餌誘引，軟弱其性，奪其本能；並能善用時機，控虎之行，制虎之性，弱其雄心，消其剛力，使虎之不成其虎，而成爲供人戲弄，遭人玩弄，且得以變權得利的「工具」：

> 獨無生之道士，故有心而與鄰。力不加於子路，術不詭於黃神。布石關之宛轉，交鐵葉以繽紛。界鳴羊於接檻，誘聞羶而見循。進密歷以窮路，退躑躅而下門。遂乃聊浪擲跌，偪仄輪囷。始傖鸘而怒湧，久牢騷而意煩。氣屈而顑，力瘒而踆。壙局拘而勢改，積威約而理均。於是道士欣焉，待旦及晨。〔註41〕

可悲的是牠卻不自知，或是知道後卻無力逃脫，只能任其宰割：

> 舉之於懸處，餓之以兼旬。待威神之委頓，任處置之紛紜。未陷頭而拔鬚，先冒爪而刖躥，掞權牙於巨斧，磨刺舌以疏中。香汁變其腸胃，清水洗其喉唇。欲次第而施食，已隨宜而致馴。初猶啖以磋肉，次則習以盤飧。或設以粇粒之餘，或投以崧芥之根。既苦饑而伏檻，敢擇食以懟恩。〔註42〕

天下之長者通人如道士，善此機，然天下有雄心壯志之士子卻如嚙彪，不知此機，陷落機關，成小畜者多矣。是故，「有心與鄰」，但存何心？若「心」不在「道」中，其命運便從能「驚動馬牛」的大蟲淪爲「反見犬牛而驚」的小畜，成爲無生之道士控制的小畜，屆時，利器被奪，山林之氣盡失，其功用只剩下娛賓，與昔日之猛有著天壤之別：

> 率虎千錢，大者千五百錢。初猶驚動馬牛，後反見犬牛而驚矣。或時伸腰振首，輒受呵叱，已不復爾。常置庭中以娛賓。月須請道士診其口爪，鐫別擾洗各有期。〔註43〕

何以從大蟲淪爲小畜，在於無能固守其利器，利器如性命之心，利器不守，猶如道之滅，道滅則失道，道失則失其眞人之質，非眞人者，無以行道，故

〔註41〕〔明〕湯顯祖：〈嚙彪賦_{有序}〉，徐朔方箋校：《湯顯祖全集》（北京：北京古籍出版社，1999年），頁998～999。

〔註42〕〔明〕湯顯祖：〈嚙彪賦_{有序}〉，徐朔方箋校：《湯顯祖全集》（北京：北京古籍出版社，1999年），頁998～999。

〔註43〕〔明〕湯顯祖：〈嚙彪賦_{有序}〉，徐朔方箋校：《湯顯祖全集》（北京：北京古籍出版社，1999年），頁998。

守其利器如守其性命，本性之眞不守，一旦失其利器，其下場必受委屈，備
嘗羞辱：

> 遂乃改山林之性氣，狎雞犬之見聞。遇夫人之下視，即弭耳而意親。
> 諒厓柴之已去，放野牧以逡巡。非止柔性，兼若其筋。圓腰纖而脇
> 息，艷班摧而襞鈒。撫之而亦喜，撲之而不嗔。似巨狸之擾足，若
> 卑犬之纏身。偶循隅而吐唔，輒蒙呵而愴魂。昔有大蟲之號，今有
> 小畜之云。〔註44〕

爲求生存，只能苟且偷生，只能苟延殘喘，最終成了已被馴服的「寵物虎」。
成了寵物虎後，雄心盡失，剛力盡弱，何以淪落至此？正因忘卻自身之利器，
將其秉承天地的「主人之才」交給他者，對於自身存在的價值交付給變幻無
窮的外在權利，驕然以爲得之，實則失之。守道不堅，利器將失，忘其主人
之才。是故，湯顯祖以此喻之、警之、戒之、覺之，己心不可不察，彼心不
可不知。而能有此自覺之心，必當明其主人之才，才能掌握自己的主導權。

若不欲受辱，不欲成嗤虎雄蟲，不欲貪羊而窮，不欲落得大蟲淪爲小畜
的下場，就必須捨棄全以富貴利祿爲導向的追求，並以無法聞聖人之道爲憂，
無以踐先賢之志爲恥。如此極其所志，持守利器，保養主人之才，才不致落
入機人密設的機關。只可惜，世人皆愛機巧，喜見隙鑽機，得機爲樂，卻忘
了如檻虎道士的機人無處不在。機人善於掌握人心，巧於自設機關，掌機者
自以爲保握時機，便是獲得良機，孰不知機關重重，落得絕乾倒坤，自廢其
機，淪爲畸人。

生命之「利器」爲何？人時而忘之，如虎之遺之。等到「氣屈而黢，力
瘅而踐」，機人再「出其爪牙」、「蹠其舌」，將上鉤者身上最珍貴的武器，最
獨特的資質一層一層的奪去，讓他們失去原本的獨立與自由，成了受人擺佈
的傀儡。是故，湯顯祖以嗤彪之下場警醒有志於吏道的士子，當以雄心剛力
養其主人之才，以剛健中直保其主人之才，如此，才能獲得眞正的獨立與自
由：

> 儒者曰：以敬恕爲仁，坤道也。其告顏子以「一日克復」爲乾道。
> 蓋其說出於《易·乾》曰：「剛健中正」，〈坤〉曰：「直方大」，「敬
> 以直內，義以方外」。恕者，絜矩而行，有義方之象。先生殆學於《易》

〔註44〕〔明〕湯顯祖：〈嗤彪賦_{有序}〉，徐朔方箋校：《湯顯祖全集》（北京：北京古籍
出版社，1999年），頁999。

之坤道乎。第非乾知中正發覺流邑，敬義亦無從而立。先生之邦與
其家皆世仁體之學，必有以合乎此也。先生處貧賤而不憂，清羸淡
食而無所苦，至於今強學好禮不倦，教訓鼓舞不廢，樂且壽，其亦
近之乎。〔註45〕

而此獨立源自於「儒者之仁」的眞正實踐：以剛健中正之直心立身處世，則
能絜矩而行。絜矩之行自內蘊生，顯於外成義方之象，便能成其大人。而湯
顯祖正是那「精奇的難動者」，他精妙的道出「用人之道」，言簡意賅的分析
出「用人者」與「爲人用者」的關鍵差異。此外，他如鉤針般的挑出「隱形
的陷阱」：「長者常能誘人；誘於人者，必少年兒也。」這是世情的智慧，藏
在細節的鷹眼。正因湯顯祖並非蚩蚩少年兒，也非貪權圖利的少年兒，他是
精奇孤高的少年兒，因此，他能識透人性之密網紛雜，爲了獨致，絕不同流，
同流者，必如此虎之下場，受人擺布，任人宰割失其本眞，去其情性，此乃
追求獨致，崇尙本眞的湯顯祖所不欲爲的。無法獨出一格，養其本眞，就將
如此假獸，「道士死，其業廢」〔註46〕，受人凌遲了。

　　是故，湯顯祖〈與李道甫〉尺牘最末道：「目中誰當語此」〔註47〕，絕非
傲執之語，而是洞澈之靈心，當機之智語。

（二）根器之守

　　短智淺能，無以成大人；貪權嗜欲，無以成仁者，能逆世而立者，才能
成其大人之學。只是，能成就大人之學者，仕宦未必顯達，然也正因以成就
大人之學爲志學之所向，故在進退之間，仕宦之顯達與否並非志學之目的，
爲政之目的在無害於天下，有功於天下，若無以行此，只是貪圖虛名，不如
不爲政。所謂「出一言正，見一節奇」，僅是爲官之手段，此乃細人之行，慎
察之：

宗伯吳趙公，以微且行，一時卿大夫正人在南者皆喜。有言於予者
曰：「趙公，世所謂大人也，必爲政。」予曰：「子何以知趙公大人

〔註45〕〔明〕湯顯祖：〈李靜齋先生七十序〉，徐朔方箋校：《湯顯祖全集》（北京：
　　　　北京古籍出版社，1999 年），頁 1059。

〔註46〕〔明〕湯顯祖：〈嗤彪賦有序〉：「道士死，其業廢。予獨嗤虎雄蟲也，貪羊而窮，
　　　　以至於斯辱也。賦之。」徐朔方箋校：《湯顯祖全集》（北京：北京古籍出版
　　　　社，1999 年），頁 998。

〔註47〕〔明〕湯顯祖：〈與李道甫〉，徐朔方箋校：《湯顯祖全集》（北京：北京古籍
　　　　出版社，1999 年），頁 1292。

也？」曰：「江陵相，知公者也；今兩相，其里之密焉者也。皆以正
言有逢其怒，莫有逢其視。守道於今，能逆世而立者，必大人。」
嗟夫，亦未既於趙公所以爲大人者矣。公嘗謂予曰：「吾見所謂人矣。
其名也，偶一出一言正，見一節奇。已而起，則泯泯然而爲官。凡
若此者，皆細人也。予所不爲。爲其官，不忍不爲其事；爲其事，
不忍不爲其人。言之莫有聽焉，以吾行可也。」是故自公起至於今，
凡三數徙，未嘗不言其官，或言天下利害不少厭。其無細人之心也。
已而吉水鄒君三出南，趙公北。公又謂予曰：「鄒君明則益高矣，而
國重傷。吾之北，必且又然矣。益高吾名而重累國，非吾意也。吾
意不欲行。〔註48〕

在宦學觀政期間，何以辨察細人之心？何以洞觀爲官與爲政之別？乃湯顯祖
在宦學之道中所習得的「大人之道」。據趙汝師之言，爲官前後判若兩人者，
多矣。未達目的前，以「出一言正」之剛正勇氣，讓人「見一節奇」，然而真
正爲官以後，其剛正勇氣卻泯然無蹤，才明白是假奇士之爲。當一大人者，
爲政有所不爲，當明之；爲官有意不欲行，當守之，才不淪爲細人。是故，
大人者，重道不重位。言雖及此，是否亦有特例？在不欲行之意中，卻又違
背原意而行，又該如何說明？湯顯祖以「天道」與「人道」爲論，一反「能
逆世而立，必大人」之見：

予俛然嘆曰：公言及此，大人之心，君臣之義也。雖然，公其行矣。
大人之行於天下也時。三代之法，諸侯士大夫世其國家，餘子得習
其政。士無境外之志。至春秋時有之，所之不如而可以去。故有異
邦，有父母之邦。參相仕也。今一父母之邦而已，未有少不如意者
而得去之者。非其勢，亦非其情。古惟如彼，其地分，其所生人有
賢者，則相爲重。至於天下一，則大矣，視士若廣矣，其勢不得不
輕。古惟如彼，其士皆世家相親，有賢肯相爲下而相爲待也。〔註49〕

首先，湯顯祖提出，「大人之行」關乎「天下之時」。天下體勢，人物大小無
一時、無一地不處於「變化無窮」中，那是無可掌控的外在因緣，牽涉紛繁，

〔註48〕 〔明〕湯顯祖：〈奉別趙汝師先生序〉，徐朔方箋校：《湯顯祖全集》（北京：
北京古籍出版社，1999年），頁1049。
〔註49〕 〔明〕湯顯祖：〈奉別趙汝師先生序〉，徐朔方箋校：《湯顯祖全集》（北京：
北京古籍出版社，1999年），頁1049～1050。

如交錯橫生的枝葉，湯顯祖洞澈此人間因緣，故從三代談及，論古今時代之
不同，國之概念亦不同，而士之處境亦有所別，而此之別便在於：「道統」與
「政統」的「分」與「合」，也就是湯顯祖所謂的「天道」與「人道」中的「道」
與「勢」，「德」與「位」之間的關係，並由此論及古今之大人者的不同：

> 今則天下之人矣，有政而不爲，則彼爲之矣。夫大人者，其心常有
> 以自寬，誠不拘拘焉以政爲。後之時亦未遠於今之時也。何以言之？
> 古惟如彼，其封內有士易以見，法有讓而士益以見矣。後雖有大人，
> 急不得而知於其君，其知也必且以相。非其相，則其君之侍人也。
> 夫以侍人而知大人，宜不忍爲。然則以相其可也。今可以相而知之
> 時也。若猶不得存其身，且可因而存其言。言而從，即其身爲之。
> 不從，雖不忘爲天下之心，而我無逆也。〔註50〕

眞正的大人者，「其心常有以自寬」，並非政不可爲，而是不拘於爲政。「天道」
與「人道」雖不是對立或牴觸的關係，然而卻是範疇大小的統攝關係，那是
兩種不同的價值判斷，通過古今的對比，湯顯祖表達了「天道」範疇大於「人
道」，故「天道」可以統攝「人道」，大人所行乃「天道之位」，也就是「天爵」，
而君相所予之的乃是「人道之位」，也即是「人爵」，而這也表明湯顯祖重「天
爵」而輕「人爵」的意圖，以「天道」統攝「人道」的價值傾向。據此，湯
顯祖以「時」判之，並舉以孔子爲例：

> 嗟夫，孔子亦大人也，於季桓子而可，時也。其行於魯之事，亦無
> 所信。然則孔子固未有行於魯也。曰：「道之不行，已知之矣」，其
> 不已何也？曰：「五十而知天命」矣，則可以耳順而從心，前此亦未
> 知天命也。有不然之音則逆其耳，有不可之形則立其心，以此爲不
> 惑，蓋人道也。既知天命，則天下之故皆有以然矣。曾何足以逆吾
> 耳而立吾心。即未有所行，其道固已行矣。如此則爲其官而名不益，
> 行其身而國不傷。天之道也。非大人不足以致也。〔註51〕

「道之不行，已知之矣」，明知不可爲，何以堅持爲之？湯顯祖從「天道」與
「人道」之別論之，劃分之界限在於「識明天命」與否？明其天之道，知其

〔註50〕　〔明〕湯顯祖：〈奉別趙汝師先生序〉，徐朔方箋校：《湯顯祖全集》（北京：
　　　　　北京古籍出版社，1999 年），頁 1049～1050。

〔註51〕　〔明〕湯顯祖：〈奉別趙汝師先生序〉，徐朔方箋校：《湯顯祖全集》（北京：
　　　　　北京古籍出版社，1999 年），頁 1050。

天之命。天道如此，故順之天命。此言之意在於：已不執著於「我」，已從總以「吾我」的有我之境到達「去我」的無我之境。亦即：道心已立，便不惑於世，臣服命運之流轉。道之可行，為政顯名；道之不行，著書傳世，無損無益，皆在道中。是故，言及「大人之行」，必「觀時而變」，而「時變情亦變」，其關鍵之核心點在於「時」，故云：「今可以相而知之時也。若猶不得存其身，且可因而存其言。言而從，即其身為之。不從，雖不忘為天下之心，而我無逆也。」正因如此，何來逆耳之音，何來不可之形？明其所行之道才為大人之學，世之變化已無以逆心。此外，究其兩者依據的判別點正是：「意志」與「命運」，前者以「個人猛志」為核心，一切以「我」之「意志」為表現，以為個人之意志可以改變「命運」；而後者則是以了悟「我」無以對抗「命運」，故不再迷執而爭。因為變化無端的時代環境有著不可違逆的「命運之限」，「個人意志」是無法改變「時代命運」所變形成的世界。如此的體會，正也標誌著湯顯祖宦學之道中歷經兩個不同境界的為政境界。

在宦學吏途之道中，湯顯祖明白作為逆世而立的大人者，無法心猿意馬，更不能貪多務得，作為臣子，進退之間，自該有依循的順位：

> 夫天下之生多矣。世所知必不可使壽者，害世人也。有其人可而必不可壽者，有可以壽者，有必不可不壽者。可以壽者，鄉里之行，科條之材也。有必不可壽而其人可者，非真人也，世所謂通人長者是也。或壽之，而名不全。必不可不壽者，真人也。孝則真孝，忠則真忠，和則真和，清則真清。進而有社稷之役，大，為可恃之臣，其次不失為可信之臣。能則行，不能則退而修先王之業，紬性命之心。入其通理，出其疑義，傳書其子孫與其人，將使後之學者得以窺瞻廣意為所獨容也。〔註52〕

是故，若遭遇無以顯達的仕宦之運命時，無需患得患失，便退而修先王之業，不以仕不顯而擾其心，能行於天下者，時也；無能行於天下者，亦時也。既為「變動之時」，何苦為此打轉迷眩？何不以不變之自寬之心面對變動不居之時。若有社稷之因緣在「可恃」與「可信」之間，在無以成為「可恃之臣」的因緣下，至少可以當個「可信之臣」。然能逆世而立者，必具守道之心，必

〔註52〕〔明〕湯顯祖：〈壽方麓王老先生七十序〉，徐朔方箋校：《湯顯祖全集》（北京：北京古籍出版社，1999年），頁1053。

行聖人之道，而聖人之道之旨在其無所害於人，而有所功於人，取天下者少，而與天下者多：在進退取捨之間，守其根器，育化根性。

> 蓋予未仕時，即知東南江海之士，明經術，守先王之道者，方麓王先生一人而已。而怪其仕不顯。夫今之天下，亦古之天下，未必不可行古之人於今也。故雖大吏不馴者用事，朝未嘗無二三通人長者其中。而江陵相又名於王公爲故雅知，然竟以去，何也？〔註53〕

爲終其節，根器必守。反之，能守根器者，才得以終其節。而此根器之守，無以假藉他人，終節之事，亦無法依恃他者，皆由獨立自主之人格決定，因爲天下能無欲則剛者，少之又少：

> 已而知之，世所名長者通人，皆非能無欲人也。自以爲機，曰：吾且用大吏，爲天下用。夫所謂大吏執政者，固天下之機人也。知其如此，因而有以用之，則相呴而爲大吏用，卒亦未用大吏，爲天下用也。凡此者皆王公所不能，故以九卿歸，終其節，得因而著書傳之後世。〔註54〕

爲天下所用？還是爲一人所用？這是湯顯祖提出的反詰。爲天下所用者，能善建在身後，故持之守之，使之不變，唯立德以亮節。是故，理解湯顯祖對於「大人爲政」的可恃與可信之臣的思辨，便有助於窺得湯顯祖拒絕張居正之思想根源。

　　絕對獨立自由的性格，保有獨立個體的自由，則爲成其聖人精神之首要條件。莫因「貪羊而窮」，導致自己受辱，故湯顯祖所謂「假令予以依附起，不以依附敗乎？」之微言大義盡蘊顯於〈嘶彪賦〉中。湯顯祖說：「不敢從處女失身」，並非只是傲鄙之語，此中有著他的內智外行。是故，將〈嘶彪賦〉視爲湯顯祖膽拒張居正的思想傳述亦不爲過，它是慨歎萬千之作，也是人性永恆之鑒。不要隨意跟隨，不要受人控制，不要受誰指使，不要害怕與眾不同，不要擔心被群體排斥，要「成爲你自己」，要「成爲自己的光」，不要被群體左右，不要淹沒在群體的喧囂中，湯顯祖強調個體獨立個性的重要，強調個體自主意識的重要，重新回到關注「自由的人」的生命概念上。以清醒

〔註53〕　〔明〕湯顯祖：〈壽方麓王老先生七十序〉，徐朔方箋校：《湯顯祖全集》（北京：北京古籍出版社，1999 年），頁 1052。

〔註54〕　〔明〕湯顯祖：〈壽方麓王老先生七十序〉，徐朔方箋校：《湯顯祖全集》（北京：北京古籍出版社，1999 年），頁 1052～1053。

的覺悟，以靈性良心為前提，為自己的命運去規劃，承擔起自己的選擇。在不得志之時，唯有「益堅冰雪，以候春天」：

> 觀人者，醉之酒以觀其恭，予之財以觀其廉。今所試於門下者，非眾醉眾濁地耶！石門之歐，夷、齊比心。門下當有道處此，積水奮飛，未可量也。庾嶺南枝，時勤夢想。惟益堅冰雪，以候春天。
> 〔註55〕

明己之道，時勤夢想，便能處之，有志於道，必待厚積，則能奮飛。「益堅冰雪，以候春天」，正是湯顯祖在生命之道中堅忍自持的寫照，雖是鼓勵門人之語，卻可視為他歷生以來的信念。在變成三隻腳以前，在一步一步走入墳墓以前，性命之學所該關注的核心便是如何成為自己的「主人」，如何真正運命，進而發揮「主人之才」，完成「志士關懷於道」的天命。銳然有志當世的氣魄，雄心剛力的發揮，已為大人之學奠立最堅固的基礎。

二、道化之本，歸仁自全

若說〈嗤彪賦_有序〉揭示的是「主控」者的「機」之用，以此明白「主人之才」的重要；那麼〈庭中有異竹賦_有序〉則言明「主人之才」何以在「自循其實」後安頓於「奇質靈宅」中。以下分從：（一）自循其實，觀其自養；（二）托根自全，其根自仁等兩方面論述之。

（一）自循其實，觀其自養

劉勰《文心雕龍·物色》云：「情以物遷，辭以情發。一葉且或迎意，蟲聲有足引心。」湯顯祖以竹喻己，觀其自性，正是感物聯類，情以物遷。以竹之所居空間，寓其如何在主流的價值體系中保持理性的距離，以維持自身獨立的完整性，則為〈庭中有異竹賦_有序〉所寓寄的貴生思想。湯顯祖透過庭中之異竹，勉人自循其實，觀其自養。以「孤生之竹，得以自全」作為心理支配力，透過闌內側生之竹此象徵性的表達，進而討論「生之貴，貴之生」的貴生思想。

在〈庭中有異竹賦_有序〉一文中，戴洵以實景教學，言「孤直近曲」之態，講「明心衛足」之理，述「屈伸自如」之道，使之明心見性，豁然澄澈，頗有迦葉拈花微笑之味：

〔註55〕〔明〕湯顯祖：〈寄張聖如鹺使〉，徐朔方箋校：《湯顯祖全集》（北京：北京古籍出版社，1999 年），頁 1474～1475。

> 大學東廡向南，君子亭兩偏皆竹。面闌幹外小方池，池外砌植紫牡
> 丹、白芍藥數株。中有一竹，亭然砌上，旁無附枝。闌幹之內，側
> 生一竹。諸生生疑此竹且穿簷而出，當刮去。大宗師戴公不許。此
> 竹竟從橫闌稍曲而上，不礙也。公嘆曰：「誰謂子無知矣。」授筆湯
> 生，立賦此兩竹。〔註56〕

此賦正可作為顛覆「士之不遇，無須傷感」之思想傳遞。萬物各為一體，獨致無所害，容才納異無不可乎。或直或曲，皆有適合的生長環境，其關鍵並不在於「外相之象」，而是「內在之質」。以君子亭兩偏之竹作為「主體」，以「闌之內外」為分隔的界線，藉此喻之為世俗所慣用的二元立判，或可視之情理之判，剛柔之異，或可稱之體制內外，出世入世，抑可比之順德與悖德，合道與反道等等的類舉。戴洵以兩竹為喻，表達「天地與我並生，萬物與我為一」之宇宙觀，「理智」與「情感」對立的人性情境，以及仕宦之途「自舞自歌，或屈或伸」的生存之道。

　　君子亭中，闌外一竹「亭然砌上，旁無附枝」，闌內一竹側生而長，恐有「穿簷而出」之慮，諸生以為有破壞之嫌，主張宜當刮去。然「大宗師戴公不許」。一描一摹，明隱暗喻著「獨致」之才在群體或是主流中所面臨的「現實危機」。免除危機之法，端賴伯樂之識。幸好，這「側生一竹」遇上有伯樂之眼的大宗師戴洵，否則當落得被鋤之命運。戴洵以為此異竹並不生礙，而正如他所料，此竹「橫闌稍曲而上」，並未造成穿簷而出的破壞性。「誰謂子無知？」戴洵這一嘆，又是一喻，說明異竹彷如天下的獨致之才，他們不隨眾，不同流，有其自生自長之能，可與其他之竹共生，兩相平安。只是天下如「諸生」之輩者多，總是「見異即鋤」，這番日常景象豈不也顯影出人性，現形之官場？此外，「誰謂子之無知」，這一句「無知」，正也間接諷刺如諸生之輩總自以為是的「知」，其實才是真正的無知，不知生之意，不知貴生之旨，以物限之，無以超物之限，僅見表象之形，未視內蘊之質，為形色所礙，外形色所役，不知天地之性，不明萬物之生，便是礙生，礙生則壞生，壞生者，便不知貴生，無能成就「大人之學」。戴洵不以身壞竹，讓此兩兩相異之竹共生共存，便是行大人之教，而戴洵授筆湯顯祖，更是明白他是能領悟之人。或說，湯顯祖之「貴生」思想或觸機於這「日常」的「異

〔註56〕〔明〕湯顯祖：〈庭中有異竹賦有序〉，徐朔方箋校：《湯顯祖全集》（北京：北京古籍出版社，1999年），頁968。

竹之教」也不為過：

> 大人之學，起於知生。知生則知自貴，又知天下之生皆當貴重也。
> 然則天地之性大矣，吾何敢以物限之；天下之生久矣，吾安忍以身
> 壞之。

是故，大人之學，起於知生，貴在知人天生之自然本性。

若此，在〈庭中有異竹賦_{有序}〉中，對於湯顯祖何以費以筆墨描繪大學東廂向南的君子亭之意，便可窺其背後深心：

> 大學之英，君子之亭。度靈臺而選勝，繞聖林而啟扃。麗圜橋之璧
> 藻，薦方沼之文萍。被素風以悠衍，承翠氣之蔥菁。魚相忘於在沚，
> 鳥載肅於高冥。非遊塵之所篷，實君子之攸寧。朱絃在御，玉磬懸
> 庭。緒休閒於鼓篋，肆靜謐以橫經。采齊而步其視，呻畢靡亂其聽。
> 色載笑而嘉則，張一弛以遺形。釋繽綸乎几席，縱流蓰於軒櫺。幄
> 垂雲之曼莠，帶積石之遙町。練粉飄而莫莫，玄池韻以泠泠。何修
> 叢之茸藹，儼雙篠之伶俜。在鐘籠而矯雋，信空虛之有靈。顧湯生
> 而命進，授淇園之筆精。對橫簪以迤羨，立函丈以經營。〔註57〕

在「被素風以悠衍，承翠氣之蔥菁」的君子亭中，一群「大學之英」在此或「緒休閒於鼓篋」，或「肆靜謐以橫經」，相互學習，在「采齊而步其視」後可體會「魚相忘於在沚」相濡以沫後相融相契之境；在「呻畢靡亂其聽」領悟「鳥載肅於高冥」自鳴自暢的自由之態。於此，啟迪靈臺寸心，養其性命。戴洵的「異竹之教」乃是「遺形之教」：破除諸生執著物象，總為形用的世人之限，對於生命的真實自性便會茫惑無知，無以超脫物限，靈性便被蒙蔽，一旦如此，靈性無法虛通，終其一生，只能過著被形物所累的「有限」之「壞生」。反之，破除「心以物生」的觀念，則能以慈，以情護衛萬物，保其萬物之生。是故，萬物之生，各有其義，皆有其所，不當以物限壞之。庭中之竹，或如亭然之竹，通直而長；或似側長之竹，橫曲而長，竹能自全，兩不相礙。君子如是，當自循其實，成就主人之才。

（二）托根自全，其根為仁

側生之竹，在庭院中成了「異」竹？依照一般常理，一般人性的做法，凡不符規矩者，不合常態者，皆視之為「異」。而「異端」者，其命運即是被

〔註57〕 〔明〕湯顯祖：〈庭中有異竹賦_{有序}〉，徐朔方箋校：《湯顯祖全集》（北京：北京古籍出版社，1999年），頁968。

而驅之於「主流價值」之外，不容於「體制之內」。湯顯祖描此異竹「宇下盤桓，庭中偃蹇」，道其「外在形象」與「內在性格」：

> 池上方臺，雜卉羣栽。丹華皎砌，素藥翻堦。孰亭亭而異觀，照瀰瀰之檀欒。挺碧鮮而上岑，擢岊嵒之翠竿。復有宇下盤桓，庭中偃蹇。眾疑萃於孤高，謂妨篔而欲剪。竟自出以委蛇，把清池而迺展。歎此榦之生成，象至人之舒卷。爾其為狀也，虛中忌實，疎節簡密，臨流似淵，依巖類逸。貞儷乎淑美之操，直比乎君子之筆。〔註58〕

偃蹇，有高聳盛舉貌之義，或坐安臥屈曲之義。由本義又延伸為自大傲慢，或困頓窘迫之義。由此衍生，「盤桓偃蹇」之貌正可從「外在形象」與「內在性格」作為闡釋的切入點。

　　從「盤桓」的「外在形象」而論：其徘徊纏繞之貌可聯想成其堅韌的生命力，然而堅韌之生命力勃發的契機點通常都因要跟環境對抗，其所賦予的「內在性格」便有困頓窘迫之態，然而為了生存，則必須轉困為機，不斷盤旋圍繞，層層疊生。由「盤旋之象」寫其「堅韌之質」。另外，從「偃蹇」的「外在形象」而論：其高聳盛舉之貌可聯想為給人自大傲慢之氣，賦予出的「內在性格」則是盛氣凌人，不可一世的孤高之感。因此「盤桓偃蹇」的「外在形象」與「內在性格」正是湯顯祖予人的以氣節自負，耿介不阿，志高意遠，孤高難近的整體印象。

> 影防露以嬋娟，響應律而蕭瑟。茲篔簹之一態，未若鞷標而巧出。乃其芳根獨遠，一志玄通，絕左右之葳蕤，貫青熒而在中。匪臨深而表勁，繄濬子以明沖。豈太山之荏苒，似高岡之梧桐。若其迸石而立，磬折佝僂，下不礙於憑軒，上不虧乎承宇。羌有心乎雲步，乍低迴而矯舉。貴托根以自全，異當門之除去。〔註59〕

其「芳根獨遠，一志玄通」，喻其性直不阿，「絕左右之葳蕤，貫青熒而在中」不依緣攀附之態；再者，本具之性如「太山之荏苒」，似「高岡之梧桐」，因此，即便是會遇到損毀本根本性之事，依能不為所動。故說：「若其迸石而立，

〔註58〕　〔明〕湯顯祖：〈庭中有異竹賦有序〉，徐朔方箋校：《湯顯祖全集》（北京：北京古籍出版社，1999年），頁968。

〔註59〕　〔明〕湯顯祖：〈庭中有異竹賦有序〉，徐朔方箋校：《湯顯祖全集》（北京：北京古籍出版社，1999年），頁968。

磐折佝僂，下不礙於憑軒，上不虧乎承宇。」若說，異竹可謂是動態變化角色的扮演者亦不爲過。

最後，以「孤生者常直，近人者常曲」喻世人，比士子，言己與沈懋學，「孤生者直有取於明心，近人者曲亦時而衛足」。以爲竹之直曲，各有天地，互不相礙。各有其性，各有其志，各有其擇，各有其命，重點在於是否能自歌自舞：

> 故孤生者常直，近人者常曲；直有取於明心，曲亦時而衛足。明心靡退，衛足匪他。一鸞一鳳，一龍一蛇。自歌自舞，或屈或伸。君子儀之，素體圓神。左右貞風，學士如林。敬吟蔭竹，遑嗣青矜。〔註60〕

若能自主地自歌自舞，如此便能自由地或屈或伸。湯顯祖以異竹喻之，表「獨致之才」，體「主人之才」，餘味有之。

是故，萬曆八年（1580）戴洵的「異竹之教」或可說是湯顯祖印證自性的契機，亦可謂是一種知心的支持，正因得之於「鍾玉名家，簪纓秀緒」。師者，讓他明白天地生曲直，各有其所用，因此他能甘於自性，自循其實；也讓他領悟到進退之象的眞義在於：「進足以興，退足以容」。他所追求的是順其本性，他所堅守的「根」是保其全眞，所涵養的「根」是「貴生之情」，以此爲根，而成其「大人之學」。

若將觀看的視角回歸於大自然的生成原則，從植物生長的歷成來看，經歷春風夏陽，秋雨多雪，在這種自然生成的過程中會受到扭曲，擠壓，忽略，然後會在某一個時間點迸裂出土而勃然生長。在湯顯祖的作品中，表達著這些扭曲的政壇，擠壓的處境，忽略的對待，在慢慢匍匐前進的致君之途中，上疏一事，則成爲他爲自己爭取自由的行動，也像這決然迸裂出土的植物一般。而湯顯祖又是如何自歌自舞，自屈自伸？正是「直取明心，歸仁自全」。只是這是個艱難的過程，正如被創之鶴，雖處「華表摧雲，蘭巖墮雪」之嚴峻，備嘗「月羽全虧，霜翎乍折」之慘狀，他仍堅持歸仁自全。

（三）直取明心，歸仁自全

張居正第二次向湯顯祖結納，湯顯祖再次婉拒，而這也是他第四次落第。屢屢落第的湯顯祖彷如「被創之鶴」，雖然遭遇創傷，然而只要「軒而療之」，

〔註60〕〔明〕湯顯祖：〈庭中有異竹賦有序〉，徐朔方箋校：《湯顯祖全集》（北京：北京古籍出版社，1999年），頁969。

假以時日，定能「長翼盈肌」〔註61〕。

首輔的結納，是多少士子求之不得的良機，把握時機都來不及了，怎麼會平白放棄可以飛黃騰達的機會？唯獨湯顯祖，再次拒絕，因為他明白，若是接受，命運將如〈嗤彪賦〉中的「大蟲」，利器盡失，自毀根宅，最終淪為遭人戲嘲的無能「小畜」。這是自傷貴根，自損靈宅之「惡機」，而非騰達「契機」。是故，既然不是適己契性的「時機」，捨之，又有甚麼可惜？當明白湯顯祖「直取明心，歸仁以全」的志念後，便能理解何以對於張居正第二次的結納，他「終不復去」。另外，湯顯祖是自負的，他有靈質奇才，不出，只是機不宜，這是宦學十五、六年的他的「政治眼光」，對於自己先天的優勢，他是極具信心，若真能遇得流慈君子，成其善托之處，可托其貴根，得此，才願「終不復去」。所著〈療鶴賦有序〉，寓志其中，以下即闡釋湯顯祖如何藉鶴述己明志：

> 夫何一皓麗之僊禽兮，孕海隅之奇氣，鼓壺、喬之清夷。表頳玄而間藻，逞丹素以明姿。趾象虯而振步，形亞鳳以揚儀。吐奇聲而嘹徹，駕雲蹤其委蛇。薄幽林而不處，颺平圃以高睇。豈垂吭於貴粒，將黿黿於昆池。崇紅閒之離繳，磁玉態以披離。〔註62〕

此鶴有奇質，散奇氣，發奇聲，形貌揚儀，高睇一切，不處薄幽之林，不行乞垂之吭，乃一皓麗之僊禽，極為珍貴。直到「華表摧雲，蘭巖墮雪」，使其遭遇「月羽全虧，霜翎乍折」之境，才「延頸伏地」，「長鳴振天」以求叩拯：

> 至乃華表摧雲，蘭巖墮雪，臂散紫胎之毛，臆染蒐戎之血。月羽全虧，霜翎乍折。落萬仞以遙驚，逗千翎而橫絕。欸桂籍之來遊，曾蒲且之見掇。遂乃延頸伏地，長鳴振天，向流風而若訴，庶歸仁兮自全。〔註63〕

神皋之禽落得如此下場，可憐之甚。幸賴得遇貴人大司徒王公，慈心收之，用心療之：

〔註61〕〔明〕湯顯祖：〈療鶴賦有序〉：「司徒公從御史遷大理時也，途遘被創之鶴，哀鳴馬首。軒而療之，長翼盈肌，終不復去。」徐朔方箋校：《湯顯祖全集》（北京：北京古籍出版社，1999年），頁970。

〔註62〕〔明〕湯顯祖：〈療鶴賦有序〉，徐朔方箋校：《湯顯祖全集》（北京：北京古籍出版社，1999年），頁970。

〔註63〕〔明〕湯顯祖：〈療鶴賦有序〉，徐朔方箋校：《湯顯祖全集》（北京：北京古籍出版社，1999年），頁970～971。

> 公府之驄且止，神皋之禽可憐。遂乃駐此遊龍，收其病鶴。類秦樹
> 之驚鳥似雕陵之感鵲。縱置文園，留陪金閣。擬僑格以難攄，遷諧
> 寰而眷托。謝沖天之駊騀，就投人之燕雀。閔其半死半生，借以一
> 丘一壑。飲以流丹之泉，傅以良金之藥。俛仰頤神，行遊願樂。弱
> 骨重堅，殷痕再合。嬉同神之鼇，怖異禪林之鴿。戲葳蕤之瑣墀，
> 對篸篸之華榻。〔註64〕

寄寓他自負奇氣，雖遭困阨，成其病鶴，然終能在療癒之後「弱骨重堅，殷
痕再合」，表達他尚未放棄之決心。

第三節　蹈仁爲狂美，成主人之才

在中國文化脈絡中，交揉神話與歷史以形塑典範的思維活動，曾經在春
秋戰國時代達到一個高潮，此時各派學說將已經不同程度歷史化、倫理化的
神話傳說紀錄、闡揚以成己說，發展出各自的思想體系。〔註65〕繼之成爲一
種「典範化」的思維模式，而「上古」是作爲典範而成爲理想投射的關鍵時
代。就人物典範而言，在儒家是建立秩序的三代聖王，而成聖王之世；在道
家則是無爲而治的至人、神人，則成至德之世。雖然面目各不相同，但他們
分別都具有神話與歷史雜揉的理想性格，成爲自成體系的典範。對於典範的
嚮往，「懷古」進而「尚古」則成爲一種尋索的路徑，或「尚友古籍」，或「尚
友古人」。經由對人物的選擇與歸類，人物言行的對焦與歸納，不但可以探析
出作者所產生的投射，亦能透過觀察分析這些人物言行，進而詮釋這些人物
與言行究竟投射出作者何種的心理境況？又代表著在這些文字中所代表的意
義。

以下分從：一、以狂爲眞，蹈仁爲美；二、亢危之志，道德之爲等兩方
面論述之。

〔註64〕　〔明〕湯顯祖：〈療鶴賦_{有序}〉，徐朔方箋校：《湯顯祖全集》（北京：北京古籍
　　　　出版社，1999 年），頁 971。

〔註65〕　關於中國神話如何歷史化的過程，可參看謝選駿：〈歷史化的道路〉，《神話與
　　　　民族精神——幾個文化圈的比較》（濟南：山東文藝出版社，1986 年），頁 333
　　　　～370。以及張光直：《中國青銅時代》（臺北：聯經出版事業股份有限公司，
　　　　1983 年），頁 313～322。

一、以狂爲眞，蹈仁爲美

　　湯顯祖在〈郡賢贊〉中寄寓著他所崇尚的典範人格的精神特質，無論丈夫女人，他們都是一群「皆能護杖名氣」，不需要「服命文采之觀」便可「振趨而能」〔註66〕者。從〈歐陽德明贊並傳〉、〈郭若虛葛虜鄧雺傳安潛羅士明趙均保徐宗儒等贊並序〉到〈李天勇讚並傳〉，再到〈萬氏女贊並序〉、〈董官貞贊並傳〉，以及〈本州良吏密佑贊並傳〉，湯顯祖擇其事典故實，爲此而贊，所欲凸顯的正是一種「直道而行」的忠正剛勇，「義無所藉」、「慷慨赴義」的直潔本心。這些在平凡中秉持本眞的普通百姓，不矯揉造作，亦不沽名釣譽，自循其實，自行其義，自創不凡。是故，由郡賢之贊，可洞觀湯顯祖何以選擇一條難走的路，走上離致獨絕之途的他，不只是一種性格上的「狂狷之相」，而是在自循其實的性命之學上貫徹他的「狂狷之質」。以下分從：（一）衛父母邦，盡人臣義；（二）自行其章，蹈仁而死；（三）生爲死戰；死爲生鬪等三方面論述之。

（一）衛父母邦，盡人臣義

　　在〈郡賢贊〉一開始，湯顯祖便以孔子之言爲證，間接說明何以狂狷之故，自循其實何以重要，藉此導正「明散日久，眾正風移」世風之偏的現象。透過郡賢事行啓迪人之良知良能，不爲色屬內荏者，不當鄉愿者，如此，便能如贊中之丈夫、女人般振趨而能：

> 孔子曰：「中道吾不得與之，必也狂狷乎？」又曰：色屬內荏者，穿踰之盜；鄉原，德之賊也；鄙夫不可與事君；古之狂也肆；巧言令色；所惡紫之亂朱，利口者。鄉原所惡，鄉原人之意，於文義深。然緩急常有以自解，不肯死，義無所藉，婦人孺子觀其文常惑之。狂狷自循其實，志不侵於文，仲尼裁夫斐然。萬子曰：「孔子在陳，不忘其初。」本故志，得數丈夫女人，皆能護杖名氣，非素有服命文采之觀，人人可振趨而能。各爲出其事贊之。〔註67〕

每觀其文，想其人德。在湯顯祖心中，孔子正是能自循其實，成主人之才的典範。孔子是「聖之時者」，是儒家典範人格的中心。此贊之文皆從《論語・

〔註66〕　〔明〕湯顯祖：〈郡賢贊〉，徐朔方箋校：《湯顯祖全集》（北京：北京古籍出版社，1999 年），頁 155。

〔註67〕　〔明〕湯顯祖：〈郡賢贊〉，徐朔方箋校：《湯顯祖全集》（北京：北京古籍出版社，1999 年），頁 155。

陽貨》〔註68〕與《論語‧萬章》〔註69〕兩篇以及《孟子‧盡心》下篇〔註70〕中集典而出。究其內涵，不外乎於「君子固窮」與「在厄不窮」兩個互為相因的品德，以及自循其實，不忘初衷的本性之覺，望能成其「主人之才」。而孔子能夠如此，便是他自覺地拒絕當以下這幾種特質的人：

色厲內荏者、鄉愿者。此二輩，正是智仁勇三德不足者。色厲內荏者，只以外表強勢的暴力威脅他者，真正遇到事情又無法勇敢承擔，如「穿踰之盜」。他們裝腔作勢，嚴於責人，寬以律己，彷如是那種內為犬之皮，外披虎之皮者，孔子形容這類人不坦蕩，不磊落，像挖洞跳牆的小偷，有穿牆踰屋之念，有姦利之心，凡行皆虛張聲勢而已。「君子以義為上。君子有勇而無義為亂，小人有勇而無義為盜。」無義者，最終僅能引人作亂或淪為盜之徒。鄉愿者，媚於世也者。害怕得罪權貴之人，巧言令色，八面玲瓏，四面討好，如牆頭草般，無有標準的背後失去獨致的人格。文中所謂：「緩急常有以自解，不肯死，義無所藉，婦人孺子觀其文常惑之。」直指鄉愿者的表理不一，為文故作高深，言談故作凜然，然而卻貪生怕死，常為自己找藉口解套，其言深虛質的偽行，讓尋常百姓深感疑惑，孔子為此類人下了如是的註腳：「居之似忠信，行之似廉潔，眾皆悅之，自以為是。」此類者，不可事君：「鄙夫！可與事君也與哉？其未得之也，患得之；既得之，患失之。苟患失之，無所不至矣。」故說，鄉愿者，是賊害道德之人。

洞視此兩類人的假相偽行，便能明白他們的內心其實懦弱無所堅持，遑

〔註68〕 《論語‧陽貨》子曰：「色厲而內荏，譬諸小人，其猶穿窬之盜也與？」子曰：「鄉原，德之賊也。」子曰：「鄙夫！可與事君也與哉？其未得之也，患得之；既得之，患失之。苟患失之，無所不至矣。」子曰：「古者民有三疾，今也或是之亡也。古之狂也肆，今之狂也蕩；古之矜也廉，今之矜也忿戾；古之愚也直，今之愚也詐而已矣。」子曰：「巧言令色，鮮矣仁。」子曰：「惡紫之奪朱也，惡鄭聲之亂雅樂也，惡利口之覆邦家者。」子路曰：「君子尚勇乎？」子曰：「君子義以為上。君子有勇而無義為亂，小人有勇而無義為盜。」

〔註69〕 《論語‧萬章》：子在陳曰：「歸與！歸與！吾黨之小子狂簡，斐然成章，不知所以裁之。」

〔註70〕 《孟子‧盡心》下篇：萬章問曰：「孔子在陳曰：『盍歸乎來！吾黨之士狂簡，進取，不忘其初。』孔子在陳，何思魯之狂士？」孟子曰：「孔子『不得中道而與之，必也狂獧乎！狂者進取，獧者有所不為也』。孔子豈不欲中道哉？不可必得，故思其次也。」「何以謂之狂也？」曰：「其志嘐嘐然，曰『古之人，古之人』。夷考其行而不掩焉者也。狂者又不可得，欲得不屑不潔之士而與之，是獧也，是又其次也。孔子曰：『過我門而不入我室，我不憾焉者，其惟鄉原乎！鄉原，德之賊也。』」

論仁義之德，正如《葉隱聞書》中所道，可爲孔子所惡之兩種人深刻其形貌：

> 主君勢頭正旺時，恬著忠義之臉，無論如何都要服侍主君；主君一
> 旦歸隱，便立即背過身去，面朝新君。這樣的奴才多的是。拍馬屁
> 的人，總是朝著日出的方向，一想起來，就令人無比噁心。不論是
> 祿位高或祿位低的人，有智慧或精於一藝者，都是如此。起初，他
> 們都自稱「唯有我才能專心於主君」，其表現幾乎要捨命，但最後還
> 是鬆了勁。這樣的人，未能善始善終，豈有德望可言？〔註71〕

馮時可在其《雨航雜錄》中曾道：

> 文章，士人之冠冕也；學問，士人之器具也；節義，士人之門牆也；
> 才術，士之僮隸也；德行，士人之棟宇也；心地，士人之基礎也。
>
> 〔註72〕

如此，孔子便道：「中道吾不得與之，必也狂狷乎？狂者進取，狷者有所不爲
也。」狂者激進，勇於選擇，承擔後果，赴湯蹈火，在所不辭。此類人有眞
性情，性情眞者，絕不作行色厲內荏，乏仁缺義之行而成鄉愿之人。因此，
在郡賢中的歐陽德明、郭若虛、李天勇等人則成了湯顯祖可作爲崇慕推舉的
典範：

> 崇仁人，名徹。年少美鬚眉，善慷慨。靖康初，應詔言五十餘事，
> 爲三巨軸，郡選力士肩行。會虜大入，徹曰：「我能口伐金，強於百
> 萬師。請質子女於朝，身使穹廬。」人笑其狂，止之不可。乃走行
> 在所，伏闕呼曰：「李綱所謂大臣，不可罷。黃潛善、汪伯彥兩人不
> 可用。陛下亦宜親總六師，迎還二帝，忠爲人臣子弟之義。」上怒，
> 潛善等譖殺之，年三十三。後上悟，下詔哀悼曰：「徹乎忠臣也。由
> 朕不德，使不幸不爲良臣。雖不幸，猶爲良臣。天下後世顧獨爲朕
> 何！此朕所以八年於茲，一食三歎不能自禁也。」命官其弟子壻，
> 賜田十頃，卜宅兆，招魂，葬衣冠焉。徹所著《飄然集》若干卷。
> 哀哉德明，爲善近刑。肉食端居，布衣靡寧。魂遊故土，人歌百身。
> 彼忘生父，猶褒死臣。〔註73〕

〔註71〕　〔日〕山本常朝口述，田代陣基筆錄，李冬君譯：《葉隱聞書》（臺北：遠流
　　　　出版事業股份有限公司，2007年11月），頁37。

〔註72〕　〔明〕馮時可：《雨航雜錄》（臺北：藝文印書館，1987年），頁155。

〔註73〕　〔明〕湯顯祖：〈郡賢贊・歐陽德明贊並傳〉，徐朔方箋校：《湯顯祖全集》（北
　　　　京：北京古籍出版社，1999年），頁155。

歐陽德明一介布衣，在國難當頭之際，以「我能口伐金，強於百萬師」之氣勢毛遂自薦，自願為國慷慨赴義。面對其豪行，眾人笑其狂，止之不可。忠君愛國，沒有身分上的高低貴賤之分，歐陽德明對於眾人的嘲笑，不但沒有退縮，反而更大聲直言，請求陛下當辨忠奸，總六師，迎還二帝，更見歐陽德明內心剛直，不善巧智，若是追究起內心來，該是毫無隱藏。然而，「忠為人臣子弟之義」的歐陽德明後來卻因此慘遭毀謗，成了刀下囚。幸好，終因君王之悟，還給忠君的良臣一個公道。最後，「命官其弟子壻，賜田十頃，卜宅兆，招魂，葬衣冠焉。」「天爵」已完，又何在乎「人爵」？義無所藉，慷慨赴義，即使失敗，也不感恥辱。為忠義而故，將得人歌百身，千秋萬世皆褒之亮節。此乃生之壯烈，死亦壯烈，死如猶生，亮節有聞。

> 諸君百姓耳，能衛父母之邦，第未考其時守其誰也。

> 丈夫欲壯，男兒貴奇。苦矣諸君，維桑是維。民散日久，眾正風移。
> 人不可遠，瀕危始知。〔註74〕

> 臨川人，從謝枋得學，為人尚忠義，宋季，元將攻饒州，枋得檄兵
> 援之。

> 天勇集義士應援，大戰圍湖坪，兵敗，與張孝忠死之。

> 大宋忠臣，江南謝君。有朋自遠，回戈赴援。昏風普翳，素韻彌鮮。
> 明知不反，庶見中原。〔註75〕

這些忠為人臣子弟之義，忠於國家，至死不渝，皆是能守衛父母之邦者。忠義之臣，皆有明知不可為而為之的承擔精神，正如孔子為推廣仁義之道，周遊列國，處處碰壁，如喪家之犬，明知不可為而為之的他，在陳國絕糧，弟子皆病，卻仍彈琴自若。明王不興，不可放棄。孔子堅持畢生之志，不忘其初，踐履如昔，係為不辱其志，這些忠義之臣皆與孔子一樣展現了「主人之才」的風範。此外，湯顯祖所謂：「民散日久，眾正風移。人不可遠，瀕危始知。」此有回文之妙，即：「瀕危始知，人不可遠。眾正風移，民散日久。」寄寓著守衛父母之邦之本源方法，得見湯顯祖認為國家興亡的最初隱憂點在於「民心遠離，民散日久」。瀕臨危險之時，才驚覺不可遠離民心，民心遠離，

〔註74〕　〔明〕湯顯祖：〈郡賢贊・郭若虛萬廣鄧雯傅安潛羅士明趙均保徐宗儒等贊並序〉，徐朔方箋校：《湯顯祖全集》（北京：北京古籍出版社，1999年），頁156。

〔註75〕　〔明〕湯顯祖：〈郡賢贊・李天勇贊並傳〉，徐朔方箋校：《湯顯祖全集》（北京：北京古籍出版社，1999年），頁156。

風氣必會移轉，當風氣移轉之際，民心其實渙散許久。幸賴這些諸君百姓懷忠義之行，守城衛邦，振趫而能，以道殉身，以死殉主，展現作仁者以人為懷，尚忠崇藝盡孝。

對於歐陽德明等以上諸君「為善近刑」的下場，湯顯祖以「肉身雖亡，精神不死」的眼光看待這一殉道之舉，也標誌著湯顯祖立身處世的核心價值：精神世界超越一切，創造精神不滅，如火薪傳，自循其實，離致獨絕，成其主人之才，這才是他安身立命的準則。

（二）自行其章，蹈仁而死

接著，以樂安曾氏為蹈仁而死之例，褒其自行其章，有所承擔的殉道之女：

> 樂安曾氏婦，生三女，長者尚未之人，幼才笄耳。至正壬辰之亂，聞寇且逼，三女登堂請於母曰：「事已至此，不敢負母教。願自裁。」母笑曰：「我乃後之矣。」乃作酒共食，交拜為壽。已則相為結束，並經於舍北松樹下。人呼母子松，歌詠之。孔子曰：「民之遠於仁也，甚於水火。水火吾見蹈而死者，未見蹈仁死者。」萬氏女豈不蹈之哉！〔註76〕
>
> 曾家庶美，不辰是逢。登堂告母，同清厥躬。稱觴慶許，拜別從容。人歌人舞，瑟瑟青松。〔註77〕

元朝至正（1314）壬辰之亂，聞寇臨逼，曾氏三女，母教在心，寧願自裁，不願受辱，此為曾氏之女所循之實，故登堂請示曾母：「事已至此，不敢負母教。願自裁。」曾氏與女四人不以為傷，作酒共食，交拜為壽，作為道別之儀式。隨後，自縊於樹下，後人以「母子松」歌頌其事。有道理，才能行動。曾氏三女以死為常心，明志不負曾母之教，自縊而死，此乃仁之勇者。孔子曰：「民之遠於仁也，甚於水火。水火吾見蹈而死者，未見蹈仁死者。」而湯顯祖則道：「萬氏女豈不蹈之哉！」蹈仁而死除萬氏母女一例，尚有董官貞之例：

> 樂安王泰昌之婦，六七歲時，其姑再醮而歸，官貞即不出見，見則掩面。姑問之，答曰：「安有婦人再共人臥，不羞死邪？」姑大罵曰：

〔註76〕　〔明〕湯顯祖：〈萬氏女贊並序〉，徐朔方箋校：《湯顯祖全集》（北京：北京古籍出版社，1999 年），頁 156。

〔註77〕　〔明〕湯顯祖：〈萬氏女贊並序〉，徐朔方箋校：《湯顯祖全集》（北京：北京古籍出版社，1999 年），頁 156。

「婢子，汝何知？且見汝異日爲孀時也。」官貞曰：「我固不孀。就有之，定不效姑爲也。」後嫁太昌。太昌果死，官貞才二十二，無舅姑兄弟子女，官貞呼天大哭，欲絕。旁婦止之曰：「待姑姊妹之臨。」官貞曰：「吾不忍見吾姑也。」遂自經死。家人合葬之。孔子曰：「其言之不怍，則爲之也難。」官貞不怍其言，豈不難矣！

董得嘉名，名曰官貞。豈緣渭濁，故作冰清。凡今之人，盡謂老成。誰言季女，一誓無傾。〔註78〕

董官貞此例，饒富興味。將人性的眞實自然的攤開，也將對立的兩個世界融合爲一個世界。才六、七歲的董官貞深深烙印著「從一而終」的貞節觀，面對再嫁之姑姑有奇恥大辱之感，以「即不出見，見則掩面」應之。對此行徑，姑姑惑然，問之，董官貞回以「安有婦人再共人臥，不羞死邪？」應話之直接，係伶牙俐齒之孩。其姑大罵：「婢子，汝何知？且見汝異日爲孀時也。」說明其姑受冤之心情以及面對一個孩童未解成年之苦故作冰清之態，此外，更有人性解放與壓抑人性對比之意味。面對姑姑的回應，官貞不服，怒之，大言不慚地回嗆：「我固不孀。就有之，定不效姑爲也。」時移事往，官貞後來嫁人，年廿二，竟成寡婦，呼天大哭，無舅姑兄弟子女相陪。官貞傷心欲絕，左鄰右舍的婦人見之便安慰她：「待姑姊妹之臨。」官貞此刻才明白姑姑昔日「且見汝異日爲孀時也」之眞意，在無顏面對自己的姑姑，也無法效其姑姑再醮之行的情況下，官貞後來自縊而死。孔子曰：「其言之不怍，則爲之也難。」湯顯祖則道：「官貞不怍其言，豈不難矣！」孔子與湯顯祖評論差異之處在於：孔子所言之「難」在其「率言行難」，正也是：「君子恥其言而過於行」；而湯顯祖所謂之「難」在其「言行必果」。大吹大擂地標榜道德並以此規範他者，牴觸人性之眞，這強人所難道德標準成了一種「僞道德」，幼時的董官貞應是明代衛道人士之集體的代名稱，而董官貞的姑姑則是眞實人性的代表。但歷經箇中滋味的成人董官貞卻是信守諾言，說到做到，不似色屬內荏之徒，也非鄉愿之人，她「一誓無傾」的精神，正是時代失落的美德，故說：「凡今之人，盡謂老成。誰言季女，一誓無傾。」

湯顯祖筆意不從今人，筆鋒一轉，讚許董官貞言行一致的忠耿，反躬自省的謙遜，一誓無傾的氣魄，董官貞可謂蹈仁而死，湯顯祖所取乃官貞「一

〔註78〕 〔明〕湯顯祖：〈董官貞贊並傳〉，徐朔方箋校：《湯顯祖全集》（北京：北京古籍出版社，1999年），頁157。

言九鼎」之美德。董官貞自循其實，所循者乃是言語既出，必當守諾。昔日懵懂，大言不慚，今日遭遇，自知言誤，然而昨日之言，未曾或忘，一言既出，駟馬難追，勇敢承擔才爲其實。或許從現今的角度看萬氏母女與董官貞自裁之行，不予苟同，以爲那是人間的悲劇。不過，偉大的思想，往往趨於極端，突破常識。《葉隱聞書》中有道：「所謂武士道，就是看透生死。」〔註79〕又道：「即使頭顱被砍下，也要從容做完一件事。切下俺的頭顱埋葬好了，再躺在上面死去。」〔註80〕湯顯祖崇慕的達觀禪師與李贄無不如此，其精神如武士道。

湯顯祖一生離致獨絕，以發揮主人之才爲天命，創作的戲劇，尺牘中的思想，無一不是突破常識。因此，萬氏母女與董官貞決絕的婦人之行，雖然遠離常識，卻也洋溢著一種非人間的「狂氣」。

（三）生為死戰；死為生鬪

狂者殺敵，在於立斷。縱使敵軍千萬，也要奮勇搏殺，至死方休。而密佑即是狂者，爲仁之勇者，是義勇之人：

> 盧州人，宋末都統守衛也。德祐元年十一月，元兵逼撫州，制使黃萬石紿都統遠迎敵，而棄城遁去。元兵夜望見都統兵，問曰：「鬪者乎，降者乎？」都統屬聲應曰：「鬪者也。」才合，而元兵圍之數重，佑面中數矢，拔去疾戰。環視麾下，才十數人耳。佑復輪雙刀出。其十數人者南走所戰處，忽陷被執。元將軍曰：「義勇人也。」命佑子說降之。佑叱曰：「我死，汝第行乞於市，雲我密都統子也，誰不憐汝者？」竟不屈死。其戰處爲進賢龍馬坪，有廟。余往來豫章，未嘗不拜祀，徘徊悼慕焉。

> 我生實逢，外内無戎。閔然不樂，懷思密公。天舟去海，胡騎蔽江。身爲健者，有鬪無降。〔註81〕

「鬪者乎，降者乎？」在鬪降瞬間，一念生死，首取鬪者。當下不顧前後的莽撞，才是立斷之機。

〔註79〕　〔日〕山本常朝口述，田代陣基筆錄，李冬君譯：《葉隱聞書》（臺北：遠流出版事業股份有限公司，2007 年 11 月），頁 37。

〔註80〕　〔日〕山本常朝口述，田代陣基筆錄，李冬君譯：《葉隱聞書》（臺北：遠流出版事業股份有限公司，2007 年 11 月），頁 37。

〔註81〕　〔明〕湯顯祖：〈本州良吏密佑贊並傳〉，徐朔方箋校：《湯顯祖全集》（北京：北京古籍出版社，1999 年），頁 157。

> 佑面中數矢，拔去疾戰。環視麾下，才十數人耳。佑復輪雙刀出。
> 其十數人者南走所戰處，忽陷被執。元將軍曰：「義勇人也。」命佑
> 子說降之。佑叱曰：「我死，汝第行乞於市，雲我密都統子也，誰不
> 憐汝者？」竟不屈死。〔註82〕

此段寫其密佑不慮勝負，無二無三，一念狂死之態，歷歷在目。密佑從一開
始就衝向死亡。日本武士道第一書《葉隱聞書》對武士面對死亡的態度有深
刻的描寫：

> 貪生之念愈重，死的恐懼愈深，墜入黑暗的深淵裡，哪能看到敵人
> 的影子？愈怕死，就愈是胡亂地揮舞刀槍，這麼一來，死的機率反
> 而更高。……想到死時，人之間的分別就消失了。但是，當你對甚
> 麼時候死都無所謂時，死反而會轉化為生；當你想到死常住人間時，
> 死反而會離你而去，而你就在那裡再生了。〔註83〕

正因如此，密佑即使面中數箭，一勁拔去，復輪雙刀，只管疾戰，真正的剛
者，無須多言，沉默地斬殺，成其豪行，因為面對生死，片刻不得多思，多
思一會，活著便難。由此亦可探知，死之決意能在瞬間立斷，絕非當下之能，
而是日常坐臥便有視死如歸之信念。「身為健者，有鬩無降」，「男兒去國，不
可不成名。」〔註84〕兩則之間有互文關係，可見湯顯祖以為大丈夫有寧死不
屈，頭顱為國拋，堅志戰場，才為真正的健者。

二、亢危之志，道德之為

　　縱觀湯顯祖所載之郡賢，全都無法「以理恆之」，若從一般常理而觀，全
都違理背情。據此可知，他企圖反轉生死在常人意識中的意義。他將生與死
的普通理解轉化成一種昇華的精神，苟活而生，不如燦爛而死。軀體無法逃
避死亡，但是卻是可創造死亡的意義。這些人對生命毫不吝嗇，豁出身心，
義理皆在行止中。以下分從：（一）素心本色，莫忘其初；（二）寧棄鸞鷟，
固守清寧等兩方面論述之。

〔註82〕　〔明〕湯顯祖：〈本州良吏密佑贊_{並傳}〉，徐朔方箋校：《湯顯祖全集》（北京：
　　　　　北京古籍出版社，1999年），頁157。

〔註83〕　〔日〕山本常朝口述，田代陣基筆錄，李冬君譯：《葉隱聞書》（臺北：遠流
　　　　　出版事業股份有限公司，2007年11月），頁19～20。

〔註84〕　〔明〕湯顯祖：〈再答趙贊善〉，徐朔方箋校：《湯顯祖全集》（北京：北京古
　　　　　籍出版社，1999年），頁1289。

（一）素心本色，莫忘其初

行中道，則無以完成仁義之舉，其精神在狂，而非懦弱的偽仁。以天下國家爲出發點，豁出身心，一誓無傾，蹈仁而死，死即成徹底的生。決死而立，此狂者之氣。像郡賢贊中所記之丈夫、婦女皆爲剛者，他們既不需要智慧，亦不需要功業；既不考慮勝敗，也不在意外在形式，一味死狂，自置死地，方爲活路。若將〈郡賢贊〉之丈夫、婦女之事於戲臺搬演而出，那絕對是激情的演出。是故，從〈郡賢贊〉中，或可推敲青年湯顯祖那時候的中道觀：中道雖是究極的境界，然而未歷經陰陽之極端，是無以究極中道的，因此，在究極中道之前，當要敢爲天下先，如此才有超越中道的可能，而這也正是孔子所謂：「中道吾不得與之，必也狂狷乎？」

此外，戰場之危，如虎口求生，一誓無傾，持節立功，一念發起，貫通天地。他們皆以剛勇之志行忠貞之適，獨致人格已顯，主人之才已成，湯顯祖所謂「主人之才」之要義在此。細探〈郡賢贊〉中，無一人物不死，無一情節無死，可見，「念死在心，死之爲生」，乃爲郡賢之核心精神。果斷之決，迎來必是果斷之日，也就是神清氣爽之時。

> 隨時準備戰死，精神的覺悟徹底到斷然成就死身，就不會有恥辱之事。稍不往這方面留神，就會在欲望和任性中度日，臨事畏縮而不以爲恥，只要自己快樂，其他甚麼都不在乎，最後變得任性妄爲，還覺得滿腹委屈。平時沒有準備著隨時赴死，沒有視死如歸的心境，這種人臨死之際，肯定表現差勁。若無必死的信念，臨死就難以達觀，再怎麼卑賤的行爲都做得出。〔註85〕

由此端見湯顯祖「立功」之雄心的發萌所在。最後，以「孔子在陳，不忘其初」作結。《史記・孔子世家》談到「孔子在陳，不忘其初」之事。從「絕糧」、「從者病，莫能興」便能知道陳、蔡兩國擔心孔子到了楚國爲楚王所用，而且孔子能因應時弊，提出改革，只是不爲陳、蔡兩國所用，今日楚國招攬，擔心孔子擁有權力以後，將對自己造成危機。因爲這種隱性、潛藏的未知因素，陳、蔡兩國便發動「限制出禁」的攻勢，採用絕糧的暴力阻止孔子至楚。這就暴露了陳、蔡兩國對孔子的矛盾心情與不信任，不過，幸賴子貢，孔子等一行人才得免於一死。

〔註85〕　〔日〕山本常朝口述，田代陣基筆錄，李冬君譯：《葉隱聞書》（臺北：遠流出版事業股份有限公司，2007 年 11 月），頁 60～61。

　　這些逸出常軌的郡賢，從其郡賢的身上看見他們如何自循其實，反躬自鑑，所循爲何？其實何在？在「民散日久，眾正風移」的時代風氣中，有足以作爲榜樣的郡賢，從他們之中選擇最爲特出的優點作爲榜樣，正如湯顯祖所記之郡賢，選其狂者之氣，擇其蹈仁而亡之神，而殺身成仁的死狂，不一定非有氣力不可：

> 孔子之道大，天下莫能容，至於蔬食飲水，在陳、蔡，藜羹不糝，數日不舉火，亦可謂貧且踐矣。其言曰：「知者樂，仁者壽。」固亦有取乎樂且壽也。而壽至七十，曰：「吾從心所欲，不踰矩」矣。當其致嘆乎年數之不可得，曰：「假我數年，五十以學《易》，亦可以無大過。」夫所望以《易》終者，得五十而可，而乃天幸至七十，得以不踰矩，孔子之樂且壽宜何如。然且憤然而慨曰：「甚矣吾衰也，久矣吾不復夢見周公。」然則其所志學，豈止七十其身之不踰矩而足哉？蓋將有所行於天下。在《易》之〈觀〉，上九，象曰：「觀其生，志未平也。」言其志非所以觀九五之生而已。世有孔子之年，而無周公之夢，雖富且貴何如哉？〔註86〕

若無有爲道而亡之念，殺身以成仁之志，只以人生無大過爲足，乃非仁者，更非義者，所志之學，念在有所形於天下，能以一飯之澤育養天下，能以一言之教改變天下，若無此志，亦無此宦學之心，達周公之夢，徒有孔子之年，亦爲枉然。湯顯祖拒絕張居正，回拒司汝霖，從不延宕徘徊，一開始就踏破一途，認定一條道路，極盡忍耐之能事。

> 大雨之戒：旅途中偶遇驟雨，急忙跑過泥濘的道路，快步奔到屋簷下，忽而又轉到廊下或其他能避雨處，躲來躲去，人還是被淋濕。如果一開始就坦然地接受大雨，也就不會因苦雨而產生不愉快的情緒。同樣的，偶遇不測時，也要坦然面對。〔註87〕

「天下事有損之而益者」，發揮「損益無分」的思想。湯顯祖所關心的這些人物，都是名不見經傳的平凡人物，然而，湯顯祖卻將他們視爲「非常之人」，在這些非常之人身上，湯顯祖掘其「奇」，奇在他們的「扶義」與「俶儻」。

〔註86〕　〔明〕湯顯祖：〈李敬齋先生七十序〉，徐朔方箋校：《湯顯祖全集》（北京：北京古籍出版社，1999年），頁1058～1059。

〔註87〕　〔日〕山本常朝口述，田代陣基筆錄，李冬君譯：《葉隱聞書》（臺北：遠流出版事業股份有限公司，2007年11月），頁64～65。

從「扶義」面向來看，這些人物的言行舉止都超出一般人會有的反應，展現出超越小我的精神，如：或是超乎常理的實踐，如：義無所藉的承擔意識。另外，從「俶儻」的角度而觀，這些人物確實展現出他們卓異特別的才性。此外，〈郡賢贊〉中的人物都不再附屬於事，而是這些人物「創事」以凸顯他們扶義俶儻的才性。〈郡賢贊〉從重大的歷史事件轉換爲發生在日常的生活事件，凸顯出湯氏行義蹈仁無有大小之分，亦無貴踐之別，那是一種內化而外行的道德之養，而非色厲內荏之鄉愿之行。

（二）寧棄鸞鷟，固守清寧

萬曆十三年（1585），也是湯顯祖來到南京的第二年。當時在北京吏部供職的前臨川知縣司汝霖有意提拔湯氏，然而他卻以〈與司吏部〉一文婉拒了司汝霖的好意。耿直以對，不改其志，一直都是湯顯祖面對宦途的精神展現。因此，對於湯氏推卻得以面向長安笑的機會，正是他在面對性命之道與仕宦之途取捨的決定，回拒的因由，則從「倫理人情」與「自循其實」兩方面表述無法去南就北的考量，細數之因，有五：

> 父母與子，異息分身，絲忽懸慮。縱以受事乏其溫情，何得更忍闊
> 離疏隔聞問乎！南都去家，水行風利，可五日所。家大小不遠一而
> 至，月一相聞也。北則違絕常百餘日，子不知父母。一也。僕亡婦
> 二年矣。遺息阿蘧八齡，阿者六周耳。推燥分甘，用父代母，至今
> 兩兒尚枕藉懷腕，行則牽人衣帶，引涼避風，衣食加損，視病汗下，
> 非僕不可。在北鞅掌，何能視兒。二也。〔註88〕

首先，湯顯祖所提出的五個理由，第一、二點皆從親子關係的角度切入，以爲身爲人子，豈可遠行，不僅少其聞問，令父母失其溫情之護，此外，更需承受闊離疏隔之苦，如此，豈能北移？再者，故椿萱並茂，不當異息分身，去日之遠，子不知父母，有失人子之責。此外，筆者以爲「異息」一詞饒富深味，由此不僅見得湯顯祖作爲人子之責，亦見其身爲人父之心。父兼母職的湯顯祖，以「兩兒尚枕藉懷腕，行則牽人衣帶，引涼避風，衣食加損，視病汗下，非僕不可」，無法缺席爲由，婉謝美意。父母與子，若是聚少離多，子必乏其溫情，溫情一缺，闊離疏隔之情一生，如此，子不知父母，父母亦不知子也，又何能同聲同息？

〔註88〕　〔明〕湯顯祖：〈與司吏部〉，徐朔方箋校：《湯顯祖全集》（北京：北京古籍出版社，1999年），頁1289～1290。

　　是故，由「異息」一詞上承作爲人子必當克盡孝之責，下啓身爲人父必當全盡養育之責。由此，不僅明其湯顯祖生而養之，養而育之的教養觀，亦見湯顯祖重視親情之性。因此，解讀「僕有私願，而特不願去南。僕之有南，如魚之有水，精氣之有垠宅也」便有了更深刻的瞭解。而第三點理由則從「經濟效益」考量：

> 僕縱北徙，止可得六品郎，歲食錢可四萬，而所僦門室兩進，雜糧疏糒，買水上而食，一馬二隸，費已不下七萬錢。人客過餉，十三酬折，裁足家累衣物，歲時伏臘耳。其餘經紀，不能無求。南郎多宮舍，人從酒米家來。三也。〔註89〕

縱使北徙，由於品第不高，所得必然不高，然而現實的狀況卻是支出要比在南京還高：「買水上而食，一馬二隸，費已不下七萬錢。」在入不敷出的現實考量下，北徙不如續留南京來得好。而第四點則由「身體狀況」爲由說服之：

> 僕素羸，裁過時不得食臥，輒病愒數日，每自親擇藥。常嘆曰，神農於人有功，一得其食，二得其藥。徙北則朝請謝謁，常盡辰午，失食。道地精藥，多不至北，取假頻數，大吏所惡，且遭事遒迫，寧當舒枕臥邪？四也。〔註90〕

湯顯祖以身體羸弱爲由，若北徙後，朝請謝謁，生活必定失其規律，吃食不定，必將損身。何況，道地精藥，並不在北，北多假藥，如此更有害於身。此外，遭事遒迫，擾心傷身，基此，不得不續留南京。再者，南北地性實是不同，從適應水土的情況來論，北城有冰厚六尺，雪高三丈的寒天之候，南都有飛蟲多擾，妨人清夢，但兩相比較之下，南都仍是清麗娛人：

> 又南北地性，暑雨寒風，清汙既別，飛蟲之屬，各有所多。南暑可就陰息，雨適斷客爲趣耳。吏與北者，雖有盲風灰人之面，糞人之齒，猶將扶馬揚呼而造也。乃至寒時，冰厚六尺，雪高三丈。明星以朝，鼓絕而進，折風洞門，噎嗚卻立。沉陰淩兢，瘁灑中骨，餐煤食炕，爍經消液，又弱不受穢，行見通都，道頭不清，每爲眩頓。春深溝發尤甚，遂有遊光赤疫，流行瘇首，不避頑俊。是生青蠅，

〔註89〕　〔明〕湯顯祖：〈與司吏部〉，徐朔方箋校：《湯顯祖全集》（北京：北京古籍出版社，1999 年），頁 1290。

〔註90〕　〔明〕湯顯祖：〈與司吏部〉，徐朔方箋校：《湯顯祖全集》（北京：北京古籍出版社，1999 年），頁 1290。

> 常白日萬口，橫飛集前，意不可忍。舊都清麗娛人，獨夜苦蚊音，
> 妨人眠臥。至於垂玄幙，燧青煙，未嘗不杳然而去也。土風有宜，
> 五也。凡此五者，初非迂遠奇怪，強有推持。凡在通懷，所宜並了。
> 〔註91〕

基於以上五點理由，湯顯祖堅定地謝絕司汝寧之請，而這樣的理由，並非強有推持，而是湯氏慎思熟慮下的決定，故說：「凡此五者，初非迂遠奇怪，強有推持。凡在通懷，所宜並了。」是故，「長安道上，大有其人，無假於僕」之言是推辭語，亦是牢騷語。

最後，表明「人各有章」，盼請司汝寧可接受自己狂斐的直性，明其「偃仰澹淡歷落隱映者，此亦鄙人之章」，還望司汝寧「上體其性，下刊其情」，成其「知我」者：

> 況夫邇中軸者，不必盡人之才；遊閒外者，未足定人之短。長安道
> 上，大有其人，無假於僕。此直可為知者道也。夫銓人者，上體其
> 性，下刊其情。恐門下牽於眷故，未果前諾，故復有所雲。倘得泛
> 散南郎，依秣陵佳氣，與通人秀生，相與徵酒課時，滿俸而出，豈
> 失坐嘯畫諾耶？語不雲乎：「斐然成章」。人各有章，偃仰澹淡歷落
> 隱映者，此亦鄙人之章也。惟明公哀憐，成其狂斐。〔註92〕

然而，細心推敲，以「成其狂斐」為結，望明公哀憐、成全，這除了有湯顯祖自表質性外，另一層用意也藉此劃清界限。是故，從湯氏提出的五個無能北去的理由，不僅能知其性，亦能看見他以「親情」作為的抉擇關鍵點。〔註93〕此外，以為在國之無道，國無明君的狀況下，既然進時無以盡「大忠」，便退而盡「大孝」。

此外，湯顯祖在〈與司吏部〉一文中湯顯祖以「斷不可北者有五」為由，謝絕司汝霖的好意，正如嵇康以「七不堪、二不可」斷然推辭山濤的舉薦一般。湯顯祖標舉東方朔、馬融、石延年等三人為其例，以為他們各以其能，展其所才，現其所性，達其所願，強調「人各有其章」的文學理念，展現「人

〔註91〕　〔明〕湯顯祖：〈與司吏部〉，徐朔方箋校：《湯顯祖全集》（北京：北京古籍出版社，1999 年），頁 1290。

〔註92〕　〔明〕湯顯祖：〈與司吏部〉，徐朔方箋校：《湯顯祖全集》（北京：北京古籍出版社，1999 年），頁 1290～1291。

〔註93〕　〔明〕湯顯祖：〈蘄水朱康侯行義記〉，徐朔方箋校：《湯顯祖全集》（北京：北京古籍出版社，1999 年），頁 1168～1169。

各有章」的性情襟抱，而這亦與嵇康在〈與山巨源絕交書〉一文中提出的所謂：「性有所不堪，眞不可強也。」有相同的內涵。

> 吾昔讀書，得並介之人，或謂無之，今乃信其眞有耳。性有所不堪，
> 眞不可強。〔註94〕

縱觀嵇康的一生，其出處應世同時展現顯／隱、進／退、剛／柔等選擇，在諸種矛盾的現象背後，實然有其信仰的價值核心支撐，而那個價值核心即是「守樸保眞」，如何予以保全、踐履「眞」，是嵇康一生堅守的方向，亦爲湯顯祖所亦堅持的道路，這也正是能將湯顯祖與嵇康並舉之因。他們兩人將「眞」作是個人生命追求的最高價值，正因他們「志在守樸，養素全眞」，才得以在橫流之世達成「全眞」之志。

三、明機捨危，成其狂斐

狂斐如湯顯祖，自言一生中最感慕的兩種人格，一爲「俠」，一爲「儒」，而他一在〈蘄水朱康侯行義記〉此中道盡他以爲有士才卻蒙世難，對於士子而言，即是一種象徵性的死亡：

> 人之大致，惟俠與儒。而人生大患，莫急於有生而無食，尤莫急於
> 有士才而蒙世難。庸庶人視之，曰：「此皆無與吾事也。」天下皆若
> 人之見，則人盡可以餓死，而我獨飽，天下才士皆可辱可殺，而我
> 獨頑然以生。推類以盡，天下寧復有兄弟宗黨朋友相拯絕寄妻子之
> 事耶？此俠者之所不欲聞，而亦非儒者之所欲見也。〔註95〕

當士爲世所不用，亦是世爲士所疑之時，面對國之無道，國無明君，湯顯祖所持守的態度，並非退而隱之，「無與吾事」的逃避態度，無與吾事此種自私自利的心態，導致地結果則是他人之饑與我何干？天下之士蒙世難而亡，又與我何干？唯「我獨飽」、唯「我獨頑然以生」即可。湯顯祖自期「士有志於千秋，寧爲狂狷，毋爲鄉愿」。無論爲俠，爲儒其實都是頑然以生的「狂斐之徒」，也正是湯顯祖崇慕的人格典範。他曾以「狂」和「狷」表明二者之判：

> 子言之，吾思中行而不可得，則必狂狷者矣。語之於文，狷者精約
> 儼屬，好正務潔，持斤捉引，不失繩墨，士則雅焉。然予所喜，乃

〔註94〕〔魏〕嵇康：〈與山巨源絕交書〉，戴明揚《嵇康集校注》（臺北：河洛出版社，1978 年），頁 114。

〔註95〕〔明〕湯顯祖：〈蘄水朱康侯行義記〉，徐朔方箋校：《湯顯祖全集》（北京：北京古籍出版社，1999 年），頁 1168～1169。

多進取者。〔註96〕

所謂「多進取者」，即是「狂」者，是不肯履踐古人之法，而欲開出一路，跳
脫法度框架的狂者。從孔子的視界觀之，以爲中道若無能行之，僅能取其偏，
或狂，或狷，而狂與狷，又以狂者在其狷者之上。而狷者「精約儼厲，好正
務潔」，懂得「持斤捉引」，守得分寸，不失繩墨，但卻不如狂者進取，不如
狂者在道德大事中執拗的堅持著。狂者有大志、敢大言，富於進取，有獨創
性。在狂、狷二者之間，湯顯祖擇爲「狂」者。而這種「狂斐」、「狂狷」之
性，自然也流露在文學創作中與品評的文學作品中，〔註97〕並據此展現其文
藝觀。是故，對於文學的信仰核心一向以「奇」爲尚，以「變」爲喜，以「駘
蕩」爲尊，正如在〈攬秀樓文選序〉中表彰其文學批評的審美標準：

> 夫豫章多美才。江湖之濱，無不猥大。常然矣。顧其中有負萬乘之
> 器，而連卷離奇；有備百物之宜，而爛熳歷落。總之，各效其品之
> 所異，無失於法之所同耳已。況吾江以西固名理地也，故眞有才者，
> 原理以定常，適法以盡變。常不定不可以定品，變不盡不可以盡才。
> 才不可強而致也，品不可功力而求。……然予所喜，乃多進取者。。
> 其爲文類高廣而明秀，疏夷而蒼淵。在聖門則曾點之空朗，子張之
> 輝光。於天人之際，性命之微，莫不有所窺也。因以裁其狂斐之致，
> 無詭於型，無羨於幅，戔戔然，飌飌然。〔註98〕

這不僅是湯顯祖崇慕的人格典範，更是他對於文學追求的風格典範。湯顯祖
一念孤忠，賦性不與世情和合，不爲見形而折節者，對於仕途進退，湯顯祖
自有其定見。然而對於他執固如此，自造險阻之徑，不免遭致譏嘲、懷疑，
其〈酬心賦有序〉即是湯顯祖自述此經歷之文：

> 癸未春，予舉進士，經房秀水几軒沈師，年少於予，心神迫清，而
> 予方木強，故無柔曼之骨。五月館試，房舉各得上其門士。時馮君
> 夢禎謂沈師曰：「子門中，固無愈湯生者耶？」師曰：「固也，恨生

〔註96〕〔明〕湯顯祖：〈攬秀樓文選序〉，徐朔方箋校：《湯顯祖全集》（北京：北京
　　　古籍出版社，1999 年），頁 1137。

〔註97〕這個部份仍待闡發。在〈肖伯玉制義題詞〉一文即讚賞肖士瑋之文，以爲他
　　　表現了狂者的進取精神，說他：「奇發穎豎，離眾獨絕，繩墨之外，燦然能有
　　　所言。」有狂者的進取精神。

〔註98〕〔明〕湯顯祖：〈攬秀樓文選序〉，徐朔方箋校：《湯顯祖全集》（北京：北京
　　　古籍出版社，1999 年），頁 1136～1137。

> 骨相涼薄，不如徐聞鄧生。生甫終賈之年，而負河岳之相。必大拜
> 者，其人也。」予聞斯言，服師人鑒。分以一縣自隱，得少進爲郎，
> 便足，無敢更攀師門，重累知己。師喟然曰：「以子之才，齒至而獲
> 一第，何也？凡人有心，進退而已，然觀吾子之色，若進若退，當
> 何處心耶？」予卒卒謝起，作〈酬心賦〉答之。〔註99〕

在探討湯顯祖何以酬心之前，必當理解他的「觀世之道」與「論世之觀」。關
於此，可從〈答郭明龍〉及〈子張問十_{全章}〉中推敲一二。

觀史如觀世。湯顯祖特舉以太史公寫賈誼之史筆道其「識見宜大，急之
不得」之爲政態度：

> 讀〈考工記序〉大作，愛其詞，遠其旨。《易》云：「形乃謂之器。」
> 《老》云：「埏埴爲器。」聖人制器，如大鈞造形，規矩鈞繩，毫孔
> 無不中理入神者。周公亦自占：「多才多藝，能事鬼神。」匠宰無神，
> 五官爲癃，於工有不梏而雁乎？賈生洛陽絕才，太史公徒寫其怨急，
> 以貌其人。〈政事疏〉自有別行也，班始入〈疏〉遂覺靡長。總之，
> 吾兄賢者，宜識其大，無庸爻爻文筆間也。〔註100〕

從湯顯祖所言：「賈生洛陽絕才，太史公徒寫其怨急，以貌其人。」便可知道
對於賈誼的看法。以爲賈誼並非不遇之士，他已爲世用，甚至因奇才而被廣
用，賈誼之不遂，必非在於不遇，乃敗之在急：

> 賈生宦達速，知名漢庭，不爲不遇，然尚爾。令如張、馮、顏、貢，
> 命何如也？余行半天下，所知遊往往而是。然盡負才氣自喜，故多
> 不達。蓋有未宦徒立數言而沮歿者。其志量計數，憂人之憂，豈復
> 下中人哉？或曰：「天短之，然又與其所長，何也？」尚有數君子某
> 某在，爲作是賦。〔註101〕

一開始，湯顯祖即分判「不遇」之定義，賈誼宦途順利且飛黃騰達，豈能爲
「不遇」之代表？如果賈誼「宦達速，知名漢庭」都還自嘆不遇，那麼像張、
馮、顏回，他們又該如何評論？在此確實對於賈誼在歷史上以不遇作爲代表

〔註99〕 〔明〕湯顯祖：〈酬心賦_{有序}〉，徐朔方箋校：《湯顯祖全集》（北京：北京古籍
　　　　出版社，1999 年），頁 1032。
〔註100〕 〔明〕湯顯祖：〈答郭明龍〉，徐朔方箋校：《湯顯祖全集》（北京：北京古籍
　　　　出版社，1999 年），頁 1299。
〔註101〕 〔明〕湯顯祖：〈感士不遇賦_{並序}〉，徐朔方箋校：《湯顯祖全集》（北京：北京
　　　　古籍出版社，1999 年），頁 152。

之一的看法有了不同的意見。湯顯祖自言，行半天下，所觀察到的「士」之現象：

第一、盡負才氣者，初會因此自喜，然而最終之命運則多不達，卻遭至自鬱。

第二、「不遇」與「不達」兩者的際遇造成的心境的確是不可同一而論，賈誼不僅有進入宦吏之機會，甚至是顯達於朝廷，豈可以「不遇」自比？因為天下之士有多少是一點機會都沒有的，故發出「天短之，然又與其所長，何也？」之慨，這些不遇之士的糾葛心情正周瑜問天「既生亮，何生瑜？」之怨相似。面對真正的不遇之士，湯顯祖為此有所投射，故為之作賦。關於湯顯祖一開始即以賈誼非不遇點名真正的士之不遇之處境，這是湯顯祖自己所持的「歷史意識」〔註102〕作出的價值判斷，而這顯然是與前代歷史經驗與感受是不同的。

是故，湯顯祖以太史公寫賈誼之筆相勉郭明龍「為政之道，戒之在急」。因為他明白「名」之多取則「累行」的廣大識見，正因他以此為懷，才能拒絕張居正，因此，或可說，湯顯祖並非拒絕張居正，而是一旦接受了，他必當淪為因「貪名」而「累行」者：

> 明公渡江急不得見。不知明公更得渡江否？虎以憪虧，龍以靜全。
> 花以上披，根以下存。名不可以多取，行不可以纍危。虛以居之，
> 可以待時。〔註103〕

為世所用之機，在虛時以待真正得以被「重用」之機，若是急於取名，最終只是給了奸佞之臣的「利用」之機而已，不可不慎。是故，對於自己之長短，何可為世用，亦有其自知之明：

> 袁子有言，知短而不用，此賢人之遠旨也。如弟豈曰能賢，長於用
> 南，短於用北，深相了耳。〔註104〕

「長於用南，短於用北」正是他明白仕宦乃是爭濃淡之路，該「量而後入」，

〔註102〕顏崑陽指出，士人歌頌歷史人物時，乃基於對前代歷史經驗的認知與感受而形成的「歷史意識」所做出的價值評斷。顏崑陽〈論漢代文人「悲士不遇」的心靈模式〉，收錄於《漢代文學與思想學術研討會論文集》（臺北：文史哲出版社，1991年10月），頁209～253。

〔註103〕〔明〕湯顯祖：〈別沈太僕〉，徐朔方箋校：《湯顯祖全集》（北京：北京古籍出版社，1999年），頁1294。

〔註104〕〔明〕湯顯祖：〈答郭明龍・又〉，徐朔方箋校：《湯顯祖全集》（北京：北京古籍出版社，1999年），頁1299。

故他甘爲「南部閒郎」﹝註105﹞。此外，以其孤耿之直，置之天下囂囂的當世該是無所處，挾傲而去，乃因其橘性之根質不爲世所「適用」。此外，亦知「天下事有損之而益者」﹝註106﹞，拒絕張居正，雖導致仕途險阻，然而何嘗不是守住眞性，達到「龍以靜全」、「根以下存」的性命之道？是故，損與益，乃一體之兩面，不如掩門自貞，全其本眞。此與〈與司史部〉一文正可互見其遠旨。又〈子張問十_{全章}〉：

> 夫世一也，歷天下之變而成之，亦緣天下之常而著之者也。何也？古之天下，即今之天下，後之視今，猶今之視昔也。是故殷之繼夏也，豈十世而已乎？當夏之世，而何以知殷也？殷能革夏之世，不能不因夏之禮，殷之所損益者，蓋可知也。周之繼殷也，豈十世而已乎？當夏之世，而何以知周也？周能革殷之世，不能不因殷之禮，周之所損益者，蓋可知也。﹝註107﹞

湯顯祖所謂「歷天下之變而成之」，亦「緣天下之常而著之者」的觀念正是文化發展方式中的「包容連續型」，這是中國古代文化演進的方式，與中國古代政治社會的維新道路相對應。文中所言：「當夏之世，而何以知殷也？殷能革夏之世，不能不因夏之禮，殷之所損益者，蓋可知也。……周能革殷之世，不能不因殷之禮，周之所損益者，蓋可知也」，正可用《禮記・表記》﹝註108﹞中記載三代宗教文化之演變作爲說明。〈表記〉中的「子曰」將三代文化區分爲：夏道「尊命」（巫覡文化），殷人「尊神」（祭祀文化），周人「尊禮」（禮樂文化）。尊命即尊占筮之命、巫覡之行，那時的神靈觀念尚未充分發展，故云：「事鬼神而遠之」。而殷人尊神事鬼，先鬼後禮，顯示出殷人雖已經有禮，但是作爲文化主導地位的仍是鬼神，人道之禮尚未萌芽。人道之禮的地位，

﹝註105﹞ 〔明〕湯顯祖：〈答郭明龍〉：「弟乞南部閒郎，所謂量而後入，幸爲語山公，雖是私乞，不妨公次也。當索弟官級之外耳。」徐朔方箋校：《湯顯祖全集》（北京：北京古籍出版社，1999年），頁1299。

﹝註106﹞ 〔明〕湯顯祖：〈再答趙贊善〉，徐朔方箋校：《湯顯祖全集》（北京：北京古籍出版社，1999年），頁1289。

﹝註107﹞ 〔明〕湯顯祖：〈子張問十_{全章}〉，徐朔方箋校：《湯顯祖全集》（北京：北京古籍出版社，1999年），頁1570。

﹝註108﹞ 《禮記・表記》：「子曰：夏道尊命，事鬼神而遠之，近人而忠焉，先祿而後威，先賞而後罰，親而不尊。其民之敝，蠢而愚，喬而野，朴而不文。殷人尊神，率民以事神，先鬼而後禮，先罰而後賞，尊而不親。其民之敝，蕩而不靜，勝而無恥。周人尊禮尚施，事鬼敬神而遠之，近人而忠焉，其賞罰用爵列，親親而不尊。其民之敝，利而巧，文而不慚，賊而蔽。」

則是從周人開始。周人尊禮，人作爲主導文化的居中位置，以漸漸遠離鬼神，故道周人「尊禮尚施，事鬼敬神而遠之」，雖保留著鬼神祭祀，但已到了遠神近人的階段，這樣的發展是周人經過對殷人的理性否定。同爲近人，周人尊禮亦與夏道遵命不同，前者仍將人的地位看得比較重。大體而言，周文化總體上是屬於「禮樂文化」，與殷商的「祭祀文化」有所區別，但禮樂文化本就源自祭祀文化，而祭祀文化將以往的巫覡文化包容爲自己的一部分，周代的禮樂文化也是將以往的祭祀文化包容爲自己的一部分。〔註109〕由周代推知殷代，由殷代推得夏代，三代之間都各有因革損益，是故湯顯祖提出「引故知新」的觀世之思：

> 由百世之後，等百世之王，見其禮而知其世；由百世之上，俟百世
> 之下，引其故而知其新。蓋禮之所以經者，世爲之脈也。無世，則
> 無殷之繼夏，無周之繼殷，亦無繼周者，故觀禮以世也。而世之所
> 以傳者，禮爲之命也。無禮，則無一世，無十世，亦無百世者。故
> 明世以禮也。禮以存世，故百王如一王。世以存禮，故百世如一世。
> 〔註110〕

引故知新之旨在於：從不同時代的「禮」推得其世之脈，因此「禮」爲世之脈之由在此。無禮，則世不存，知禮則能知世，其因在此。是故，湯顯祖言「善繼者」與「善因者」之關鍵都在於「知」的掌握：

> 蓋善繼者，繼於其所因。善因者，因於其損益。知損益，則知其所
> 因，不得不因者在也。知因，則知其所繼，不得不繼者在也。法象
> 陳而禮立，世雖有百，太乙之流形一也，何間然於先天後天？知故
> 滋而禮詳，世雖有百，人情之大寶一也，亦偶然而前際後際？夫百
> 世亦久矣而可知也，又何十世之不可知也。〔註111〕

古今相視，互爲觀照，知其損益，明其因革，可以觀世，可以知世，可以爲世。因爲自古以來所謂的「世」，即爲「當世之代」，簡言爲「時代」。而時代

〔註109〕可參考陳來〈西周春秋時代的宗教觀念與倫理意識〉，收入陳弱水主編：《中國史新論──思想史分冊》（臺北：聯經出版事業股份有限公司，2012 年 9月），頁 95～145。

〔註110〕〔明〕湯顯祖：〈子張問十全章〉，徐朔方箋校：《湯顯祖全集》（北京：北京古籍出版社，1999 年），頁 1570。

〔註111〕〔明〕湯顯祖：〈子張問十全章〉，徐朔方箋校：《湯顯祖全集》（北京：北京古籍出版社，1999 年），頁 1570～1571。

的本質在其「變」，故不可掌握，不可得之，即是所謂的「時勢」，而所有的
英雄皆爲時勢所造所用。

> 門下以清衷雅抱，擢居耳目之司，世道良幸。弟嚴蟄已久，無緣作
> 長安書，私懷忽焉。「君子羣而步黨」，「抑而強與」。幸益自韜，以
> 須大用。〔註112〕

談「用」，係被「重用」，抑或被「利用」，爲世道所用當以「大用」爲懷。在
〈奉朱澹菴司空〉尺牘中，湯顯祖的隻言片語便已表明出他對於「爲世所用」
的思辯所進行的建構：

> 攝世以來，嘗謂近見兩大臣耳。陸五臺先生奇中有正，李漸菴先生
> 正中有奇。二公者，其用雖非世所得盡，然亦已用之矣。獨門下以
> 大臣清重之德，宜參政機，而淹南甸，若召伯之在郊南，溫國之在
> 洛都，猶未爲世一用也。歸豐留汴，以重蒼生，豈勝縣切！弟觀三
> 數年間，陸公既老，李公復搖，正色端言，亦何容易？然而先生大
> 臣之節亦已著矣。惟門下閱世已深，名德素養，有知己者，往而正
> 之，去留之際，自成典刑，似不當過持難進之節，久南都而不悔也。
> 〔註113〕

以大臣之節著世，才是湯顯祖以爲爲世所重用的核心完成。是故，儘管仕宦
得時，可以笑看長安，然而面對生命之大事，仕宦騰達一事，畢竟不是生命
最終極的追求，因此，對於乘時順勢之思想，則非一般人所能理解。對於仕
宦之途，湯顯祖有如是的見解：

> 仕宦固爭濃淡之路矣，置之淡則無色，與貴人親易媒，遠則難致。
> 故南郎者，仕人所謂遲迴厭怠之者也。鳳乘於風，龍乘於雲，仕宦
> 乘於時。聖賢亦若而人耳。向長安笑，僕豈惡風雲之壯捷哉。知門
> 下有意留僕內徵也。雖然，僕有私願，而特不願去南。僕之有南，
> 如魚之有水，精氣之有垠宅也。〔註114〕

仕宦之途是一場爭奪戰，是士子與士子之間的慘烈競爭，也是比較人脈、人

〔註112〕 〔明〕湯顯祖：〈與王止敬侍御〉，徐朔方箋校：《湯顯祖全集》（北京：北京
古籍出版社，1999 年），頁 1464。

〔註113〕 〔明〕湯顯祖：〈奉朱澹菴司空〉，徐朔方箋校：《湯顯祖全集》（北京：北京
古籍出版社，1999 年），頁 1328。

〔註114〕 〔明〕湯顯祖：〈與司吏部〉，徐朔方箋校：《湯顯祖全集》（北京：北京古籍
出版社，1999 年），頁 1289。

緣的激烈戰。「仕宦固爭濃淡之路矣」，這是落第多次的湯顯祖的「政治觀察」，直指官場飛黃與落拓的關鍵在其「親權」。權力的所在，即是貴人的所在。明知「與貴人親易媒，遠則難致」，湯顯祖仍是親手推卻貴人張居正，係爲「自循其實」。

「順機乘時」是仕宦者爭奪先機的第一步，屢屢拒絕張居正的湯顯祖並非不知，而是他明白時機如風雲，隨時而異，隨機而變，世路多縱橫，湯顯祖自知遠離權力核心的他早已成了「懷香不可問」的放牧者，儘管看透自己其實只是過渡北京長安的旅客，但仍存「把劍長安雪夜吟」〔註115〕之志，希冀「十年棲遠月明枝，一日春妝蕊樹奇」，棲林之心仍有眷戀，故道：「在客豈無實，一再食林禽」〔註116〕。對於「仕宦向來多曲折」〔註117〕，「行隨世路追歡少」〔註118〕的湯顯祖，常有「十年春草禁煙深」之拘，「徒沉沉兮終安歸」〔註119〕之憂，所云「置之淡則無色」實有深嘆。

「僕豈惡風雲之壯捷哉」是壯士「遠志復難任」不遇之悲。再者，出仕，係爲了遂行其道，「向長安笑」一直都是少年精奇的他身體力行的弘願，按常理而言，並沒有必要推卻，只是「古來賢達宦情違」〔註120〕，有了「復此倦遊時」〔註121〕的他自知「眼裏金臺不可登」〔註122〕，此「世」之「時」非他「可乘之時」，不妨「談交亦自風塵好，獨宿孤遊也去能」。是故，爲之作傳的鄒迪光，理解湯顯祖「不應且拒」之深心，爲他「反覆開辨，曲折顧護」：

〔註115〕　〔明〕湯顯祖：〈梅庶吉公岑席中送衡湘兄固安〉，徐朔方箋校：《湯顯祖全集》（北京：北京古籍出版社，1999年），頁181。

〔註116〕　〔明〕湯顯祖：〈逢采藥者關外〉，徐朔方箋校：《湯顯祖全集》（北京：北京古籍出版社，1999年），頁200。

〔註117〕　〔明〕湯顯祖：〈送牛光山暫歸涇陽〉，徐朔方箋校：《湯顯祖全集》（北京：北京古籍出版社，1999年），頁190。

〔註118〕　〔明〕湯顯祖：〈南漳魯子與出理廣州過別〉，徐朔方箋校：《湯顯祖全集》（北京：北京古籍出版社，1999年），頁189。

〔註119〕　〔明〕湯顯祖：〈感士不遇賦並序〉，徐朔方箋校：《湯顯祖全集》（北京：北京古籍出版社，1999年），頁154。

〔註120〕　〔明〕湯顯祖：〈懷計辰州〉，徐朔方箋校：《湯顯祖全集》（北京：北京古籍出版社，1999年），頁168。

〔註121〕　〔明〕湯顯祖：〈吾廬〉，徐朔方箋校：《湯顯祖全集》（北京：北京古籍出版社，1999年），頁166。

〔註122〕　〔明〕湯顯祖：〈前廣昌令胡君仲合白塔小飲〉，徐朔方箋校：《湯顯祖全集》（北京：北京古籍出版社，1999年），頁168。

公雖一孝廉乎，而名蔽天壤，海內人以得見湯義仍爲幸。丁丑會試，
江陵公屬其私人啖以巍甲不應。庚辰，江陵子懋修與其鄉之人王篆
來結納，復啖以巍甲而不應，曰：「吾不敢從處女子失身也。」公雖
一老孝廉乎，而名益鵲起，海內之人益以得望見湯先生爲幸。至癸
未舉進士，而江陵物故矣。諸所爲席寵靈、附薰炙者，駁且漸沒矣。
公乃自嘆曰：「假令予依附起，不以依附敗乎？」而時相蒲州、蘇州
兩公，其子皆中進士，皆公同門友也。意欲要之入幕，酬以館選。
而公率不應，亦如其所以拒江陵時者。以樂留都山川，乞得南太常
博士。……時典選某者，起家臨川令，公其所取士也。以書相貽曰：
「第一通政府，而吾爲之慫恿，則北銓省可望。」而公亦不應，亦
如其所以拒館選時者。〔註123〕

鄒迪光對湯顯祖「不應」權勢之事，在層層剖析中洞澈出湯顯祖拒絕張居正
之思想根由，讓湯顯祖不禁爲此欣然而泣：

與明公無半面，乃爲不佞弟作傳，至勤論贊，反覆開辨，曲折顧護，
若惟恐鄙薄之不傳而疵纇之不洗，始而欣然，繼之咽泣。〔註124〕

鄒迪光（1550～1626）是湯顯祖同時代的人，他進士及第早湯顯祖十年，卻
十分景仰湯顯祖，且將這份景仰化爲行動，爲之作傳，不僅爲傳，更重要的
是契入湯顯祖絕無世俗濃華的機利之心，明白他爲何不乘時而起，乘勢而附
之本心，寫出他以實踐「主人之才」守其本眞的精神。湯顯祖拒絕當時之「勢」，
即是斷絕自己的「時」，在斬勢棄時的背後，在他者看人是「斷機而危」，但
對湯顯祖而言則是：「捨危明機」。鄒迪光洞察到了，故在「拒時不應」之事
上大力著墨，且以「假令予依附起，不以依附敗乎？」論之，正是明解湯顯
祖爲世思道之深心。鄒迪光掌握到了湯顯祖「獨立」而「自由」的思想，刻
劃出他一生的立命之道。

〔註123〕〔明〕鄒迪光：〈湯義仍先生傳〉，毛效同編：《湯顯祖研究資料匯編》（上海：
上海古籍出版社，1986年9月），頁81。

〔註124〕〔明〕湯顯祖：〈謝鄒愚公〉，徐朔方箋校：《湯顯祖全集》（北京：北京古籍
出版社，1999年），頁1398。